唐子文●著

# 人物介紹

王少風：小名「阿風」，太祖小五虎之一王正達的兒子，為人正直，不拘小節，練就一身詭異功夫，如「聖光心拳」、「泥鰍遁地功」等，受國師劉伯溫指點扶助建文帝。

林月靈：太祖小五虎之一的林伯慶女兒，為大理國國王阮正剛乾女兒，人稱「月靈公主」。美若天仙，個性刁蠻任性，是位被寵壞的小公主，善使奪魂鞭。

趙心怡：小名「怡怡」，太祖小五虎之一的趙任強女兒，自幼與王少風指腹為婚，個性溫柔嫻淑，美得如出水蓮花般冰清玉潔，為報家仇，竟將聖潔靈魂賣予魔鬼，拜於復仇神尼門下，法號「仇心」。

朱韻如：建文帝（朱元炆）之親妹，人稱「小如公主」，貌美如花，是位剛烈貞節女子，善使太極拳。

劉伯溫：明太祖朱元璋國師，精通天文地理、陰陽五行、奇門遁甲之術，為太祖獻計奪得江山，卻感於太祖晚年大殺功臣，親小人，遠賢臣，藉奸相胡惟庸之手詐死，避居嶺南。

太祖小五虎：林、趙、王、陳及孫氏五家，為後期幫太祖皇帝平天下的小將，亦在太祖晚年大殺功臣名單之內，後得國師之力而免遭毒手，散居各地，隱姓埋名。

王得標：阿風爺爺，為人誠樸忠良。

林伯伯：林浩雲，太祖小五虎之一，林月靈之父，避居雲南大理國，足智多謀，為大理王倚重。

趙伯伯：趙任強，太祖小五虎之一，趙心怡之父，感於一生為國為民，卻換來誅滅命運，性情丕變，反想稱帝而陷害親朋忠良。

朱　棣：朱元璋第四子，封為燕王。相貌奇偉，風度翩翩，能征善戰，太祖皇帝常自嘆曰：「唯此子有乃父之風。」於「靖難之變」奪得王位，是為「永樂帝」。

朱允炆：朱元璋太子朱標早逝，由皇太孫朱允炆繼承皇位，是為「建文帝」。為人仁明孝友，性情溫和，卻優柔寡斷，最後失去江山，行蹤成謎。

沈公公：錦衣衛大統領，練就一身「闇影心罩」、「破空冥掌」，武功深不可測，為人奸險陰毒，明則輔佐建文帝，暗中亦作稱帝的春秋大夢。

復仇神尼：住於「復仇山」的「復仇奄」，專門為他人復仇雪恥，武功詭異，善於使毒及暗器，如「白色毒粉著身，萬針穿心攻體」。

多情公子：人稱「不要臉」，是一名惡名遠播的採花大盜。

道　衍：人稱「鬼才和尚」，獐頭鼠目，奸詐狡猾，精通陰陽數術、兵法戰略，為燕王軍師。

阮正剛：大理國新任國王，順應民心推翻暴君，革命成功，卻一心忠正，最大願望是找回太子，歸還皇位。

紹應麟：大理國前太子，外塑假名，內營奸謀，一心想登上皇位而不擇手段，最後落得身敗名裂，悲慘而終。

遙天聖母：逍遙天逍遙峰主人，擁有鎮山之寶「蠱魂箱」，可收人魂魄練蠱，並發明百蠱之王「天蠱王」，為黑苗區宗教領袖，也是林月靈的師父。

金杖婆婆：金蛇宮主人，林月靈大師姊，為人陰狠毒辣，善使「奪命金杖法」。

銀杖婆婆：銀蛇宮主人，林月靈二師姊，為人毒辣陰狠，善使「奪命銀杖法」。

# 目次

# 楔子

「嘿！大惡賊別跑，讓風大俠捉到，非剝你皮不可！」

少年阿風提勁運氣，大邁步伐，足下快捷如風，急馳在茂林曲木之間，幻想自己是位身經百勝的江湖大俠，正把對手逼入死角，禁不住內心一陣得意，嘴角露出弦月般笑意，又大喝一聲：「這下看你往哪裏逃，看劍！」

阿風緊握「降龍寶劍」，提劍傲立於山林野地間，目光如電，一副威風凜凜，殺氣騰騰樣貌，正待施展拿手絕活「奪命神劍法」取下對方性命，才一揮劍，劍刃破空而下，竟然發出狂風掃落葉的聲響。乖乖的，這哪是什麼寶劍，只是一把小竹杖，末端套有一個活結，只消輕輕一拉繩頭，就是一個再普通不過的「捕蛇器」，而他口中的「大惡賊」，也算不上什麼江湖大壞蛋，只不過是一條他平常最喜歡吃的小青蛇罷了！

「唉呀！閣下果然神功蓋世，武藝超群，竟能躲過我『奪命神劍法』三招，佩服！佩服！勉強也算一條好漢，大俠今天我就高抬貴手，放你一條生路吧！」阿風見小青蛇倏然突破他的攻擊圈，往岩縫一鑽，一溜煙不見了，為顧及「大俠」的面子，自我安慰地說。

「啊！慘了！太陽快要下山，再不趕緊回家，爺爺又要罵我貪玩！」阿風見半輪夕陽隱沒林邊，四周映出暮色虹彩，不敢再有耽擱，剎那間收起玩心，輕功一展，風一般的化為一縷青煙，消逝在林木深處。

還好，當晚爺爺很忙，並沒有時間罵他。

隔天一大清早，爺爺突然一本正經地交待他：「阿風，你也老大不小，爺爺前些日子委託你住在『桃花源』的劉爺爺幫你算命，看幾時能討房媳婦，為我歷代單傳的家族傳下香火，老劉吩咐我今天叫你過去，有要事相秉，可能是算出結果來了。待會兒爺爺要去後山採藥，下午才會回來，你趕緊去劉爺爺那裏，可別貪玩誤了大事！」

「爺爺，您放心啦！我已經不是小孩子了！」阿風不喜歡爺爺老把他當成小孩子看待，嘻皮笑臉地回說：「我會多討幾房媳婦回來，好好地孝敬您老人家。」

「這孩子，說話老是不正經，爺爺走了，你可要快去快回喔！」爺爺說完，搖搖頭，拄著老藤手杖，踏著蹣跚步伐，往後山採藥去了。

「唉！」阿風雖然喜歡捉狹討爺爺歡心，但對於婚姻大事，一直充滿困惑：「若論捉蛇、打魚、射飛鳥，咱是樣樣精，樣樣行，但瞧瞧我這家境，還有看見女孩子會臉紅氣喘的個性，別說討幾房媳婦，光一房，就大有問題了。何況娘臨終前特別交待，世上比花蜜還甜的是女人，比毒蛇還毒的也是女人，叫我要特別小心女人。唉！我到底該聽母親的話，一輩子遠離女人；還是聽爺爺的話，趕緊討房媳婦延續香火呢？」阿風捉了捉頭，聳聳肩：「管他那麼多幹嘛，這個問題就留給老天爺煩惱好了？」

少年阿風是位樂天派，出門沒多久，早將討媳婦的事情忘得一乾二淨。要不是爺爺出門前特別交待要去找劉爺爺，這時候的他，天南地北，說不定又浪蕩到什麼地方去了？

一到桃花源入口，前面是一座落英繽紛，美如仙境般的桃花林。阿風頓時收回玩心，這桃花林可大有來頭，聽劉爺爺講，叫什麼「桃花迷霧陣」。看似一大片紛雜亂序的桃樹林，一但草率進入陣中，只要步伐踏錯一步，四周立刻泛起濃霧，遮天蔽日，伸手不見五指，只能退，不能進，是個十分厲害的防護陣。

阿風小心翼翼地按陰陽、五行、八卦，再配合三十六天罡，七十二地煞，東迴西轉，南環北繞，費了好大一番工夫，才順利走出桃花林，來到一間清幽小屋。這寧靜雅緻的小茅舍，就是劉爺爺的隱居之地。

「劉爺爺，我是阿風，我爺爺叫我來找您！」阿風人未到，聲先至。

「哦，是阿風嗎？歡迎歡迎，快請進屋，劉爺爺等你好久了！」屋內傳來一老叟聲音，聲若洪鐘，沉穩內斂。

「劉爺爺，我……我……」阿風一陣羞澀，吞吞吐吐地想說，是爺爺交待來問討媳婦的事，只是窘得開不了口，還好劉爺爺就像活神仙，每次都能洞悉人心。

「是你爺爺叫你來問我討媳婦的事，是不是？」劉爺爺和藹地笑著，「年輕人就是年輕人，討媳婦又不是什麼丟臉的事，既不必殺人，也不用放火，幹嘛不好意思，何況還有人誇口要多討幾房媳婦，來孝順自己的爺爺呢！」

「是呀，阿風什麼事都瞞不過劉爺爺法眼。」阿風十分驚訝，每次劉爺爺都能算準自己的心事，甚至說過的話。

劉爺爺拿出阿風的生辰八字，邊看邊搖頭，又邊看邊嘆氣，看得阿風心裏是七上又八下，好像心頭上吊著一桶正在搖晃的大水桶，隨時都會飛濺出來，心想完了，不用說幾房媳婦討不成，大概真是命中註定，一門也討不了，註定孤獨一世，不過阿風一點兒也不在意，雙眼直盯著劉爺爺牆邊古樸的木架上，一顆怪異的枕頭！

「我說阿風啊，你也不用太難過，俗語說：『命裏有時終須有，命裏無時莫強求。』劉爺爺勸你還是看開一點！」

「嗯！」

「這命盤顯示，你的『事業宮』渺渺忽忽，時而幽幽淡淡，時而氣勢磅礴，的確是少見的怪，但這還不是最奇怪的，最令人百思莫解，是你的『姻緣宮』，竟然一直在『零』與『三』兩數之間徘徊，這就奇怪了，我連續苦思多日，從未見過這種怪奇命格，也查不到古人先例，這究竟透露什麼玄機呢？」

「嗯！」

「總之，命運完全操弄在自己手裏，荀子說過『人定勝天』，自己的命運，必須自己去開創，天下沒有白吃的午餐，就如同你不努力幹活兒，食物是不會從天上掉下來一般。唉！你說是也不是？」

「嗯！」

「不過反過來想，如果我勸你命運需要自己開創，那我前面所說的不都是一些廢話嗎？不對，不對，也不能這麼說，是不是？」

「嗯！」

「咦！你怎麼從頭到尾『嗯』個不停，怪了，這媳婦是你要討的，你卻好像一付事不關己的樣子，而我就好像『皇帝不急，急死……』。」劉爺爺一急，差點說了「太監」二字，還好及時煞住，否則自己不成了「太監」嗎？腦中靈光一閃，馬上改口道：「對了，應該說是『新郎不急，急死媒人』！」

「嗯！」

劉爺爺驚覺不對勁，怎樣這楞小子壓根兒沒在聽他說話，好像三魂七魄不在現場似的，馬上將目光離開解命盤，轉身一看，唷！他怎麼兩眼直直地盯著木架上的「枕頭」！

「喂，傻小子，回神啊！」

經劉爺爺這麼一聲大叫，阿風才驚醒過來：「哦，對了，劉爺爺，你剛才說到哪裏？等一下，劉爺爺，我先問你一個問題好嗎？」

「好吧，你問！」劉爺爺見他對這顆枕頭的好奇心，竟然大過婚姻大事，不禁笑著搖頭，心想這傻小子還得好好磨練磨練！

「按理說，枕頭是睡覺用的，應該擺在床上，您老怎麼擱在架上，拿來當裝飾品呢？」阿風不解地問。

「傻小子，這可不是一般的普通枕頭，它大有來頭啊！」

阿風一聽劉爺爺又要講故事，不禁高興地跳起來：「劉爺爺，您快講，阿風等不及了。」阿風緊閉雙唇，一副期待的眼神，逗得劉爺爺哈哈大笑，心想阿風年齡已屆少年，卻像個大孩子似的，不知道自己是該高興，還是擔憂。

「好吧，我說，我說，話說這顆枕頭可大有來頭，它可是宋朝青天大老爺包拯睡過的枕頭，喚名『遊仙枕』，它能……」

突然一個奇異的念頭劃過劉爺爺腦海，內心為之一震：「對了，我怎麼沒想到這點，有意思，有意思。哈！哈！阿風，你等我一下！」

劉爺爺立刻祭出他的拿手好戲，將一些平常算命用的器具，拿出最具代表性的六樣，按北斗七星——天樞、天璇、天璣、天權、玉衡、開陽及搖光——的位置次序一一排好，最後一顆搖光星，就放上這顆「遊仙枕」，接著口中唸唸有辭，忽然當空大喝一聲：「北辰解命陣！」瞬間，如杓狀般的北斗七星突然轉了起來，並且逐漸加速，只見它愈轉愈快，愈轉愈快，最後形成一個漩渦狀，由外漩內，幻化出迷離光采，彷彿要將人的心魂隨之漩入，看得呆立一旁的阿風眼花繚亂，眼珠中竟反射出兩道漩渦光影，此時聽劉爺爺又忽地大喝一聲：「收！」陣勢立刻應聲停轉，頃刻恢復原狀，彷若未曾發生。

「哈！哈！這太有趣了，真是千古大發現，難怪昔日包拯能夠日斷陽，夜斷陰，再經老夫這麼小小修正一下，效果就大有看頭了，哈！哈！」

阿風聽不懂劉爺爺說些什麼，只見他立刻修下一封短書，並將枕頭小心翼翼地用布巾包好，十分慎重地交付阿風：「我說阿風啊，我剛才跟你講的沒錯，命運是要自己用雙手去開創。」

講到一半，劉爺爺這才想起，這傻小子不是從頭到尾都在「嗯」「嗯」「嗯」的，哪有聽進半個字呢！

「總之，劉爺爺的故事只講開頭，這次我們用另一種方式講故事，這枕頭喚名『遊仙枕』，簡單的意思是，它能創造另一種命運，不過聽不懂不打緊，劉爺爺問你，你有沒有興趣睡睡看？」劉爺爺心知這尾大魚必定上鉤。

「願意，只要劉爺爺肯借我，再危險我都願意試！」阿風一臉興致勃勃模樣，果然中計！

「那好，劉爺爺不敢保證一定沒危險，但只要心地純正，待人真誠，就能逢凶化吉，否極泰來，這對你應該沒有問題。好，那就廢話少說，你趕快拿回去試一試，記得，回去馬上就試，因為劉爺爺有趣的後半段故事內文就在裏面，說不定下午就有結果出來。你順便把這封信交給你爺爺，我真的等不及要看結局了，哈！哈！」

阿風很少看到平時生活嚴謹，不太開玩笑的劉爺爺，今天竟然像個老頑童似的這麼開心，自己快樂的心情也被激盪起來，於是收拾好細軟，三步當兩步走，奔回自己的窩。

一回到家裏，打開布包，只略略端詳枕頭，雙眼眼皮頓時有如千萬斤重，睡意大興，打了一個大哈欠，不自主地爬上了床，心想現在時刻還早，何況爺爺下午才會回來，先睡個回籠覺再說，於是在不知不覺中，就睡著了。

# 卷一 追風少年

「阿風，阿風，快醒醒啊！」

阿風睡意正濃，忽覺天旋地轉，一陣急促而劇烈搖晃，彷彿自己原本在碧波萬頃的湖面上輕泛小舟，怡然自得時，猝然刮來陣陣狂風暴雨，平靜無波的湖面，頓時驚濤駭浪，捲起千堆雪，把阿風搖醒過來。

「哦？」阿風一陣哆嗦，強自睜開朦朧雙眼，爺爺熟悉而模糊的身影頓時映入眼簾。阿風心下有些許納悶，爺爺剛剛不是到後山採藥去了，怎麼立刻又回返？打了個大哈欠，伸一起大懶腰，順口問道：「爺爺，您不是說要去後山採藥，太陽下山時分才會回來嗎？」

「爺爺原本是預計要去山上採藥，不過路程剛走到一半，才回想起一件非常重要的事情，非親自交待你去辦不可。我說阿風啊，你現在已經不是小孩子了，願不願意幫爺爺分擔一點兒事情？」

爺爺說完，從胸前衣內摸出一封信函，順手交付阿風，並慎重地囑咐：「這封信十分重要，爺爺要麻煩你親自跑一趟，親手交給住在大理城內的林伯伯，你辦得到嗎？」

阿風接過信，內心又有些許詫異，爺爺平日不是老把自己當成小孩子看待，還不許他離家太遠，怎麼今日要他千里迢迢送信去大理城？不過又一想，或許這次是爺爺要考驗他，看他是不是有大人樣，辦事勞不勞靠。既然是爺爺親自開口，又破例能到外面的鮮奇世界遛遛，阿風高興都來不及，哪有其他心思存疑，反而擔心爺爺臨時又變卦，收回成命，立刻充滿精神地大聲回道：「爺爺，您既然要將重任委付阿風，阿風即使赴湯蹈火，必達成使命，不負爺爺重託。」

「好，好，你現在馬上收拾好細軟，順便將這顆枕頭及錦囊帶上，或許路上用得著，立刻出發，記得要將信函親手交給林伯伯喔！」

「什麼！現在就要走喔。好吧，我馬上收拾行囊。」

阿風擔心爺爺突然反悔，又改口不讓他去，趕緊打開包袱，東西拿了就塞，也不管齊不齊全，才兩三下就清潔溜溜，急步奔出房門。爺爺似無珍重道別之意，匆忙將他送出家門口，只淡淡地說了一句：「路上小心！」就將柴門掩上。

阿風走在路上，輕邁步伐，踢著石頭邊走邊想，這一切好像在作夢一樣，迷迷糊糊中，似乎有什麼地方不對勁，從爺爺反常的臨時授命，又反常地催他上路，到他都還來不及將見過劉爺爺的事回報，爺爺怎麼會知道這顆枕頭的事呢？而且聽爺爺的口氣，倒不像自己的爺爺，卻像「劉爺爺」似的！

不過管他那麼多，只要爺爺不再把他當成小孩子看待，又能名正言順地出遠門「玩」！不，應該說是「辦要事」！那簡直太美、太妙了，還有什麼事比這更重要、更令人興奮呢？心思單純的阿風內心一篤定，此行絕對不能辜負爺爺期望，便邁開大步，朝遠方的大理城進發。

阿風口中輕吟小曲兒，腳踏零碎步，極目四處張眺，邊走邊玩，好不快活。但見沿途山脈，時而層巒疊嶂，氣勢磅礡；時而孤峰雄拔，直入青霄。而路，是一會兒康莊大道，足可多人並行，氣派非凡；一會兒卻轉為羊腸小徑，迴旋在窮山惡水間，令人寸步難行。

俗語說「山不轉路轉」，阿風看完山之峻與路之蜿後，再瞧瞧身旁景緻，又是別具一番風味。但見一路上茂林疊翠，綠意盎然，有蒼松孤峭，有修竹勁拔，有異草奪目，有奇花爭妍，呈現出一片欣欣向榮，萬紫千紅的人間仙境，令人目不暇給，絲毫不敢用力眨眼，深怕分秒間美景溢失，追悔莫及。尤其在陣陣拂面的涼風中，透著款款清香及此起彼落的蟲鳴鳥叫聲，更叫人神清氣爽，精神亢奮，彷彿全身所有毛孔浸漬在無比的舒適柔光中，汰舊換新，似浴火鳳凰般重生。

阿風一路輕快，如風般飛來舞去，雖然此地離大理城，相距路程不算太遠，自己也跟爺爺走過多次，但此行是單槍匹馬，獨挑大樑，感覺就是不同，眼見之景，耳聞之音，莫不新奇特異，這大概是「獨行」與「隨行」的不同之處吧！

一步一腳印，剛走到大理城附近的一個小村寨口，突然看見前方小路上圍擠了一大群人，阿風好奇心起，立刻湊身過去，瞧瞧熱鬧。

只見前方有兩位少女年歲相若，卻神態炯異：一位少女著普通苗服裝扮，雙足跪地，正苦苦向另一位身著華艷彩裝，卻趾高氣昂，目空一切的少女哀求。由於阿風略懂苗語，因此也能聽出十之八九。

「求求您大發慈悲，這金色蟾蜍是我為治母親奇症，好不容易逮著的，求求您還給我，您要喜歡，下次我再捉一隻給您，好不好？」那苦情少女淚珠盈盈，濕透衣衫，除了跪地哀求外，還不時以頭叩地，額頭上已現出血漬，和著沙土紅腫一片，令人於心不忍！

哪知另一位少女，彷彿沒聽見似的，只淡淡地回道：「這金蟾是我在地上捉到的，就是我的，既然是我的東西，哪有什麼還不還的道理。本姑娘高興給誰，就給誰，誰也干涉不了！」

「可是……可是這金蟾明明是我親手捉到的，只是一時不慎，從袋子內跳了出來，適時被您用皮鞭捲走，怎麼……怎麼能算是您捉到的？請您高抬貴手，把牠還給我。」

「胡扯，既然是牠自己跳出妳的袋子，回到地面，牠就是自由之身，就屬於大地之母，我只是從大地之母的手上得來，怎麼能算是從妳的手上得來，既然不是從妳的手上得來，又怎麼有『還不還』的問題，妳說是不是？」

眾人一聽，心中皆有氣，這位身著華麗服飾的惡少女，明明強辭奪理，硬要搶奪他人東西，還說出一大套歪理，但由於這裏是苗區鄉下，大伙兒見這華服氣盛的刁蠻女娃兒，非富即貴，必有堅硬後台，因此眾人只能氣在心裏，火在肚內，卻沒有人敢為公理挺身而出，為那良善少女解圍。

「求求您，我母親已經快不行了，您行行好，就當做善事好了，佛祖與菩薩一定會保佑您的，讓您長命百歲，美顏長駐！這樣吧，要是您先還我金蟾，為母親治好病，我願終生替您為奴，侍候您一輩子！」

「我呸！誰要妳這種狗奴才侍候，像妳這麼煩人的貨色，我要多少，有多少，誰稀罕呢！倒是我好心勸妳，少在這兒廢話太多，還不自己趕快另外再去捉一隻來，否則妳母親若病死了，可別賴到我頭上來，只能算是妳自己害死的！」

盛氣凌人的刁蠻姑娘講完，似乎懶得再理會跪在地上的淚人兒，轉頭對丫鬟說：「算了，本姑娘今天興好，不想污了雙手，再囉嗦，瞧我賞妳幾鞭，就跟打狗一樣，哈哈！金燕，咱們走，金蟾啊金蟾，小寶貝啊小寶貝，看本姑娘待會兒怎麼玩死你，哈哈！」

「是，主人。」

「可是……可是……」

良善少女見惡少女自鳴得意轉身就走，深怕從此失去金蟾，那母親不就活不成了，因此咬緊牙根，強忍長跪後膝蓋的巨痛，吃力地爬了起來，腳步踉蹌地想追過去，哪知那惡少女猛然回眸狠瞪，原本靈動的美麗雙眸，如今散發出來的竟是如惡煞般的凶光，似要吃人肉，啃人骨，哪像美少女，直如母夜叉，倒嚇得她追也不是，不追也不是，正躊躇間，一旁的阿風實在看不下去，俠義心起，終於打破沉默。

「站住，妳這面如天使，心卻如蛇蠍的『小巫婆』，人小鬼大，竟然想欺負良善之輩，我阿風第一個不饒妳！」

惡少女前行的腳步被這突來的一吼給震懾住，她實在不敢相信自己耳朵，因為在自己的地盤上，竟然有人敢對她大吼大叫，還說她是「面如天使，心卻如蛇蠍的小巫婆」，不由得怒火中燒，狠狠地回過身去，只見一位長得面貌忠懇的少年立在眼前。

「哦！我還當是哪位大俠想英雄救美呢？原來是你這隻其貌不揚的『小呆狗』在亂吠啊！」

「妳罵誰小呆狗，小巫婆！」

「那你罵誰小巫婆，小呆狗！」

阿風見這惡少女竟然學起自己的罵人法，哪能讓她討到便宜，靈機一動，回嘴過去。

「小呆狗罵誰啊？」

「當然是罵你喔！」

「哦，原來如此，妳不僅是小巫婆，還承認自己是小呆狗，真是失敬了，嘻！嘻！」

惡少女反應也很快，仔細推敲阿風的話中意涵，猛然發覺，原來自己已經掉進人家的語病陷阱，他問「小呆狗罵誰」，自己回他「罵你」，兩句話連在一起，那不成了「小呆狗罵你」，自己罵人反而被罵，成了「小呆狗」！苗人語言沒有漢語詭詐，惡少女吃了眼前虧，竟然一時答不上腔。

「你……我……」

「妳是小巫婆加上小呆狗，那加在一起，不是叫……哦，對了，就叫『小呆巫婆狗』好了。妳聽好，我叫風大俠，妳剛才是不是想這麼說，我幫妳好了，不用客氣！」

惡少女一聽，不覺七竅生煙，竟無理取鬧起來，擎起手中皮鞭，二話不說，往阿風當頭便要劈下，阿風見對方惱羞成怒，趕忙制止。

「等一等，君子動口不動手！」

「哼！我是小女子，不是君子，我偏要動手！」

「好，那咱們有言在先，我空手接妳三鞭，若被妳打死，只怪自己學藝不精，自認倒楣，絕無半句怨言；妳若打不死我，金蟾就還給人家，妳說好不好？」

「好！」惡少女一邊放下已經被迷昏的小金蟾，一邊說。

但是就在惡少女「好」字剛講到一半，突然回身一鞭擊了上來，速度猶如風掣電馳，閃電般「啪」的一聲襲捲過來，毫無半點徵兆，慌得阿風反射地一扭腰，還好身手還算俐落，否則要給這一狠鞭當面擊中，那非皮開肉綻，身受重傷不可。

阿風見對手蠻橫，完全不講道理，一味潑辣使勁，令人討厭至極，但瞧她使鞭的身手也算不凡，想必受過名家調教，只不過使招盡挑些陰招毒式，大意不得。阿風立時收回方才托大之心，全心全意對付這難纏的小丫頭。

「一，二，三，……喂！四，五，六，喂！妳好不要臉，怎麼不守信用呢！」

惡少女一鞭在手，招招陰毒，式式狠勁，竟有直取人命之態，但阿風身手矯健，一時也傷他不得，於是愈發潑辣起來，早忘了方才的承諾，一心想取下阿風的「狗命」！

惡少女舉鞭勁揚，愈打不中，心中愈氣，尤其阿風又在一旁對食言而肥的她冷嘲熱諷，說她這麼兇，這麼毒，又這麼不守信用，以後一定嫁不出去，沒人敢要，即使不幸嫁出去，也會被夫家為報負她的時時不守信用而休妻，最後一定會淪落到無人理睬的悲憐田地，一人孤苦零仃到老，實在悲慘極了！

惡少女聽完，簡直氣炸了，不知不覺中已抽了一百多下，竟無一鞭僥倖得手，心下一急，左手往袖口一拉，輕啟機關，只聽「嗖」的一聲，細如蚊鳴，右手立刻鞭速放緩，引誘阿風去接，但隨鞭而去的，卻是條奇形怪狀的小銀蛇，朝阿風無聲無息間凌面飛來。

阿風不疑有詐，見皮鞭勢緩，以為對手力竭，順手將鞭子末端一把摳住，正想搶過來教訓這說話不算數的野丫頭，突然眼前銀光一閃，瞬間竄出一尾小銀蛇，還好當時日光熾烈，銀蛇鱗片反光現出一道飛炫的銀光，否則阿風當真在劫難逃。

阿風剎那間以眼角餘光一瞥，如今已經可以算是識蛇專家的他，卻從未見過這般怪異銀色小蛇，不敢冒然以手就逮，移形換位，頓時揚鞭閃身，退到一旁。

這小銀蛇本來被鎖在衣袖內的暗關良久，好不容易被主人釋放出來，當然滿腔怒火，見物就咬，逢物即傷，卻被阿風閃身躲過，待其空中滑行之力停歇後，跌落在地上，剛好就落停在金蟾身邊，一見宿命中的獵物在前，焉有不飽餐之理，一口就將小金蟾吞了下去！可憐還在昏迷中的小金蟾，雖然暫時躲過人類的誅殺，卻躲不過天敵蛇類的巨口。

惡少女本在慌亂間急中生智，放出了這原不該放的「殺手鐧」，雖然還是無法傷及阿風，內心有點兒失望，待見到小銀蛇竟然出乎意料地吃了金蟾，反倒開心地手舞足蹈，大笑起來。

「小呆狗，你這寶貝金蟾，天意難違，被我這小銀蛇無意中落了腹，也算壽終正寢，看你還能逞什麼英雄！」

「妳！可惡的小巫婆，竟然暗地放出小銀蛇傷我不著，卻吃了金蟾，這……這……」

「怎麼了，小呆狗，沒輒兒了吧！哈哈！」

阿風聽到惡少女的調侃之語，心下也不禁大怒，小金蟾被吃了，這良善少女母親的急症怎麼辦呢？

阿風突然肚子「咕嚕」一下，原來他已經有一段時間沒有進食，肚子在抗議，正猶疑間，腦海中猝然閃過一個念頭。

「對了，我怎麼這麼笨呢！」

「唷！小呆狗，你終於承認自己笨了吧，你姑奶奶老早就瞧出你很笨，你也用不著再次強調！」

阿風懶得理她，二話不說，信步走到小銀蛇身旁，突然左手虛晃一招，銀蛇一見，張口就咬，阿風頓時以罕見快速的捕蛇法，右手只輕輕一翻轉，銀蛇刹時在握！

阿風右手隱握銀蛇，左手從容不迫地抽出一把藏身匕首，在艷陽下閃爍耀眼光芒。

「小呆狗，你……你可別亂來，你想做什麼！」惡少女被阿風這突來之舉嚇呆了。

「小巫婆，漢人有句話叫『殺雞取卵』，我這招叫『殺蛇取蟾』，妳說妙不妙，我看妳是連這個都不懂，簡直比豬還笨！」阿風反過來嘲諷她。

「你……你敢殺我銀蛇，住手！」

惡少女話語未止，阿風尖刀只輕輕一晃，鋒利的刀刃立刻舔噬著鮮血，瞬間將小銀蛇開膛剖腹，這是集阿風多年來的殺蛇經驗才磨練出來的拿手殺蛇刀法，一氣呵成，自喚「天蛇斬」，因為阿風自幼不知為何，似乎天生與蛇類有不共戴天之仇，最愛吃蛇肉了。

隨著金蟾被阿風硬從小銀蛇腹中攫起，惡少女原本紅潤的臉色逐漸轉為慘綠，四肢不住地顫抖，最後竟急得潸潸淚下，這倒出乎阿風意料之外，怎這麼個刁蠻凶悍丫頭，也會有盈盈淚珠時候呢？

現場眾人也被阿風這「殺蛇取蟾」的大膽行徑嚇呆了！阿風無暇細想，便將金蟾交給這位良善少女，那少女也愣呆住，一時忘了去接，還好經阿風喚回神來，發覺金蟾未死，猶有餘溫，又驚又喜，向阿風千恩萬謝後，趕忙捧回家解救母親的奇病怪症。

在場圍觀的群眾，雖然心裏頗為阿風的俠義心腸喝采，但一瞧身旁這位辣手惡女，竟然臉色青一陣，紫一陣，好像火山即將爆發的前兆，不禁心下冷了半截。一般純樸的苗人百姓性格溫文，不想惹禍上身，也相偕速離這即將引爆大衝突的現場。

待眾人離開後，阿風對這位嬌橫無理的惡少女視若無睹，也不想再多浪費脣舌與她鬥嘴，轉身邁步便走。

「等等！你想這樣就一走了之嗎？」只見惡少女咬牙切齒，好像方才的小銀蛇一般，想把阿風這隻金蟾活生生地吞下肚腹，兩人好像從此時此刻此地起，已經結下深仇大恨。

「主人，這可怎麼辦，主人的師姊要怪罪下來，咱們如何交待呢？」惡少女身旁的丫頭金燕急著問道。

惡少女聞言，美如新月的雙黛眉，現在卻醜陋地扭皺一團，略一沉吟後，立刻對阿風說道：「小呆狗，你果然好樣，連姑奶奶的小銀蛇你也敢殺，既然你自稱『風大俠』，那好，有本事你就別走，待本姑娘找人來收拾你！」

阿風一聽頗覺好笑，這惡少女自己鬥不過人家，還想討救兵，怕你不成，便回道：「小巫婆，妳自己本事不濟，想找個更高明的對手來幫妳。行，不過風大爺我可沒什麼耐性，太久我可會走人喔！」

「好，你等著！」

惡少女偕同隨身丫鬟立刻火速離開現場，討救兵去了。

「咕嚕！咕嚕！」阿風只覺待事情一了，怎肚子又開始作怪，放眼想搜尋飽餐獵物，卻發現地上不躺了條怪裏怪氣的銀色小蛇，正向自己招手現寶，真是應驗了一句俗語：「踏破鐵鞋無覓處，得來全不費工夫。」

阿風很快地架設好烤肉用具，將小銀蛇從血噴大口處，這平時最兇悍、最邪惡的地獄之徑，也是能吞噬比其嘴巴更大的獵物之門，狠狠地插入了一支大竹條，架在竹架上，底下燃著熊熊烈火。火！就隨著阿風肚子發出的有節奏「咕嚕」聲，把蛇肉烤得香氣四溢，令人垂涎欲滴！

「呃！雖說這蛇小了點，卻香味特殊，我可算是嚐蛇無數，但從來還沒吃過這麼可口味美的珍品，啊！今天真是好運氣，有這天大的口福，人生一大樂事啊，哈！哈！」阿風邊吃著蛇肉，邊喝著甘甜的泉水，腹中已有七分飽，嘴裏還忙不停地讚歎這頓難得的佳餚美食！

阿風吃飽喝足後，見這惡少女許久未回，可能是討不到救兵，或者根本就是想嚇唬他，又食言而肥了，反正自己有要事在身，也不想再多待片刻，浪費寶貴光陰，便起身拍拍屁股要走，哪知遠處終於傳來聲音。

「師姊，就是這小呆狗害死寶貝小銀蛇的！」原來惡少女已經討來了救兵。

阿風一見，還差點笑掉大牙，這小巫婆怎麼身強體壯的彪形大漢不找，竟找了位身材矮胖，圓圓的體格像極了一顆大肉球的老婆婆呢！

那胖老婆婆，雖然身形似球，身手卻一點也不含糊，只一聽惡少女師妹說起，對面這位少年就是自己的殺蛇仇人，心想：「你這可惡的，該殺千刀的，小師妹口中的『小呆狗』，是不是吃了熊心豹子膽，妳祖奶奶的『寶貝小銀蛇』你也敢殺！」盛怒之餘，身軀一晃，竟活像一陣旋風般襲捲過來，快似閃電，瞬間欺近阿風身邊，並發出近似惡魔的淒厲鬼叫聲：「銀蛇，我的銀蛇小寶貝，你在哪裏呢？」

「師姊，妳別走那麼快，等等我啊！」

惡少女見師姊尋蛇心切，心下一憂又一喜。「憂」的是自己未經師姊允許，擅自帶走小銀蛇，師姊雖然不敢怪罪於她，但要告訴阿爹，可得又要挨頓罵了；而「喜」呢，是從「憂」中衍生出來，小銀蛇被殺，自己倒可順手推舟，將所有責任推給眼前這位天殺的小仇人——「小呆狗」，讓師姊好好懲罰於他，以消先前心頭之恨。

待惡少女也挺身追近，這位拄著銀色拐杖，人稱「銀杖婆婆」的老婆婆，開口就問：「小師妹，妳說的就是這渾小子，妳叫他什麼來著，哦，對了，『小呆狗』是不是？就是他殺了我的寶貝小銀蛇嗎？」銀杖婆婆邊指著阿風的鼻子邊罵。

「是的，師姊，就是他欺我太甚，我才在危急之中，亮出法寶『小銀蛇』，原本只是想嚇嚇他，哪知小銀蛇卻被他趁機狠心殺死！」

惡少女惡人先告狀，不只絕口不提自己欲奪人金蟾的霸道行徑，還將全都責任推給阿風，意思是放銀蛇傷人的她，是勢非得已，完全為了自衛，而殺銀蛇的阿風，才是罪不可赦的大壞蛋。

阿風一聽這可厭的惡少女，欲加之罪何患無辭，想挑撥離間，才這樣顛倒是非，但心想對方如此不講道理，那她的師姊看樣子也絕非善類，因此懶得再多費唇舌為自己辯解，只不過從方才這矮胖婆婆的身手看來，年紀雖大，卻功夫了得，也不敢大意半分，時時嚴加防備，以靜制動。

「那好，這位渾小子——小呆狗，可能活得不耐煩了！」銀杖婆婆顯然被惡少女瞞騙過去，又對著她說：「我銀杖婆婆在黑苗區內，誰人不知，哪個不曉，竟然有人敢在太歲頭上動土，待我問完話，再好好收拾他好了！」

「喂，渾小子——小呆狗！」銀杖婆婆轉身對阿風問道。

「喂，老婆婆！」阿風學著銀杖婆婆的語氣回道，「第一，我不叫『渾小子』，第二，我也不叫『小呆狗』，我有名有姓，叫我『阿風』就行了！」

「『阿瘋』！好，阿瘋就阿瘋，我說阿瘋啊，我看你真得瘋了，你知道我是誰嗎？」

阿風眼瞧面前這位五短身材的矮胖擁腫，又像極一顆大球的老婆婆，真想開口叫她「胖球婆婆」，又想到方才自己自我介紹時，「阿風」硬給她改成「阿瘋」，內心不禁噗嗤地笑了出來，正經一點仔細一看，只見她手裏拄著一根銀色拐杖，那大概有譜了。

「我猜妳大概叫『銀杖婆婆』吧！是不是？」

「哼！算你有見識，衝著這一點，我銀杖婆婆今天特別法外開恩，待會兒我會讓你死得痛快一些。阿瘋，我問你，我的寶貝小銀蛇的屍體呢？」

阿風下意識地摸了摸自己的肚皮，還來不及回答，只聽到一聲淒厲的叫聲當面轟來：「不得了了，師姊，小銀蛇被他烤來吃了！」

銀杖婆婆不聽則已，一聽之下，臉色立刻轉暗轉紫，好像一坨放了過久的豬肝貼在臉上一樣，鐵青著臉，尋聲飛身撲了過去，往地上一看，差點兒暈倒，心想：「你這小子啊，不僅是『渾小子』外加『小呆狗』，還是十足的『瘋小子』呢！居然將你祖奶奶最寶貝的小銀蛇當成蒙古烤肉，吃下肚腹去了。」

「你……你……我這……」銀杖婆婆一時氣急敗壞，竟然說不出話來。

「師姊！」惡少女見有機可乘，趁機獻上毒計：「妳不用太難過，小師妹另有一說。」

「哦，怎麼樣，還有補救的辦法嗎？我的好師妹啊，妳可要救救妳師姊吶，旦說無妨！」銀杖婆婆打從一開始就上了惡少女的當，她不僅沒責怪過這位心狠手辣的小師妹，現在反而求起她來，使得原本的母夜叉，如今卻變成了救世觀音菩薩。

「我說師姊啊！這銀蛇與金蛇一樣，皆乃苗區的藥蛇之王，是醫病用的，現在不幸被這小呆狗給吃了，雖然肉體不見了，但藥性不是還在嗎？可能已經轉入這『小呆狗』身上了，只要……嘻嘻，妳懂我的意思嗎？」

「呃……藥性轉入人體內！」一股可怕的念頭閃過銀杖婆婆的腦海裏：「對啊！我怎麼沒想到，還是小師妹聰明，竟然想得到這一層，哈哈！那這位『小呆狗』小子，不就成了『藥人』了嗎？哈哈！妳師姊我也好久沒有吃人肉了，哈！哈！」

阿風在一旁愈聽雞皮疙瘩愈起，眼前這兩位邪惡女子，一來一往的對話結論，竟然將他稱為「藥人」，那不成了「可以入藥的人」嗎？而那位胖胖球形老婆婆，竟然說自己已經好久沒有吃人肉了，阿風一聽，真的是頭皮愈來愈發麻，再不腳底抹油——快溜，可要成了眼前這兩位惡女的點心了！

阿風趁她們還在聊天的時候，以極細微的步伐及動作，把音量降到最低，企圖開溜，哪知遠處傳來一聲冷笑：「想溜，想得美呢！」聲音已了，阿風只見眼前有一大團肉球欺近，「嗖」的一聲，一銀杖突然劃破天際，現出一道銀光，朝阿風天靈蓋狠狠劈來！

阿風一見如意算盤被人識破，便不想再逃，立刻全神貫注地全力以赴，揮動右腳，劃出一道弧線，身隨腳旋，閃身左避，漂亮地閃過了銀杖婆婆著名的「破天杖」這一奪命銀杖法。

「好！」銀杖婆婆見阿風竟然能側身漂亮地躲過她的成名杖法，不禁發出一聲喝采，但銀杖婆婆豈是省油之燈，掄起手中銀杖，猶如幻化成蛟龍，瞬間盤旋天際，又連攻過來，使的是「奪命銀杖法」的第二招——「龍盤天際」！

阿風見銀杖婆婆使得全是奪命狠招，不敢怠慢，立刻回以守招「泥鰍遁地功」，身形一晃，竟像一隻滑溜泥鰍，悠遊於巨龍身旁，當真應驗了一句俗語：「龍游淺灘遭蝦戲，虎落平陽被犬欺。」只是現在缺了蝦，改成泥鰍罷了。

就這樣你來我往，已拆了數招，銀杖婆婆招招陰毒，但都點到為止，顯然有所顧忌，一則想試探阿風的武功實力，二則阿風已成「藥人」，要傷了他的性命，可成了「死藥」，哪還有什麼利用價值！就因為這樣的瞻前顧後，才讓阿風有機可乘，不至於立刻陷入絕境，但銀杖婆婆何等了得身手，也逼得阿風只守不攻，徒能待機。

不過在銀杖婆婆眼裏，難怪小師妹鬥不過這「小呆狗」，自己數十年的功力，竟然連他的衣角也沾不到，因此不敢大意，也想待機，將阿風一舉成擒，活逮過來。

就在兩人鬥得火熱的同時，一旁的惡少女見狀，以為連師姊也鬥不過他，心想要讓這滑頭小呆狗給溜了，那今天的仇就報不了，那可比什麼事都嚴重千百倍。於是輕移蓮步，緩緩降低身段，就像餓虎正要撲食一般，趁他兩人不注意時，悄悄地潛到阿風的背後，抽出自己最拿手的皮鞭，這鞭雖然明鬥不過，暗襲總可以得手吧！因此心念一定，也蓄勢待發。

此刻，三人各有所思，也各有所算，更各有所待。

猝然，惡少女首先發難，冷不防擎起手中皮鞭，用力一抖，鞭出人隨，立刻攻向阿風！阿風一聽耳後有人偷襲，知道必定是這位刁鑽惡女，才會用這種卑鄙的暗襲手法，心火一起，乘勢朝銀杖婆婆一掌作勢奮力劈來，雷霆萬鈞，嚇得銀杖婆婆以為阿風狗急跳牆，使出絕招，立刻回身後撤守禦，哪知阿風這招僅是虛招，目標卻放在身後這隻自以為將要得手的螳螂！

惡少女皮鞭還在空中，來不及落下，突然見到阿風一掌回身劈來，比方才的雷霆萬鈞之勢更是磅礴，力道十足地朝惡少女當頭斬來。銀杖婆婆遠方見到，大叫不妙：「小師妹小心！」但遠水救不了近火，已然不及，惡少女連喊「完蛋」的機會都沒有，只得眼睜睜地呆立待斃！

阿風對這惡少女恨之已極，心想世上為何會有如此狠毒之女，將他人性命視為糞土，卻自以為高貴，今日倒不如替天行道，趁機殺了這野丫頭，為苗區百姓除一大害，因此用盡全身內力，以手作刀凌空斬下，石破天驚，擋者必死無生！

那惡少女嚇得渾身發抖，瞪目待斃！

但過了良久，卻見阿風一掌遲遲停在半空，並未落下，接著突然聽到「砰」的一聲巨響，阿風竟然整個身體直挺挺地，瞬間向後撲倒，僵癱在地上，一動不動地，活像個木頭人，嚇得銀杖婆婆及惡少女師姊妹兩人遲疑半晌，以為阿風又在玩什麼花樣，都不敢大意亂動！待過了好大一陣子，也不見他有所行動，顯然不是誘敵之計，才都鬆了一口氣，但為防萬一，兩人很快地聚攏在一起，以加強守備戰力。

「師……師姊，這……這到底是怎麼一回事呢？」甫從鬼門關走一遭回來的惡少女，依然全身微微顫抖，連聲音都抖著問道。

「小師妹，剛才真的是千鈞一髮啊!真的好險，不過我想是小師妹的福大命大，祖宗保佑，神明有靈，才能躲過這一劫難！」銀杖婆婆先安慰小師妹，讓她心魂略定以後，才繼續推測地解釋：「至於真正的原因，據師姊推算，應該是這『小呆狗』註定該死，他誤食小銀蛇，雖說銀蛇乃藥蛇之王，並無致命毒素，但藥本是毒，無病食之，除非內力雄厚，或練就防毒巫蠱之術，才能助其練成百毒不侵之體，及內力大為增加，否則亦會被其非速死之毒緩緩侵身，干擾內力運作，只一提氣，就會加速血液循環速度，迫使心臟因為負荷不了而暫時休克，倒地不起，試想這『小呆狗』年紀不大，怎承受得了銀蛇這強大的藥性呢？他能與我交手多時，撐到這般田地，也算十分難得了！」銀杖婆婆言下之意，竟有佩服阿風之態。

「哦？我懂了，原來這小呆狗是吃死的，活該，誰叫他這麼嘴饞，如今毒性發作，真是報應，師姊，那他會不會死，我們現在怎麼辦呢？」

「嘿嘿！小師妹，剛才妳口口聲聲要取他性命，如今怎又關心起他的生死呢？莫非……嘿嘿！」銀杖婆婆發出曖昧的笑聲。

「師姊，妳扯到哪裏去了。」惡少女一下子竟然臉色潮紅，微嗔道：「人家是擔心，要是他就這麼死了，那多便宜他呢！他處處與我作對，欺我太甚，人家是要他活著，以便好好折磨他，方能洩心頭之恨呢！」

惡少女表面說得咬牙切齒，但心下卻不知怎的，倒真希望這老是與她鬥嘴的「小呆狗」不要死，為什麼呢？自己也說不上來，這也難怪，這惡少女雖然既富且貴，心狠手辣，視人命如草芥，但也不曾傷害過人命。所不知的是，她是不是不想阿風因栽在自己手裏而亡？還是其他緣故？那心中的一絲擔心，又是為何呢？

「喔，是這樣嗎？我的小師妹！」銀杖婆婆依然笑嘻嘻地追問。

「當然是這樣，啊！師姊，妳要再取笑我，我以後可不理妳了，而且到師父那兒，小心我說妳壞話，瞧師父信我還是信妳！」

銀杖婆婆見小師妹馬上要翻臉，她十分了解這位小師妹的個性，吃軟不吃硬，聽她抬出師父這面大招牌，焉能不賣帳，師父平常最疼這位小徒弟了，要得罪了她，自己豈不要吃不完兜著走，於是收回玩笑話，正經回應。

「小師妹，妳別生氣，師姊是跟妳開開玩笑的，若說這『小呆狗』會不會死，我剛才測過他的脈象，竟然並不如我想像中的奔騰激盪。所以說囉，他不僅死不了，過不了多久，就能活蹦亂跳，像條蟲了，唉！這怪奇小子只能用兩個字形容──『怪胎』！」

惡少女聽完，「噗哧」一笑，心想這小呆狗名號還真多，先被師姊叫成「渾小子」、「阿瘋」，現在又成了「怪奇小子」、「怪胎」，真是好笑，惡少女突然笑得好燦爛！心下猛然一驚，臉上又是一紅，因為笑聲中，除了師姊講的好笑之外，竟然還有聽到因為這「小呆狗」死不了，而有甜甜的笑意夾雜其中。惡少女心海蕩漾，久久無法平復，但一想到，要是給師姊瞧出什麼破碇或端倪，那只有挖個地洞鑽進去了，於是立刻回過香軀，低垂著頭，羞澀地背對著銀杖婆婆。

銀杖婆婆原先聽到小師妹的爽朗笑聲，以為不再生她的氣，但不到一下下，怎又猛然背對著她，心下又是一驚，這小師妹喜怒無常，銀杖婆婆私下暗自叮囑自己，下次再不敢開這種玩笑，因此急問道：「小師妹，妳還在生師姊的氣嗎？」

「哪有！」惡少女待心神略定後，才轉身過來，見到師姊一臉窘態，頗覺好笑，立刻回道：「不對，應該說還有一點點，就是妳還沒有回答我的第二個問題？」

「喔！師姊真是年紀大了，老了，多謝小師妹提醒，我們就把他暫時抬回『銀蛇宮』，只要不傷他性命，任憑小師妹發落！」

「太好了，師姊，我非得好好整治整治他不可，讓他瞧瞧欺負本姑娘的下場，是何等悲慘啊！」

惡少女一說完，不自覺中又朝已經被下人抬起身來的阿風身上望了一眼，突然心如小鹿亂撞，澎湃如潮，臉上一陣紅暈，內心一驚，敢緊又轉身過去，再偷偷回望時，還好沒人發覺，原來眾人早已遠去，只聽遠方傳來師姊的叫喚聲：「小師妹，妳還在磨蹭什麼，要不要師姊過去幫忙啊！」

「啊？不用了，我隨後馬上趕來了！」惡少女心事哪要人知悉，不過連她自己都迷惘了，但為免引人疑竇，還是快步趕緊跟上回宮隊伍。

阿風全身乏力，軟癱中微微醒來，腦中一片空白，胸中似有烈火焚燒，好生難受，突然起了一陣哆嗦，讓阿風驚醒地跳了起來，這才發覺，原來自己已經中了蛇毒而不自知。

阿風判斷這怪銀蛇必有奇毒，不敢怠慢，馬上身、心、息皆落沉丹田，將之前劉爺爺送他吃的「九轉化毒丹」凝聚氣海，依天上星辰運轉方向（反時針方向，由東向西），連轉九次，先慢後快，先內後外，待全身周匝一遍以後，才又起了一陣哆嗦，但這次卻是身體散毒之象，痙攣中卻充滿舒暢，彷彿全身細胞同時活化過來一般，長舒一口氣後，氣息才又復歸平靜。

阿風驚魂略定，現在才記起自己與銀杖婆婆對陣之時，因為只守不攻，沒有運氣回擊，才不致毒氣攻心，若非那惡少女歹意偷襲，逼自己痛下殺手，方使蛇毒入心，一急之中毒性疾發，才會突然暈倒現場，如今失手被擒，想來此處必為其等巢穴，抬頭一看，三個斗大字體刻在石柱上：「銀蛇宮」，心下瞭然。

阿風內心慶幸，還好因為平常自己就愛吃蛇肉，劉爺爺才在偶然間贈以化毒丹丸「九轉化毒丹」，並教授內功化毒法加以配合，可清除一切蛇毒，但只限從口食入的蛇毒，也就是吃進去的才算，若真的被毒蛇咬到，只能暫緩發作時間，並無法解毒。不過這對喜食蛇肉的阿風來講，已經是天大的福音，因為只要自己小心捉蛇，那就有幸嚐遍天下美味蛇肉，豈不美哉！但有時托大只會帶來更大的危機，今天太高興吃到極品珍味，卻大意的忘了化毒步驟，才不幸被擒。「阿風啊阿風，你果然是隻『小呆狗』啊！」阿風自嘲道。

既然蛇毒已化，阿風又豈願當一隻籠中鳥！立刻假意中毒已深將亡，哀求要喝水，當差的一奴僕不疑有它，心怕要犯人死了，這罪自己可擔待不起，因此依言端來一碗大清水。阿風倒非全盤訛詐，也是方才毒火攻心，渴得要命，連喝了十大碗，看得那一奴僕嘴巴及眼睛都張得大大的，一臉驚異之狀，心想此人是不是真得要死了呢？

阿風趁他端來最後一碗的時候，突然伸出巨爪，將那倒楣奴僕一把逮住，胡亂之中拾起地上一顆小石子，並說：「你嘴裏有蟲！」

「哪有？」那奴僕慌亂之中回了一句，就在那個「哪」字剛說完，「有」字還未接上之時，阿風立刻將那小石子往他的嘴巴「啪」的一聲塞入，再放開他的身子，而那奴僕正好講出「有」字，果然一口吞下了小石子，心叫不妙，用手摳了半天，卻不摳出什麼來！

阿風在一旁冷笑道：「此乃風大爺我的不傳秘蠱『七步七天化屍毒蠱』，走七步後全身潰爛，直拖到滿七天以後，才會屍體化為毒水，慢慢地一寸一寸死亡，過程中既可怕又痛苦，想活命的話，快幫我開門啊！」

「風大爺，求求你別殺我，我只是小小的一條看門狗而已，用不找浪費你的毒蠱啊！」那奴僕倒也滑頭，為求保命竟然貶稱自己只是一條「看門狗」。阿風頓覺好笑，但笑在心裏，嘴上仍然不饒人，阿風心知苗區人民怕蠱怕得要命，才讓他有機可趁，但時間若一拖久，要中途又殺出一位程咬金，那自己的計謀不就白費了。心念至此，俗語說「打鐵趁熱」，得趕緊再加一把勁才行。

「既然你只是一隻看門狗，大爺我也不想污了雙手殺你，只要你開門讓我出去，我就會給你解藥，我最厲害的毒蠱是要對付最厲害的高手，你聽明白了嗎？」

「是的，小人命如草芥，感謝大爺不殺之恩，我這就幫你開門！」

那奴僕不僅上了阿風的當，還邊開門邊對阿風歌功頌德，聽得阿風雞皮疙瘩掉滿地，心中暗罵好不要臉的狗奴才，開口便說：「張嘴，啊——」

那奴僕見阿風真要給他解藥，滿心歡喜地張開大嘴，血盆大口張得比蛇類還厲害，當真怕萬一接不到解藥，而讓它掉到地上再去找，那超過七步就要毒性發作了，何況自己開門時已經用掉了四步，接下來的三步可得留神，小心一點兒使用，也避免阿風反悔而逼他走超過三步，那就慘了！

阿風見他嘴巴張得偌大，好像嗷嗷待哺的小鳥，還不時從嘴角邊流出口水，趁自己忍不住要笑出來的同時，左手在那奴僕面前虛晃一招，他哪有解藥，右手趁機瞬間往其後頸部穴位用力點下，只見那奴僕全身突然像紙張一般，從空氣中滑溜下來，又像洩了氣的皮球一樣，攤在地上，動彈不得。

阿風很快地將自己與奴僕兩人的衣服對調，並將那奴僕拖入大牢內，背對著牢門橫臥在地，接著又在其身上舖上一些稻草桿，遠望果然分不出真假，才放心地又關上牢門，溜出去打探消息。

阿風雙腳一蹬，立刻翻上屋頂，一路低身緩步前行，來到中庭，趴身低頭前探，只聽得兩位老婆婆正在鬥嘴。

「我說師姊啊，妳都這麼老了，怎麼還沒死呢！」

「我說師妹啊，妳也年輕不到哪裏去，何況死亡是不論先來後到，師姊寧願為妳心碎，又怎麼忍心讓妳為我流淚呢？」

「好說好說，師姊妳論年紀，論輩分，都比我大，當然囉，比師妹先死，也算天理循環，正常的很呢！」

「哼，論輩分可是妳說的，那妳為什麼老在師父面前跟我爭代表權呢！所以今年的聖母令應該落在金蛇宮，是不是？」

「哪有這種道理，我說的是死亡順序的輩分，要說到一年一度的聖母令得主，自然是能者居之，這又不是小孩子扮家家酒，怎可用輩分來衡量先後順序呢！」

阿風愈聽愈沒趣，人家家務事干我屁事，正轉身要走，突然又聽到一句有趣的話題，精神為之一振，耳朵也犀利起來。

「既然論輩分無法獲得聖母令取得權，那甩嘴皮子也無濟於事，亮出金銀雙蛇對決吧！」

阿風縮頭縮尾地往地面上一看，果然這兩位老婆婆因為意見不合，就快要打起來了，左邊這位長得像球的矮胖老婆婆，正是當日與他較量的惡老婆婆，手持一把標緻「銀杖」；而右邊這位老婆婆，就是她口中所稱的師姊，正好相反，長得又高又瘦，像條竹桿，手上也持了根標緻物「金杖」，她想必叫做「金杖婆婆」了。

阿風看得幾乎笑了出來，這兩位一高一矮，一胖一瘦，正好又是針鋒相對的師姊妹，果然有好戲可看，但吸引阿風的並非她二人無聊的爭吵，而是金杖婆婆口中的金蛇呢？

「對啊，有銀蛇當然就有金蛇，我怎麼沒想到，還真是笨得可以，難怪惡少女會罵我『小呆狗』呢！」阿風邊想邊調侃自己，但一想到差點害死自己的銀蛇肉，那種又刺激又美味的滋味，阿風不禁又饞嘴起來：「人家說『牡丹花下死，做鬼也風流』，那我是『金銀蛇下肚，做鬼也滿足』，哈哈！」

阿風一見獵物又出現，焉有不興奮之理，管他致不致命，吃了再說！何況自己還有法寶「九轉化毒丹」呢！

「師妹，我金蛇已放，妳還猶豫什麼，咱們以蛇取勝。」

只見金杖婆婆果然衣袖一抖，乖乖的，一條比銀蛇更奇異的金色蛇類「嗖」的一聲，直飛入兩人身旁的一個竹編小圈圈內，想必這圈圈一定是平時她倆放蛇對決場地，而阿風從上次惡少女放蛇傷人，到金杖婆婆放出毒蛇的姿態看來，果然印證了傳說中，有人「以蛇為劍」的暗器說法，自己原先還不相信，蛇是活體，怎可成為兵器呢？以為那只是江湖術士耍嘴皮子，胡謅混飯吃而已，但今日一見，果然不假。如此推算，那牛啊、馬啊、猴子啊，甚至人本身自己，說不定也可以當成武器！天下之大，真是無奇不有！

阿風聽金杖婆婆逼銀杖婆婆放蛇對決一決勝負，不由得摸了摸自己的肚皮，銀蛇早就下了五臟廟，還害他成了「藥人」，這可恨的銀杖婆婆，這下看妳如何回答。

果然，銀杖婆婆受激慌了手腳，一時難以回應，竟飛身直接攻了過去，並叫道：「金銀蛇只是貢品，手腳功夫才能定勝負。」

「儘管放馬過來，老娘等妳呢！」金杖婆婆不知銀杖婆婆已失銀蛇，也跟她鬥了起來。銀杖婆婆一把銀杖在手，氣燄凶騰，而金杖婆婆一根金杖在手，殺氣騰騰，兩人交手招式相若，皆是使杖高手，所以只能比內力，偏偏連內力也相當，因此儘管鬥得天昏地暗，飛沙走石，也無法分出勝負，不過兩位年歲已高的老者，能有此等身手及體能，卻也難得。

而在一旁觀戰的阿風，目光自然並非放在這兩位老婆婆身上，而是盯著這隻在陽光下，閃耀金色光芒的小金蛇，正在竹圈內打轉呢！

彷彿烤銀蛇的香味又縈繞在自己鼻子旁邊，阿風正如痴如醉，似夢似幻，突然肚子也隨著想像力「咕嚕咕嚕」地叫了起來，這倒嚇醒了阿風，趕緊又朝小金蛇方向望去，慘了！小金蛇不知在何時已經趁機跳出圈外，阿風這一驚非同小可，立刻四處張望，深怕因此失去小金蛇蹤影，還好就在左前方的一個側門處，小金蛇的金尾巴，在陽光的反射下顯得格外耀眼，但也很快地隱沒該處，阿風自嘆好險，這次可別再搞砸，於是小心地跟了過去。

俗語說得好，「螳螂捕蟬，黃雀在後」，阿風正要躍身縱下逮捕小金蛇，哪知眼光一閃，立刻急踩煞車，差點狼狽地摔了下去，還好總算煞住了，原來守候一旁，也對金蛇有興趣的，不止他一人，阿風仔細一看，還真是冤家路窄，底下之人，不正是當日最可恨的那位兇巴婆——惡少女嗎！

阿風人在上方，又在暗處，正好可以穩當地觀察那位惡少女的行徑，只見她鬼鬼祟祟地探頭探腦後，從衣袋內摸出兩樣器具，阿風認得，一是蛇笛，可吹出特定笛音，用來吸引蛇類前來；二是蛇筒，雖是小小一個，卻可以將小型蛇類困在裏頭，因此阿風斷定惡少女這次是有備而來。

阿風本想偷溜下去，待惡少女捕獲小金蛇以後，再將惡少女點昏，奪其所得，但又一想，這惡少女一路害己之甚，這仇已經不共戴天，心念一閃，不如來個一石兩鳥之計，既可得到小金蛇，又可以趁機狠咬惡少女一口，方可消消心頭之恨。

計定，先跳到隔壁一間小屋上面，手折一根樹枝，「啪」的一聲，引來兩位苗人婢女，她二人一聽外面有異狀，便尋聲探來。暗中一見惡少女正左手吹蛇笛，右手拿蛇筒，而與其照面的，是一條閃耀金光的小蛇，正在抗拒上鉤，看到這一幕，驚覺不得了，因為她們惹不起這惡少女，只好速去回報金杖婆婆。

阿風見到全景，露出了冷冷的笑容，計謀已經成功一半，接下來，就要親逮小金蛇。

首先，阿風故意發出怪聲：「喂，師兄，那邊好像有聲音喔，咱們快過去看一看。」

「對啊，師弟，要是有什麼重要蛇類被捉走，師父怪罪下來，咱倆可擔待不起啊！」

阿風獨唱雙簧，自己一個人，一唱一和，竟把這既淘氣又機伶的兇丫頭嚇走，留下捕蛇用具，阿風心想這大概是作賊心虛吧，趁機也用剛才惡少女所用的方法，現學現賣，由於他的捉蛇經驗少人能敵，因此一點就通，只一下子，便把小金蛇騙入竹筒，心想又有蛇肉可以吃，也顧不得口水直流，趕緊又跳上屋頂，消失蹤影。

「唔，果然又是一道人間美味，肉質雖沒有銀蛇嬌嫩細緻，但咬勁十足，可又是別的蛇類望塵莫及，嗯，真是齒頰留香，回味無窮呀！」阿風吃完烤蛇肉後，又是一番大大地讚嘆。

「好了，該是離開的時候，不，等一等，四周怎麼還是這麼安靜！不如趁機再上屋，探一探那惡少女的下場，看看她無法交待金蛇下落的窘態，一定比平常還要可愛多了，哈哈！」

阿風滿心歡喜地先用「九轉化毒丹」化完餘毒，以免重蹈上次覆轍，這也是在不幸被發現以後，還有餘力可以逃跑的契機。阿風沒有把握贏得了那兩位加起來將近兩百歲的老婆婆，況且自己才十幾歲呢！不過他倒有把握見苗頭不對時，趕緊來個三十六計，走為上策。

來到中庭上方，阿風依然躲在暗處，卻見這兩位老婆婆還在交手，雖然雙方速度都慢了下來，但嘴裏的毒話卻比毒蛇還毒，依然源源不斷，如活水源頭，絲毫無減緩趨勢，而方才阿風誘來的那兩位女婢，正呆立一旁地不知所措，顯然還未通報。阿風內心有譜，等一下可有好戲看了，還好自己沒有吃完金蛇肉就拍拍屁股走人，否則將錯過一場大戲。

不一會兒，大概雙方也鬥累了，同時歇下手，但嘴裏毒話還未停歇。

「我說師姊啊，妳果然老了，行動比小豬還慢，真是老態畢露啊！」

「五十步笑一百步，師妹啊，我看妳比我還老，行動比老豬還慢，師姊大概要白髮人送黑髮人了，唉，天呢！」

正鬥嘴間，銀杖婆婆見到身旁多了兩位女婢侍立，便開口問道：「妳倆做啥來？」

「回婆婆的話，我們有要事通報，但見二老正鬥得起勁，不敢打擾，才呆立這裏良久。」

「有話快說，有屁快放，怎麼比妳婆婆還婆婆媽媽呢！」

「是，婆婆，小金蛇趁二老交手時逃出圈外，被小師姑暗中捉走，我們正好撞見，不敢當面頂撞，才急忙跑來通報二老知悉。」

金杖婆婆及銀杖婆婆一聽小金蛇趁二人動手之機溜走，不約而同地看一下地面竹圈子，果然不見蹤影，又聽說快要被她們的小師妹捉走，兩人也不約而同地各懷鬼胎。金杖婆婆心想，她這寶貝金蛇是要當師父生日賀禮，及奪得聖母令的最佳法寶，要給這師父最疼愛的刁蠻小師妹搶走，她承認還好，暫時寄放是無妨，但她要死不承認，等玩死了再隨手一扔，死無對證，那自己就欲哭無淚了。

而銀杖婆婆所想正好相反，反正自己的小銀蛇已失，方才動手是迫不得已，否則不就是自己認輸了嗎！如今機會來了，若金蛇被小師妹捉走，小師妹不承認最好；若承認了，也未必會交出來；若玩死了就更好了！倘若小師妹沒捉到，那強龍難壓地頭蛇，這「銀蛇宮」自己是主人，便可趁機下達捉蛇令，那金蛇便無活命機會，自己也可與師姊站在平等地位了。

兩人各有心機，各懷鬼胎，卻行動一致，誰也不讓誰，迅速且同時地衝入小師妹房中，還不待二老開口，只聽那惡少女居然搶先說道：「兩位師姊是不是為了小金蛇而來？」

金杖婆婆及銀杖婆婆同時點了點頭，只聽這小師妹嬌嗔道：「沒錯，我剛才本來想捉小金蛇，是為了……是為了……哦，是為了對付那可惡的小呆狗，他害我顏面盡失，我本想捉來小金蛇，以便好好地慢慢折磨他，讓他求生不得，求死不能，才知道本姑奶奶不是那麼好惹，但可惜當時有人闖進來，所以我連竹笛及竹筒都來不及收回，就閃人，因此小金蛇並不在我這裏，可能還在院子裏吧！」

只見二老聽完，依然面色凝重。

金杖婆婆心想，金蛇雖然逃過這位人見人怕的小師妹手中，但已經不在自己掌控範圍內，找不找得回來，還是一大問號？

而銀杖婆婆心想，既然小師妹承認想捉而未捉到，顯然金蛇還在院子裏，只要待在銀蛇宮內，非得想盡辦法弄死牠不可！

而臉色最凝重的，應該是身在屋頂上的阿風吧！心想：「我與妳真的有這麼大的仇恨嗎？妳怎麼這麼狠毒，想捉蛇來作弄自己，讓我求生不得，求死不能，還好這歹毒的凶器被我下了腹，看妳奈我何！」

不過大伙兒又怎看得出，其實那惡少女這次卻是好意，捉金蛇只為幫阿風解蛇毒，至於自己為什麼要這樣做，連她自己也不清楚，只是她不願意有人知道她有這種想法，才編出要加害阿風的惡毒計畫，哪知卻讓最不該知道的阿風聽到，因而雙方的恨意高牆，無形中又加高一層！

惡少女見這兩位師姊面色皆凝重異常，以為她們還是不相信自己的話，又嬌怒道：「兩位師姊要不相信，我帶妳們去看好了！」

二老本欲否認沒有不信小師妹之意，因為即使她說謊，二人也得假裝真實，畢竟眼前這位小師妹的後台靠山實在太大太高了，但既然她開口要帶路，再好不過，便一改方才鬥嘴高姿態，同時難得地保持緘默，跟了下去。

在一旁靜待惡少女出糗的阿風，卻見這兩位惡婆婆對這位惡少女竟然連大氣都不敢吭一聲，還挺聽話似的，真是大失所望，但看戲總得看到結局，也暗中跟了下去。

回到原地，只聽惡少女狐疑道：「咦？奇怪了，我明明將蛇笛及蛇筒留在這裏，怎麼不見了？」

此時突然又有二女婢來報：「婆婆，不好了，我們在後花園的水池大石頭旁，發現了這兩樣器物，好像是小師姑的！」

「沒錯，這是我的蛇笛及蛇筒，怎麼都燒焦了！」惡少女大驚道。

原來阿風在頂備烤金蛇時，一時找不到引火乾柴，見此二物乃惡少女所有，一則為了報復，二則為了湮滅證據，才拿來當乾柴燒，哪知如今穿幫了！

「不好了！」銀杖婆婆一時又像想起什麼似地，大叫道：「妳們快去看看『小呆狗』還在不在牢裏？」

「二師姊，妳難道懷疑……」

只見銀杖婆婆點了點頭，金杖婆婆卻一頭霧水，待二人講述前因後果後，金杖婆婆大驚，真的是這樣子嗎？

阿風在一旁再也待不下去，見東窗事發，閃人要緊，便小心翼翼地速離現場，否則難免小命遭殃！

等二女婢回報籠牢中的小呆狗果然不見了，眾人又見到阿風熟悉的烤肉用具，當真小金蛇又給他逮去當蒙古烤肉大餐，一時眾人咬牙切齒，阿風啊阿風，下次要給咱們逮到，可有得你受了！

而惡少女見阿風藝高人膽大地又吃了小金蛇，不僅沒感到忿怒，反而有些失望，心想：「下次要給妳姑奶奶捉到，非得好好整治你不可，只是可惜下次，不知是何年何月何日了。」想著想著，嘴角竟露出了一絲憂愁！

阿風逃離銀蛇宮以後，心魂略定，在稍適打探路徑後，才轉入一個古樸的小鎮。

但見此鎮人煙稠密，好不熱鬧，市集街肆井然有序，屋宇房舍整齊劃一，充滿了古色古香的質樸典雅味道，也散發著濃烈的鄉土氣息，是融合了都城及村野的雙重特色，也是苗區少見的繁華景象。

走在大馬路上，只見行人匆匆，來往商旅絡繹不絕，正熱鬧間，突然有一小隊人馬簇擁過來，排場有官家氣象，但服飾又是尋常百姓人家，就在這種人擠人，車如流水馬如龍之時，阿風突然眼睛為之一亮，原來他發覺正與一位衣著齊整，面貌莊嚴，有長者之風的人講話的中年男子，不正是自己奉命要找的林伯伯嗎？

待其隊伍進入一家客棧坐定之後，阿風眼見機不可失，二話不說，逕翻身縱入酒樓，頃刻即至，由於他的速度實在太快，眾人還來不及眨眼，已見阿風直挺挺地穩立現場，猶如東嶽泰山一般！

這時立刻引起一陣騷動，眾人在大驚之餘，那位雍容男子及林伯伯，還有諸位護衛人員，同時反射似地站了起來，但反應時間還是差阿風一大截，若是刺客來襲，恐怕早就有人必須躺平了！

在阿風還來不及認出林伯伯時，林伯伯經驗老道，一晃眼就瞧出端倪，不禁心下一震，又喜又憂，喜的是與這位世侄許久未見，總有談不盡的話語要一一道盡；憂的是，他是看阿風長大的，阿風的實力自己再清楚不過，以一位少年阿風的功夫能好到哪裏，自己及護駕隊伍竟然像木偶一般，全無招架能力，任其來去自如，那是不是表示己方的實力有明顯下降趨勢？還是反應力開始不及格了？

但林伯伯如何能料到，即使連阿風自己也是懵懵懂懂，怎他的身體愈來愈輕盈，動作愈來愈敏捷？這證明了一件事，這少年阿風已今非昔比，偶然間吃了苗區兩大藥蛇之王——「金、銀雙蛇」，能不毒發身亡，而能將藥性化為己有，轉成源源不絕的內力，都要感謝劉爺爺送他吃的那顆「九轉化毒丹」，但這也是阿風自己的特殊際遇，此刻他的功夫已經高到令人不敢置信的地步，但此為後話，暫不表也。

林伯伯一見來者是阿風，心下立刻鬆了一大口氣，也同時遞了個眼色過去，而他身旁這位雍容長者，正是當今大理國國王「阮季剛」，收到暗號，知道危機解除，也遞了個眼色回去，意思是放手去做吧！

林伯伯見到阿風莽撞行事，還是惡習難改，有意調教一番，小小教訓一下，以便收其放浪之心，順便也可探其武功進展如何。因此在阿風還來不及認人的情況下，立刻喝動國王身旁兩大護法，在點到為止的情形下，逕攻了過去。

阿風嘴巴要講，卻沒有開口機會，兩大高手連袂劈掌襲來，掌風如潮似浪，一陰一陽，一冷一熱，一冰一火，排山倒海而來。阿風立刻收回剛要出口的話語，心知對方實在太了得，必是一等一的高手，因為人未至，內氣已經逼得他快喘不過氣來！

但阿風又脫胎換骨一次，對手真氣逼來，無非是想在出掌前先持得點，占了上風，以便待會兒可以予取予求，哪知阿風雖然還不太會運用體內驚人的真氣，卻在危急中由丹田內的氣海旋出，彷彿無數道光一般，籠罩全身，氣流在主脈的小周天之中迴旋，氣貫任督二脈，不學自通，轉而又在大周天的四肢之中迴盪，引發全身各大脈穴的自由迴轉，整體中有各別，各別中又包含整體，形成一個強大的防護網，緊緊將阿風身體內外纏繞，滴水不露，陰陽難侵。

阿風無意中發動真氣，頃刻之間打通奇經八脈，頓覺身體所有毛孔及內臟，都好像沉浸在柔和的按摩光線之中，輕飄飄的，虛晃晃的，舒服極了，卻忘了自己身陷在兩大高手之間，還好對手並未想奪下他的小命，否則在這種情況下，是既危險又安全。危險的理由，在於他竟然敢在高手過招之時打通身體氣脈，稍有不慎，不是受襲而亡，也極可能自己走火入魔而死，因此凶險極大；而安全的理由，正好相反，一但讓他打通氣脈以後，此刻想要他的命，豈是易哉！

這兩大高手，亦即國王身邊的護衛，是一對親兄弟，又是同門師兄弟，一學「寒冰掌」，一學「烈燄掌」，一陰一陽，一冷一熱，一冰一火，身材又是一高一矮，雙方搭配得天衣無縫，默契十足，兩人猶如一人，一人又像兩人，一呼一和，一搭一唱，竟如連心雙體人，行動一致，雙人四掌，幻化無窮，實在難以捉摸，是對十分難纏的兄弟檔。

就在阿風還未受逼引發體內真氣貫流之時，這兩大高手四掌所捲動之氣，一下子冷，冷得令人發顫；一下子熱，熱得使人發昏。如此一來一往，兩大氣流襲捲阿風全身上下，就好像在洗三溫暖一樣，但不是舒服的令人留連忘返，而是痛苦的令人難以承受！

但這還只是當面襲來的氣暴，那貼身的掌風，才是令人發麻又發抖的可怕招式。「寒冰掌」集洌冷之大成，掌出寒氣流，中者立時成為冰人；「烈燄掌」集猛火之大成，掌出烈氣燒，中者立時成為焦人，雖皆不致命，但痛苦難當，威力十分驚人。

而阿風就穿梭在這兩大堪稱連體兄弟的指縫之間，對方的攻勢是一波未歇，一波又起，連綿不斷，而且此起彼落，來勢洶洶，還好阿風有滑溜的「泥鰍遁地功」護體，才一時傷他不得，而能讓他趁機引發體內真氣。

林伯伯及大理國王看得是嘖嘖稱奇，尤其當兩大護法急攻的同時，阿風的全身上下竟然不僅冒出白煙，顯然是勾動體內真氣之象，還不時發出白色光芒，這就令人費猜疑！不過，不論如何，林伯伯眼見這兩大高手，出手許久，竟拿這毛頭小子不下，心知阿風必有奇遇，也想試一試他的「避蠱術」，因為身處苗區，即使武功再高，力氣再大，若身中蠱毒，也就英雄變狗熊了，因此私下請示大理國王，大理國王點頭應允，林伯伯便高聲叫道：「放蠱！」

其實這兩位親兄弟最拿手的，並非武功，因為像他倆的功力及招術，或許在苗區可以稱雄一時，但出此山門，到了中原武林，則相等或更甚者不可數計，因此除了武功奇異以外，能成為國王身邊的貼身護衛，身居保護國王安危的重責大任，蠱術不可或缺，顯然兩位皆乃用蠱高手！

他們一聽常與國王稱兄道弟，可算得上國王參謀長的林伯伯，一聲令下，豈敢不從，同時回身後撤，雙手一攤，雙掌一迴，瞬間同時放出自己親配秘蠱，順著風勢，往阿風身上揚來！

阿風一聽對方打不贏，竟然要放蠱傷人，內心大叫不妙，原來自己從頭到尾並未留意到對方會使出蠱術，與苗區高手過招的經驗太少，其實根本就沒有，而且與一般尋常百姓打架，又豈會放蠱之術？阿風大意失荊州，口中大叫出聲：「啊，我死了！」

果然，經驗太少的阿風雖然僥倖逃過兩大高手的武功，卻難逃中蠱的惡運，只覺剎時全身奇癢無比，但這種不舒服的感覺，卻也剎時消散，阿風發覺自己沒死，大聲抗議道：「不算，你們偷偷放蠱，事先沒講清楚，這次中蠱不算！」

旁邊的眾人原本以為等阿風中蠱倒地後，再快速地將他救起醫治，並沒有性命之虞，哪知不僅見他居然沒事，還活蹦亂跳，而且理直氣壯地直指他們放蠱是不公平的，沒有事先通知他，真的令大伙兒啼笑皆非。高手過招撕殺，還有公平及重來的抗議嗎？有的話，也只能跟閻王爺說了！

林伯伯及大理國王除了驚奇以外，也被阿風這種小孩子舉動逗笑了，大理國王笑著說：「既然他說我們犯規，好，再來過，要躲不過，可別耍賴喔！」

「男子漢大丈夫，一言九鼎，我阿風決不會耍賴，但若是你們輸了，也不准耍賴喔！」

「哈哈，小兄弟，我喜歡你，我保證也決不耍賴！」

大理國王被阿風逗得笑不攏嘴，一掃平日威儀難近之態。林伯伯見大理國王大樂，也替他高興萬分，於是再次開口宣布：「好，準備放蠱！」內心卻想著，先講招式再打架，有這道理嗎？也跟著大理國王哈哈大笑起來！

果然，阿風這次來真的，身子用力一抖，振了振精神，以便全力對付對手的毒蠱，但隨著他抖動的動作，從衣服上抖落一地的，是一些小黑點，大伙兒還來不及細看，王座兩大護法又連攻過去，也只一翻身，又以秘傳毒蠱迎阿風之面襲來，心想你上回可能運氣好，這次我兄弟兵分兩路放蠱，看你如何三頭六臂，七十二變化。

哪知只要阿風有準備，就是不同凡響，立刻從衣內摸出一道神符「地煞符」，這是劉爺爺為身處苗區的鄉親所畫的，因為他雖不懂苗人放蠱傷人之術，但以傳統道家仙術符咒相生相剋之法，雖然無法破其毒物，但亦可保身，百毒不侵，因此多畫了幾張叫阿風帶在身上，林伯伯身上也有幾張，因此看到阿風以手摸衣動作，大概也猜中十之八九。

果然好個阿風，動作比兩大護法還快，抽符唸咒，一氣呵成，看得眾人大叫一聲：「好！」毒蠱雖未被滅，但一見到正氣凜然的「地煞符」，現出萬丈肉眼難見的金色光芒，竟然回轉主人身上而來，害得那兩大護法差點來不及收回，也嚇出一身冷汗，因為放蠱若未漂亮收回，就可能傷到主人自己，所以養蠱本來就是極為凶險之事！

待阿風破蠱後，林伯伯才相偕大理國王上前招呼，阿風在得知林伯伯是有意懲罰自己的行事魯莽，若不是大理國王愛民如子，是位好國王，那自己不就會因為冒犯聖顏而有慘遭殺戳之險嗎！

「草民阿風一定謹記林伯伯及陛下教誨，若方才有冒犯之處，還請陛下降罪於草民。」

「哈哈！不知者無罪，快快請起，唉！這年頭果然是英雄出少年，哈哈！」

「咦？陛下您看，這是怎麼回事？」

林伯伯將阿風方才從衣服抖落一地的黑色細紛，以手指沾黏些就近一看，驚異非常，待大理國王也湊身一瞧究竟，兩人同時大驚失色：「這蠱，死了！」

「阿風，這到底怎麼回事呢？」林伯伯驚訝地追問。

「我知道為什麼。」

阿風都還來不及回答，只聽到遠處傳來一少女嬌嫩的聲音，雖然甜美可人，但這聲音化成灰他都認得，那不正是那位人見起畏，鬼見發愁的「小巫婆」——惡少女的聲音嗎？

「阿爹，乾爹。」惡少女竟然對林伯伯及大理國王二人如此稱呼，倒把阿風嚇愣住了。

「你們瞧，一個女孩子家，怎麼沒一點秀氣，都怪阿爹把妳寵壞了！」林伯伯見到這惡少女沒一點女孩子家的秀氣，不禁又責備起來。

「好了，林兄，靈兒雖然有點兒男孩子氣慨，卻也貼心靈巧，善解人意，你不要再責怪她了。」

「對嘛，還是乾爹最了解我，最疼我了。」

「那阿爹就不疼妳了嗎？傻丫頭。」

「人家還沒說完，阿爹就吃起醋來，我是說乾爹最了解我，最疼我了，而阿爹也是！」

「瞧，這丫頭，愈來愈沒大沒小，連阿爹也開起玩笑。」

林伯伯似有責怪這位叫靈兒的少女之意，卻邊說邊笑，顯然平日待女甚嚴，但嚴父兼慈母的他，難免對這位可愛又機伶的掌上明珠，嚴中帶溺，加上大理國王也視靈兒姑娘為親生，亦加深這位少女的叛逆性。

三人有說有笑之餘，林伯伯先介紹阿風給靈兒認識，原來阿風從小就知道林伯伯有位女兒，也與爺爺造訪過林伯伯數次，卻因為她從小身體不好，被大理國王收為乾女兒以後，就被帶往逍遙峰聖天宮遙天聖母處修習武功，以調養孱弱身軀，因此兩人才從未有謀面機緣，想不到兩家上一代的莫逆世交，這一代卻有不愉快的初次見面。

阿風原名「王少風」，而這位阿風眼中的嬌悍惡少女，卻有著與其個性迴然不同的甜美名字，叫「林月靈」，因此這對小冤家，就在林伯伯為阿風介紹靈兒時，只見她同時也朝阿風扮了個鬼臉，順便無聲地用力張口咬字，結實地說了三個只有阿風才懂的字：「小呆狗！」氣得阿風也回以鬼臉，並在林伯伯介紹他給靈兒認識時，也同樣無聲地用力張口咬字，說了三個也只有靈兒才懂的字：「小巫婆！」二人一來一往，互不相讓，這倒引起林伯伯的注意。

「靈兒，看來妳好像與阿風之前就認識喔！」

「哪有！」靈兒心虛，怕阿風抖出她當日奪人金蟾，放蛇傷人，還有叫銀杖婆婆想教訓阿風，甚至將他視為「藥人」的事全盤托出，於是邊回答父親的話，邊以眼角偷瞄阿風的舉動。還好阿風內心坦盪，也想到她既然是林伯伯的女兒，又是當今大理國王的乾女兒，還輪不到自己來教訓，因此並未出聲，這倒給了靈兒一個好印象——小呆狗並不呆嗎？

「那妳剛才為什麼說妳知道原因呢？」

「這還不簡單，眼前這位小……（呆狗），我的意思是這位小兄弟，為了某種原因，跑到我二師姊銀杖婆婆的銀蛇宮，在某種因緣際會下，誤食了她們的寶貝金、銀雙蛇，兩隻藥蛇之王，才會有今天這般功力嘛，否則憑他年紀輕輕，哪是乾爹身邊兩大護法的對手？」靈兒見阿風並未對她落井下石，也對他「故意」吃了兩位師姊的金、銀雙蛇之事，改以「誤食」一筆代過，反正金銀雙蛇之死，對她而言，就跟打死兩隻蚊子一樣平常！

「哦，原來如此，靈兒言之有理，但還有一事朕不明白，藥蛇之王雖名為藥蛇，有某些特殊治病功效，卻也是劇烈毒藥，這位少俠阿風，能連食兩蛇而不中毒身亡，卻能在兩大護法的強攻下化為自身真氣，並放射出罕見的白煙及白光，甚至連兩大護法的秘傳毒蠱也被他毒死，才會變成地上這些黑色粉末，這又是為什麼呢？」大理國王不解地問。

「對啊，王兄，我也有此存疑，但我想這應該跟劉爺爺有密切關係吧，因為我見阿風第二次交手時使用『地煞符』對付毒蠱，顯然並不知道自己體內究竟發生了什麼事！」

「不瞞林伯伯及陛下，在我吃下銀蛇之時，也有中毒現象，還好劉爺爺之前熟知我好食蛇肉，曾贈以『九轉化毒丹』及教以內家化毒法，才會沒事，至於為什麼我能抵擋陛下兩大護法，及毒蠱竟然觸身而亡，這我就不清楚了，我只覺得吃了蛇肉以後，身體愈來愈輕盈，遍體異常舒暢，好像更能隨心所欲地使用身體，所以在與陛下兩大護法交手之際，雖然屢逢險境，但全身卻氣隨意轉，發動真氣以後，又變成氣隨自轉，已經不需要身體或意念來控制它，我不知道為什麼會發生這麼玄奇的事？或許你們會覺得太誇張，但這真的是我最奇特的一次經驗呢！」

「嗯……」林伯伯沉吟了一會兒，才開心地笑了出來：「阿風，這是你自己的造化，你自己的奇遇，或許這將改變你一生也說不定，林伯伯相信你所說的話，因為你將蛇毒奇妙地化為內力源泉，所以才能在偶然的激鬥中發揮潛能，開發出個人的獨特潛力，可喜可賀，可謂不打不成事。但空有雄厚內力，也無濟於事，林伯伯再教你更高深的內功心法，這原本需要數十年深厚內力者才能修習，我原本也要等到你長大成人，內力豐沛時才教授予你，其實這心法並非林伯伯自創，而是你父親臨終前怕失傳，才以口訣教給了我，經我多年來的親身驗證後，已經參透大半，至於另一半，也只能靠你自個兒的悟性參詳，待會兒我就傳你原屬於你王家的『聖光心拳』。」

「聖光心拳！」阿風驚奇地復誦一遍。

「是的。」林伯伯解釋道：「天下武功錯綜複雜，宗法各異，派別迥殊，但總括而言，可分為兩大範疇，一是『外功』，大凡拳、腳、膝、肘等身體之類，乃至刀、槍、劍、戟等兵器之屬，皆屬此範疇，而相對應的，就是『內功』，又比外功有著更深奧的玄妙處。」

「由於練外功而有成就者，不勝枚舉，在此不再贅述，我們單講內功，這種既玄又妙的修習之法，當今武林中最有名者有二：第一，便是你們王家的『聖光心拳』，是屬於攻擊型的內功之法，是你阿爹在一次機緣下，救了一位世外高人，他為了報答你阿爹的救命之恩，才破例傳法給他，但言明須謹記此法只可用於正途，不可傳於奸邪之人，否則他必現身替天行道，斬之以除後患！你阿爹最愛舞槍弄棒，因此立刻答應，並拜他為師，但並不知他的真實姓名為何，只知他師承少林及武當內家心法多年，因悟道而回歸山林，自我深究心有所得，才在此機緣下傳與你阿爹，而你阿爹在臨終前，為免失傳，才暫時傳法與我及你爺爺。」

「當時你阿爹特別交待，此法純屬內力修為，他也在深習數十年後，才有近五成功力，可見此法之難，而你爺爺早年教給你的，就是基本功，也是為了將來在你長大成人以後，若有興趣，再讓我傳你更深奧之法，但慚愧的很，我也深習此法近十年，由於內力增加實在有限，因此在此法門上，並未有重大的進展及突破，平心而論，也只學到近五成功力，與你阿爹昔日相當而已，所以今日既然你有此機緣得到如此雄厚內力，那此內功法門就有重現光明的一天。」

「至於另一種內功絕學，叫『闇影心罩』，此法門正好與你聖光心拳相剋，是一種防禦性內功之法。一般在外功法門之下，有一種叫金鐘罩、鐵布衫的武術，意思是練成者，身體猶如罩上金鍾，或穿上鐵布做的衣衫一樣，堅硬如鐵石，刀槍不入，十分厲害。但這『闇影心罩』雖與它有異曲同工之妙，卻比它更強上百倍，因為前者有兩大缺點：一是必須在運功的狀態之下，才有防禦性；二是在其身體中有一處要害是練不到的，即一般所謂的『罩門』，只要上述一點被對手識破，那反而可能帶來殺身之禍！所以你聖光心拳，由於是完全由內力激放來形成防護網，當然，內力差者防護功效自然不佳，但內力夠強者，卻不用運氣就能發動防護裝置，因為內氣隨時隨地都在體內運轉，只要一遇到危機，自然就由附近的氣脈激出防護網，再加上沒有罩門的危機，因此練成者已為刀槍不入，甚至水火不侵，煞是厲害。當今普天之下，只有一人練得，且已到了爐火純青的地步，那便是當今朝廷，也是皇上面前最火的大紅人，錦衣衛統領沈公公！」

阿風聽完林伯伯詳細的解說之後，頓覺匪疑所思，天下竟有如此神妙之法，而其一竟又是由其父親傳下，自己更在歪打正著下有幸能有更深的探索，心想，連林伯伯及阿爹這樣的高手，都只練到近五成功力，那像沈公公一樣，達到爐火純青的地步，自己不知要花上幾十年歲月呢？正驚訝間，又聽到林伯伯說出令他作夢也想不到的大驚奇。

「不過，我說阿風，老天有眼，你爺爺從小就把你的基礎給扎實了，再加上你有奇遇在身，因此林伯伯如果沒有斷錯的話，少則一個月，多則三個月，你就能達到爐火純青的地步，正所謂水滿渠自成，林伯伯只需點撥你幾下，其他便看你自己的造化，希望你能在此機緣下練成這神妙奇功，為當今武林盡一份心力，也能安慰你阿爹的在天之靈。」

「林伯伯您放心，只要我阿風有機會發揚我聖光心拳一脈，我必定以斬奸除惡為職志，為天下武林出力，才不會辜負阿爹及林伯伯的深切期望。」

「好，好，你能這樣想就對了。」林伯伯滿意地點了點頭。

翌日，林伯伯便將聖光心拳練功要訣親傳阿風，阿風果然在強大的內力導引下，悟性神速，看得林伯伯及大理國王非常滿意。二老心意相通，在同時對阿風的表現報以滿意的頷首後，由林伯伯首開尊口。

「我說阿風啊，你阿爹交待我的心願已了了一半，另一半，就由我來代你死去的阿爹做主吧，相信若是你阿爹在世時，在得知此喜訊後，亦會十分高興。」

「喔，我阿爹還有另一半心願未了嗎？」

「哈哈！其實這並不能算你阿爹特意交待你林伯伯的，但是天下父母心，你也老大不小了，你我王、林二家又是患難至交，情誼深厚，甚至比親兄弟還親，因此林伯伯才想擅作主張，但還是得先尋問你們當事人的意願？小紅，快去請小姐過來，說是她阿爹及乾爹有急事要找她，快去。」

「是，老爺！」就在丫鬟小紅應聲前去傳喚小姐時，阿風卻聽得一頭霧水，怎麼林伯伯一下子說是要完成他阿爹的另一半心願，一下子又說不算是阿爹特意交待，而是他自己擅作主張的，林伯伯到底在賣什麼關子？

就在這阿風心目中的惡少女——「小巫婆」林月靈應命前來時，謎題終於揭曉。

只見林伯伯及大理國王兩人笑嘻嘻地互傳眼色，頗為神秘，在端詳阿風及靈兒一陣子之後，好像更是滿意似地相互微微含笑點頭，看得靈兒倒有些不好意思，也看得阿風心中生起一股不祥預兆，該不會林伯伯與大理國王正在打他跟這位小冤家靈兒的主意吧！

「我說阿風啊！」終於，林伯伯收回笑意，正色道，「所謂男大當婚，女大當嫁，我家的小丫頭靈兒，雖然有些調皮，但也知書達禮，琴棋書畫樣樣皆精，也會一些防身拳腳功夫，因此林伯伯，是想讓王、林兩家親上加親，將靈兒許配給你，而且又有大理國王的親自證婚，面子裏子俱在，不知你意下如何？」

這殘酷的決定宣佈以後，大理國王用力地點了點頭，顯然他對阿風這小子滿意極了，有意以國禮行之，為這唯一的乾女兒，也算大理國公主親自頒詔證婚，哪知二老空歡喜一場，現場的兩位年輕人立刻臉色大變，同時脫口而出：「不！」

首先是靈兒，馬上發覺不對勁，因為擅於察言觀色的她，一見阿爹及乾爹顯然心中已成定局，而且在古代婚姻乃奉父母之命，媒妁之言，如今父母已然同意，又有現成媒人，當今的大理國國王當證婚人，並將以隆重的國禮舉行婚禮，這讓她哪有反對之理？但與其叫他嫁給這位「小呆狗」阿風為妻，倒不如叫她嫁給一隻「狗」算了，至少狗兒只會順從她，不會忤逆她！

而阿風的意思也一樣，這惡少女的惡行惡狀早已親身體驗過，真要娶她，那不如娶隻「母老虎」回家算了，至少母老虎只會在肚子餓時，才想吃掉他！

靈兒見大勢已定，阿爹明說要尋問他們的意思，但是事實上卻是只有點頭的份。從小不服輸的她，是不會輕易就範。如果今天換成別人，她或許還會有所考慮，誰知竟是死對頭小呆狗，大仇未報，怎可輕易下嫁於他！

靈兒馬上改口，嬌聲應道：「女兒還年輕，還不想嫁人，何況人家早就決定今生不嫁，永遠留在阿爹及乾爹身邊，當個孝順的女兒呢！」

「耶！又沒叫妳馬上完婚，妳有心伴陪阿爹及乾爹，我們都十分欣慰，也算沒白疼妳，但女大不中留，還是得找個可靠的丈夫才會幸福，阿風這位年輕人，是不可多得的人才，嫁給他，才算是真的孝順妳阿爹及乾爹呢！」

靈兒發覺非其三言兩語就可以打消阿爹及乾爹的主意，一賭氣，小嘴一撇，小腳一跺，叫了一聲：「人家還不想結婚呢！」就氣嘟嘟地跑離現場，看得林伯伯及大理國王不但不感到意外，反而同時哈哈大笑，顯然對這嬌女十分縱容！

「阿風，靈兒這邊有父母之命，林伯伯向你保證沒有問題，你自己的意見如何？」

「我？當然不……」阿風本想當面回絕，但看到兩雙期待的眼神盯著自己，剛要出口的話語又吞了回去，轉而回道：「我是說，當然不是不願意，只是先父在世時已有指腹為婚的對象，就是杭州的趙伯伯之女趙心怡趙姑娘，所以林伯伯及陛下的好意，阿風只有心領了！」

「哦？已經指腹為婚了！」林伯伯馬上與大理國王交頭接耳一會兒，顯然似乎有所顧慮。

阿風一見還有希望，當然這個「希望」是最好「失望」，要真娶了那位小巫婆為妻，阿風真不敢想像，自己能有幾條小命可以陪她玩！

哪知出乎阿風意料之外，林伯伯竟然還笑得出來：「我還以為是什麼了不起的理由？你這杭州的趙伯伯也是你爹與我的八拜之交，感情好得不得了，因此即使有指腹為婚在先，我家丫頭不當大老婆也行，反正早就是一家人了，還分什麼大小房呢！況且男子漢大丈夫，三妻四妾不足為奇啊！」

「對，你林伯伯說得對，男子漢大丈夫，三妻四妾不足為奇啊！」終於大理國王也開了尊口。當然，國王後宮佳麗豈止三妻四妾，千百佳麗也不為過，不過既然連從小已經指腹為婚這檔事，林伯伯都可以接受，阿風只有豎起白旗，但還是得做最後掙扎。

「不過還有一點，我是爺爺一手帶大，林伯伯剛才不也講過，婚姻是奉父母之命完成，所以我有個小小要求，就是希望能親自知會爺爺一聲，看他老人家有何意見否？」

「對，我都忘了，於禮，還是得先尋問你爺爺一聲，因為他是最大的長輩。好，沒問題，不過你也用不著大老遠親自跑一趟，我派人去把你爺爺接來大理城，不就可以了！」

阿風的最後希望──「先緩兵，再開溜」之計，又觸礁了！

「不過說到長輩，你倒提醒了我，我這小丫頭從小因為身體不好，早拜在逍遙峰聖天宮遙天聖母的門下，如今靈兒有終身大事喜訊，也該派人去通報她老人家一聲，況且這次阿風你能功力大增，也是拜聖母金銀雙蛇之賜，所以這一趟，於情於理，都得請妳與靈兒兩人親自跑一趟，明則報喜，暗則求她老人家高抬貴手，所謂不知者無罪，放過你無心殺蛇之過，否則按她老人家的脾氣，是有恩必回，有仇必報，難保日後生變。在此我與你未來的乾爹，也就是大理國國王修書一封，希望你親手交與她老人家，念在靈兒是她最鍾愛的小弟子，及你將成為她的夫婿，還有我與大理國王的親筆邀請函，此行應該沒有問題！」

大理國王聽完林伯伯的剖析後，更加佩服林伯伯的老成，自己能有這位來自中原老謀深算的人士襄助，當真如虎添翼，便很快地修好書信，就等阿風親自登門謝罪及報喜！

靈兒回到房內，嘟起玲瓏小嘴，翹得老高，足可吊上三斤大肥豬肉，氣呼呼地，心想，阿爹怎會突然想將她許配給這位老是與自己作對的大仇人小呆狗呢？

「哼！叫我嫁給可惡的小呆狗，不如叫我去死算了，阿爹根本不瞭解人家的心思嘛！」靈兒自言自語，心中嘀咕著。

門口只聽得「嘿嘿」兩聲，走進來的，不正是銀杖婆婆嗎？

「小師妹，可喜可賀啊！」銀杖婆婆詭異又奸詐地笑嘻嘻道。

「臭師姊，爛師姊，妳好壞心，又再取笑人家，我以後都不理妳了！」靈兒小嘴嘟得更高，心中本就有氣，如今又被二師姊這麼一取笑，這氣，就好像要爆開的氣球一般！

「我的好師妹，二師姊幾時取笑過妳。」銀杖婆婆見小師妹靈兒就要發火，為了避免掃到颱風尾，趕緊解釋：「二師姊不是慶賀妳嫁給那位渾小子小呆狗，而是另有他情啊！」

「哦？」靈兒聽說二師姊另有他情稟告，果然一下子就提起興致，轉苦瓜臉為甜心臉，因為她知道二師姊與大師姊一樣，雖然沒有自己機伶，卻都是心狠手辣的老江湖，便撒嬌地追問下去：「唉呀，最最疼我的好師姊，有何他情？妳快跟人家說嘛。」

「嘿嘿，妳剛才不是罵我『臭師姊，爛師姊』嗎！而且以後再也不要理我，怎麼現在又求起我來呢？」銀杖婆婆趁機挖苦這平常不敢得罪的小師妹，但她也十分清楚，必須見好就收，否則要讓她真的發起倔來，那時即使再請天皇老子來求她，她也不會理你一下。

「好了，我的好師妹，剛剛就在妳使性子離開現場以後，還有更精采的事情被談到，所以妳只知其一，不知其二！」銀杖婆婆詳細且緩慢地解釋靈兒走後其阿爹及乾爹的對話：「妳阿爹及乾爹都想到小呆狗誤食了金銀雙蛇，所以想趁通報妳結婚喜訊的同時，叫小呆狗親自與妳前往遙逍峰，一則謝不知之罪，二則通告師父她老人家這場天大的喜訊。」

「等等！」靈兒打斷銀杖婆婆的話語，「二師姊不是剛剛說過不再挖苦靈兒，怎現在聽來，還不是要我偕同小呆狗去告訴師父喜訊，只要師父她老人家一答應，那我……唉呀，人家不要啦！」

「小師妹，妳誤會妳二師姊了！」銀杖婆婆見平日頗為機伶的小師妹，都是聞一知十，說前知後，怎麼今日腦筋轉不過來，大概是被氣昏了吧，趕忙補充解釋：「二師姊的意思是，要妳明日假裝同意與小呆狗的婚姻，反正父母之命已定，再也無法挽回，這層我們必須有所覺悟。但我們不如來個將計就計，等小呆狗親自與我們上了逍遙峰，也就是踏入了我們的地盤，更是踏入他自己的墳墓之中，妳瞧他還神氣得起來嗎？只剩甕中捉鱉，任我們痛快宰割了！」

「噢！」靈兒一聽豁然開朗，回道：「對啊！我怎麼沒想到這一層呢？只要還沒拜堂完婚，這小呆狗就是外人，那我不就還有機會報仇嗎？」

「不過……」靈兒又轉喜為悲，猶疑地道，「二師姊不是也說過，這小呆狗身上有封阿爹及乾爹的親筆函，要他親手交給師父她老人家，師父看了以後，若不生氣，反而答應了，那可怎麼辦呢？」

「師妹放心，師父到目前為止並不知道這件事情，所以只要我們先騙走小呆狗的信函，再早他一步參奏師父，這天下難得一求的『藥人』，妳說師父是信我們，還是信他呢！」銀杖婆婆說著說著，竟然舔了舔舌頭，嘴角彷彿要流出口水一般。

靈兒見了，倒覺有些噁心，不過反正是小呆狗自找的，要是他被當成「藥人」給吃了，自己的氣才能消失於無形！

「總而言之，我們分頭進行，明日妳要假意答應這門親事，出發以後，我會想辦法與妳同行，這小呆狗身上的信函就交給妳，至於師父那邊就交給我，我也好久沒吃人肉，該補一補身子，嘿嘿！」

靈兒一聽二師姊又提到要吃人肉，不禁全身起了雞皮疙瘩，但一想到為了不嫁給這天殺的小呆狗，以及報復前仇，或許這就是你小呆狗的宿命吧！與其犧牲本姑娘的終身幸福，不如就犧牲他的小命好了！但不知為何，心下卻有些許不安，是為小呆狗不安呢？還是為了即將傷害一條人命而不安呢？還是……靈兒迷惑了！

就在銀杖婆婆毒計確定後，時間好像翻轉身分，立刻成了劊子手倒數計時，似乎過得特別快，轉眼已到天明。

翌日一大清早，靈兒的母親叫來靈兒回話，果然靈兒假意百般不捨，最後為了做孝順女兒，還是答應了這門親事。如今靈兒已經親口答應，倒是阿風真不知如何是好，也只得接受命運的安排，不過阿風作夢也想不到，這條通往人生婚姻的大道，竟是坎坷不平，而且危機重重呢！

臨行之前，林伯伯特別慎重地打開一個十分陳舊的包袱，從裏面小心翼翼地拿出一張靈符，親手交給阿風，並囑咐道：「阿風，此行一路應無凶險，但為求萬一起見，這道靈符你小心收下，這是你劉爺爺在十多年前親手交給我的，是一道保命符，喚名『聖光明符』，能助你在千鈞一髮之際化險為夷，因為十分珍貴，你又即將成為我的乘龍快婿，所以送給你，若用不上最好，你就留在身邊，難保日後山高水長，有危難之時，只要一唸動口訣真言，便能瞬間將你帶回大理城內一座護國寺院，得以藉此脫離險境，千萬記得，不到危機之時，切勿使用！」

林伯伯叫來自己最寶貝的女兒靈兒，也交待一番，最後才對阿風又說：「阿風，我這女兒就交給你了，如果不幸發生了什麼預料不到的事情，希望你能答應我，把她平安帶回來，好嗎？」

「林伯伯，您請放心，哦！我的意思是，未來的岳父大人請放心，我阿風一定將靈兒平安帶去，平安帶回，不少一根汗毛！」

於是，就在林伯伯全家人及大理國王，還有眾位親友的祝福聲中，靈兒帶著忐忑的心情，由銀杖婆婆陪同，與阿風及少數隨從，直奔逍遙峰而去。而阿風此刻的心情，也像靈兒一般，忐忑不安，但他哪裏知道，橫在前面的毒計，竟然比猛虎毒蛇還凶狠百倍！

一路無事，在大伙兒曉行夜宿之下，不知不覺過了三天，就在克服了沿途崎嶇的山路以後，只見前方現出一道高峰，孤立挺拔，直上雲霄，四周還有流水瀑布，虹彩環繞，看來倒像有神仙居住其上的感覺。沒錯，橫在當前的靈秀之峰，就是附近鼎鼎大名的黑苗區聖山——逍遙峰。

還好大伙兒氣力皆佳，只稍微費了一小番工夫，全數上了山。而由爬山的過程中，各人內力強弱一覽無疑。隨從雖也練有一身本領，不過由於山路實在太過陡峭及彎曲，莫不氣喘如牛；其次是靈兒，由於年紀尚輕，內功不足，也是氣喘噓噓；至於銀杖婆婆，雖然外形年邁，內力卻源源不絕，只有些許臉紅氣喘；而甫獲神功之助的阿風，不僅全程氣息平穩，連大氣都不曾喘過一次。靈兒倒沒注意，而一路深怕自己最重要的「藥人」發生意外的銀杖婆婆，愈看愈心驚，也愈看愈滿意，心驚的是阿風竟然有此等能耐，比上次交手時更加厲害；而滿意的，自然是她堅信，這一定全是吃了金銀雙蛇的緣故！不過可幸的是，這些能耐很快就要轉移到自己身上，想到這裏，內心不禁一陣獰笑。但聰明的她哪裏知道，脫胎換骨的阿風，金銀雙蛇之藥力只是其一，若無自幼扎實的聖光心拳內力基礎，及前幾天林伯伯的聖光心拳調教，高段內力修為法門傳授，要有此等成就，恐怕比登天還難！

當然，這點銀杖婆婆是絕對不知道的！

到了逍遙峰頂，有座莊嚴秀麗的殿宇樓台矗立其間，讓人不敢置信，在這聳峙的山之頂，雲之鄉，竟然有此等雅緻之所，難怪山下的苗區居民相傳此處乃黑苗區聖山。

如此典雅居所，眾人一至，卻出奇的平靜，彷彿透露什麼玄機，但一切又似乎並無特別之處，敏感度大增的阿風，雖然不知道此處平日風格，不過好像嗅出了些許不尋常，而經驗老道的銀杖婆婆，似乎也有所警覺，只不過在表面上，是絕對看不出異狀！

接待的人，見到是二師姊銀杖婆婆及小師妹靈兒回來，好像看到了家人一般，親切招待，為他們接風洗塵。由於時辰已近黃昏，因此咐吩明日再讓他們去拜見師父遙天聖母，請眾人先安住一宿再說。

由於靈兒於歸山途中，已然從老實的阿風身上將信函騙到手，現在只差銀杖婆婆臨門一腳，既然師父事先交待明天才要見客，當然包括她與二師姊，她們了解師父個性，因此也打算隔日一早，先由銀杖婆婆去拜見師父，再活逮阿風，然後烹而食之。銀杖婆婆心下盤算，這件事要辦得好，有三項好處：一則吃了阿風以後，必可功體大增；二則她與大師姊兩人丟蛇之事也可一筆帶過；三則更可利用此機會邀功，順利拿到今年的聖母令！

但為了避免節外生枝，銀杖婆婆好說歹說，才勸進靈兒與阿風同房而居，只要不同榻而眠，等明日一到，大仇必報，此行便可畫下完美句點。因此阿風及靈兒這對小倆口，小冤家，破天荒同房而居！

兩人在吃過晚飯及漱洗完畢以後，同房相對，面面相覷，竟談不上一句話。而靈兒似乎也嗅出有些不尋常，因此心下盤算已定，首先打破僵局，對著阿風說道：「風哥哥，我們這逍遙峰什麼都沒有，就是毒物特多，我有事情先出去一下，不想早日見到閻王爺，就乖乖待在這裏別動，我去了！」

「妳自己也要小心一點！」阿風雖然對她沒有好印象，但好歹她也是林伯伯的女兒，自己又答應林伯伯要好好照顧她，因此才在靈兒即將離開的同時，說出了一句關心話。

靈兒大出意料之外，這小呆狗不是對自己早有成見，兩人形同水火，相互厭惡至極，現在居然也會關心她，內心不覺一甜，卻沒有表現在臉上，態度依然冰冷。臨走前突然對這位既陌生，卻又熟悉的小呆狗有所牽繫，好歹他剛才也關心過自己一下下，就給他一點提示吧，免得死得不明不白。於是心念一轉，有意藉開個小玩笑來點醒他，若小呆狗真的太呆，也就只有認命，誰叫他生得這麼笨呢！

想到這裏，靈兒不禁發出一陣詭譎的笑意，突然趁阿風不備之時，伸出玉手，瞬間將阿風的右手提挽起來，貼進自己的鼻子用力一聞，拋下了一句：「嗯，好香喔！」回眸嫣然一笑，剎那間跳出窗櫺，隱沒於黑夜之中。

阿風被靈兒這突來之舉嚇了一大跳，本想掙脫她這怪異舉止，但卻被她那神秘的笑容給迷惑住，不知不覺中，也將靈兒聞過的右手伸舉到自己鼻子一聞，發覺除了汗臭味以外，一點兒也不香，哪如靈兒所說的「好香」呢！但又側頭一想，不對！靈兒絕對不會這麼輕易答應嫁給死對頭的他，而隨行的銀杖婆婆，似乎也在這幾天趕路的行程裏，有意無意，老往自己身上瞧，同時也露出與靈兒一般神秘的笑容，只是又摻雜了些貪婪的眼神，這些到底透露著什麼玄機，靈兒又在打什麼啞謎呢？

阿風想著想著，突然一陣寒意泛上心頭，全身頓時冷了半截，因為他終於想到了一個唯一可以解釋這些怪異現象的可怕理由，那就是「藥人」！

阿風愈想腳底愈發麻，想來自己太過大意，打從靈兒藉機拿走林伯伯與大理國王的親筆信函，並未歸還之時，先前還認為是她忘了，心想這原是她阿爹及乾爹所寫，應該不打緊，哪知已然中計而不自知，如今誤上賊船，命在旦夕，還好靈兒因為自己的臨時一點小關心而心軟提示，否則被宰來吃，到了閻王爺之處報到時，還不知道自己的怎麼死的呢！

不過既來之，則安之，阿風心想，只要小心行事，再加上自己的武功已經今非昔比，聖光心拳雖然是攻擊型內功，但反過來想，若對方要想偷襲，自己的身體自然也會回擊，那也算是一種自衛防護法。因此雖然身處龍潭虎穴之中，藝高人膽大的阿風有意試探一下這裏虛實，情況危急時再來個腳底抹油，滑溜閃人，心念已定，便打開房門，想走出門外一探究竟！

哪知自己的腳剛踏出一半，突然硬生生地抽了回來，心臟差點麻痺，因為阿風在微弱的燈光下，隱隱約約中，房門的門檻外，地板上，竟然爬滿了各式各樣的怪蟲！阿風身居苗區，除了天生喜歡吃蛇肉以外，對此區內的百毒蟲類厭惡至極，什麼蜈蚣、蝎子、蜘蛛，或蛤蟆等毒物，全無好印象。因此這房門外都是這等陣仗，可想而知，這座逍遙峰上，必是百毒怪蟲的天堂，那自己不就被困死在這房間裏嗎？

不過阿風藉由剛才的舉動，卻發現了一個有趣的現象，因為就在剛才他跨足同時，雖然瞬間收回，不過這些毒蟲好像有退避三舍的趨勢，為什麼呢？再試一次！

阿風又試著把腳抬出房門外，奇怪的很，這些毒物不僅沒有攻擊，反而有逃避現象，阿風心想說不定是自己平常蛇類吃多了，也變成毒物的一種，否則怎麼這些毒蟲好像對他有所顧忌。不信，再試一次！

這次阿風順手捉起一隻毒蝎，想往自己的手臂上一放，哪知沒捉好，不小心使毒蝎受驚，竟然朝他的手指頭狠狠地叮了一下，自己手指頭冷不防被這麼一叮，來不及收回，扎實叮咬上。本來想必是一番痛徹心扉，哪知就好像給蚊子咬一口一樣，不痛不癢。正覺奇怪，只見那隻倒楣的毒蝎子，作夢也沒想到叮到的對象竟然比自己還毒，只好一命歸陰，身子蜷曲地躺在地上，再也爬不起來！

阿風一見有趣，難道這些毒物竟然會怕他不成，玩心大起，是一隻又一隻地捉，是一次又一次地試，果然屢試不爽，只要不讓毒物為求保命而捨命反擊，他們都有同樣的反應，就是逃命惟恐不及，哪想向阿風挑釁，自尋死路呢？

阿風試驗成功，但不知自己是不是因為平日所吃的蛇多，再加上近日的金銀雙蛇，還有關鍵的「九轉化毒丹」，已使阿風百毒不侵呢！不過不管如何，阿風已知一般毒物是近不了身，因此膽子也愈發大了起來，勇敢地踏出房門，再從毒物聚集的院子裏飛身縱上屋頂，此時的阿風就像一隻黑暗中走路無聲的貓兒，正在黑夜中閃耀雙眸，狩獵出擊！

阿風上到屋頂，只覺自己的身體比以前更加輕盈，好像體重完全消失，不僅能夠無聲地穿梭於各棟建築物之間，更能輕飄飄地像羽毛隨風揚向天際，毫無阻滯。

一路探究下去，來到一座大屋之上，小心地撬開一小片屋瓦，就在月色清淡的微光中，目睹了逍遙峰上的天大陰謀，這即將震憾大理國王位領導權之爭的可怕計畫！

「師父，您不能再猶豫了，我們已經控制了逍遙峰，也逮到了師祖這位久不傳位的老傢伙，還誅滅了諸位不肯合作的師叔們，更捉到了我們的最佳誘餌，阮季剛最鍾愛的乾女兒月靈公主，事情已經完成一半，只缺臨門一腳。只要你肯不擇手段，趕緊騙來師祖的鎮山之寶『蠱魂箱』，徒兒就有復國的機會了！待我親手殺了那幫天地不容，祖法難赦，竄我皇位的偽君子們以後，到時候我一定會封您老人家為『護國大法師』，讓您享受榮華富貴一輩子！師父，您再不下定決心，時間一拖久，要讓山下的人發現異狀，那我們不就將前功盡棄了！」

「這欺師滅祖之事，你師父我……這……恐怕做不來，何況她老人家一定不肯乖乖交出法寶，我……唉！」

「這樣好了，我知道師父心軟，下不了手，那好，只要師父答應，這件事就由弟子全權代勞，這樣師父就不用為難了，何況我已經將這師祖自己發明的『天蠱王』，就用在她自己及其最鍾愛的小弟子身上，讓她們一起嚐嚐這種號稱苗區最毒最辣之蠱的滋味，因為這是沒有解藥的毒蠱，諒她們也飛不出我們的手掌心，老傢伙招供只是時間問題罷了！」

「嗯，如果是這樣的話，我就放心了。好了，你明天再去逼供，必要時，就用小傢伙月靈公主來逼老傢伙就範。不過若真的成事，你剛才的話可得算數喔！」

「師父請放一百二十個心，徒兒幾時瞞騙過您，何況您老人家若真的幫我復的了國，功可參天，徒兒會永遠銘記於心，至死不忘！」

「那好，師父就先回去了。」

「徒兒恭送師父！」

阿風在屋頂上聽到這一席話，發覺這逍遙峰頂，現在可一點也不逍遙，這位半邊臉長得像古代美男子潘安，半邊臉卻活像殭屍臉的青年男子，風度翩翩，氣宇軒昂，有大將之風，不僅已經成功地捉到了他口中的師祖，即傳聞中，也就是阿風要來陪罪於她的遙天聖母，更剷平了不合作的對象，可見得此地殺戳已起；而他口中的阮季剛，不就是當今大理國的國王嗎？而他的乾女兒月靈公主，不就是靈兒嗎？怪不得她去了那麼久還未回；至於銀杖婆婆，恐怕也是凶多吉少！

「老大，我們也逮到了二師姑銀杖婆婆，至於跟她們一同前來的那位小子阿風，目前下落不明！」幾位身著黑色衣裝的密探，回報這位半美半醜的青年男子，阿風從他們的動作及言談舉止判斷，顯然都是殺手級人物。

「好險！」阿風在屋頂上舒了一口氣，心想這傢伙想復國想得快瘋了，要給他捉到，又知道自己是「藥人」，非被他連骨頭都啃完不可。

只見這男子聽完，略一沉吟，才下了指令：「無妨，反正我們這邊大事已定，那隻小蒼蠅也飛不出去，慢慢再找好了。現在最重要的，就是設法取來那老不死的鎮山法寶『蠱魂箱』，這樣就可以將這些煩人的傢伙一一斬草除根，取回這原就屬於我的皇位，再舉兵攻入中原，完成千秋霸業，哈哈！」

「是，老大英明，至於你師父呢？事成之後，要不要也一併將他……」

「這老傢伙雖然膽小如鼠，卻是我的擋箭牌，能幫我掌握最難管理的黑苗區，還有利用價值，只要讓他嚐點甜頭，就能盡情玩弄於我的股掌之間，何況還能幫我塑造美好形象，實在殺不得啊！」

「是，老大萬歲，哦，應該改成陛下萬歲，萬萬歲！」

「哈哈！我還得靠你們這班兄弟打天下呢，咱們一起努力，日後少不了你們好處！」

「是，陛下，手下告辭了！」

於是這批武林高手離開現場，一直以為自己的計畫天衣無縫的那位半美半醜青年男子，豈知隔牆有耳，阿風就在這屋頂之上，貼著屋瓦正在偷聽呢！

等眾人走後，但見他信步走到後花園的一間小雅房，阿風好奇，自然又跟了過去。

雅房之中，美輪美奐的華貴床上，躺有一名女子，全身被綁了起來，因為這位青年的突然造訪而悠悠轉醒，勉強坐起身子，不自覺地往身旁的床緣扭了過去，輕展水汪汪大眼，正呼吸急促地喘著大氣。

「哦，小師姑，妳可醒了！」那半美半醜的青年嘴角露出了輕浮的笑容道，「你知道我是誰嗎？」

「呸！你不就是我大師兄的徒弟嘛！我才不管你是誰，狗賊，你好大膽子，竟敢以下犯上，並在我師父遙天聖母的地頭上撒野，是不是活得不耐煩了！我勸你識相點，快快放了本姑娘，或許我可以求師父饒你一條狗命！」

阿風小心翼翼地又輕撥一片屋瓦，探頭張眼地往下一看——沒錯，這位始終讓人討不了便宜的囟悍女子，不正是靈兒嗎？他一想到自己對林伯伯的承諾，本想立刻跳下去救人，但又一想到這刁鑽丫頭已經被綁得像顆大粽子，嘴裏卻還不饒人，一副咄咄逼人的神氣樣子，自己倒不如按兵不動，先看看好戲算了，反正有自己在場監控，先讓她吃點苦頭，才能學點乖！

「哈哈！可惜不僅妳師父現在救不了妳，我看全逍遙峰上的人，也都沒有能力救妳了，因為該死的都死了，而還沒死的，也都被我關起來了，哈哈！」

「我不信！你究竟是誰？潛伏在我們逍遙峰上面有什麼企圖？」靈兒聽說全逍遙峰的人都已經落入這狗賊之手，不由得半信半疑，但一聽此人如此狂妄，心下斷定肯定非一般小角色！

「或許妳不認識我，但阮季剛一定認識我！」

「狗賊，你竟敢直呼當今皇上之名，小心我砍了你的腦袋當球踢！」

「我呸！什麼當今皇上，妳知道誰才應該是當今皇上嗎？是我，我才應該是當今的皇上啊！小賤人，妳還不快向真正的皇上磕頭請安啊，哈哈！」

這原本文質彬彬的挺拔青年，如今好像著了魔，整個臉部肌肉糾結在一起，青筋暴露，眼球突出，煞是可怕，但靈兒一向吃軟不吃硬，立刻嗤之以鼻。

「好不要臉的狗賊，也不撒泡尿照照自己的德性，這人不像人，鬼不像鬼的面貌，哪有人君風範，還大言不慚自詡為皇上，真是笑死人了！」

「哼！妳儘管取笑好了，等妳知道我是誰以後，我看妳就笑不出來了，哈哈！」

「妳聽好，我的本名叫紹應麟，就是大理國正統王朝的苗王紹青龍之子，真正的真命太子！妳乾爹為了奪人權位，竟然陰謀造反，殺我父王，奪我江山，還對外謊稱革命，妳看看我這張臉，一張原本屬於人中之龍的臉，一張原本英俊挺拔的臉，一張原本青春洋溢的臉，就這樣被妳乾爹給毀了，妳說我會甘心嗎？妳說誰才是真正的大理國真命天子呢？」

「你胡說，是你爹自己不好，視百姓性命如草芥，不僅為逞私慾，大占民女為妻，大蓋奢華宮殿，僅供玩樂，不顧民生早已困頓，還不時巧立名目地加稅、加役，弄得大理國人民苦不堪言！加上天災肆虐，人謀不臧，你父王非但不體恤百姓顛沛流離，還與鄰邦大動干戈，又一意孤行，不聽勸諫，大殺忠良賢士！因此我乾爹殺的，不是一位人君，而是替天行道，誅滅一位暴君，解救人民於水火之中而已！」

「哼！別把話說得那麼好聽，口口聲聲為人民著想、為百姓除害，實際上說穿了，還不是一樣，都為了逞自己的私慾，奪取王位，登上統領萬民之人君而已！」

「你胡說，我乾爹愛民如子，不信你大可四處打聽，看看百姓對他的評價如何！才不像你爹，好皇帝不做，非得弄到天怒人怨不可，他是死有餘辜！」

「好，就算我爹是個暴君好了，我在當太子之時，也是人稱賢良東宮，但所換來的又是什麼？妳滿口仁義道德的乾爹，還不是在搶了我的皇位之後，又派人追殺我，你瞧我這半張如同鬼魅之臉，就是拜妳乾爹所賜，他讓我見不得天日，妳還敢說妳乾爹是位人君嗎？」

「一定是你誤會了，我聽我乾爹不止一次提過，他只是要殺了那位荼毒百姓的暴君而已。至於皇位，他隨時都在等原太子回歸掌權。只是他找尋多年，仍不見蹤影，大臣們都說必是在戰亂中死了，勸他乾脆早日登基為帝，另傳法統。但我乾爹卻說，只要一日未尋獲太子屍體，就不能證明他死了，仍有復位機會，哪怕千萬分之一，哪怕百十年後，他都願意等下去。不過國不可一日無君，我乾爹才暫居帝王高位，隨時等真正的太子回來接位！」

「少來這套了，妳乾爹還不是怕我有一天搶回王位，才故意虛懸帝位來等我入甕，我才沒那麼笨呢！我要憑我一己之力復國，我要親手宰了這些偽君子，哈哈！」

靈兒見這位原本良善的太子，因其父的殘暴緣故，讓他不僅丟了王座，也丟了對人的慈愛及信任之心，再說無益，便閉嘴不語。

「怎麼了，承認了吧！」

「我才不是承認，反正我現在說什麼，你也聽不進去，你的心已經活在自欺欺人的復仇陰影下，成為復仇的奴隸，我真替你感到悲哀！」

「妳不用替我感到悲哀，以前我失去的，我都會一分一毫地要回來，不過……嘿嘿，就先從妳身上開始吧，哈哈！」

這半人半鬼的前太子紹應麟，立時露出猙獰又邪惡的笑容，說道：「我的小師姑啊，妳大概已經知道妳身上中了什麼毒吧！沒錯，就是妳師父最著名的苗區第一毒『天蠱王』，這是一種無解藥的劇毒，也是唯一能消我心頭之恨的魔毒，不過妳放心，妳只是我的試驗品罷了，很快會有更多人為它送命，特別是妳親爹和乾爹二人，哈哈！」

「你這卑鄙、無恥、下流、骯髒的人不像人，鬼不像鬼的傢伙，有本事就放了我，像男子漢一樣，來個公平決鬥，否則像你這種縮頭烏龜式的暗算方法，要傳出去讓江湖人士知曉，豈不讓人笑掉大牙！」

「哈哈！我紹應麟忍辱負重多年，無非是想復國，什麼苦我沒吃過，什麼辱我沒嚐過！我曾貴為一國最尊貴的太子，對人頤指氣使，也曾當過被人呼來喝去，滿意則賞個臭酸包子，不滿意就拳打腳踢的主人走狗，妳想激我放了妳，少作妳的春秋大夢，哈哈！」

靈兒見對方愈來愈失去理智，心想這下糟了，要不趕緊想辦法逃離這位魔頭魔掌，誰曉得他會幹出什麼非理性、非人性的事情來呢！為求自保，靈兒改採柔性攻勢。

「小師姑知道你受盡委曲，我也知道這其中一定有什麼誤會存在。我想不如這樣好了，我們大家都冷靜坐下來談，我立刻修書一封給我乾爹，叫他前來與你講清楚，說明白，是非曲直，不要老是放在心上攪和，大家都應該拿出誠意，當面懇談，反正你有我當人質在握，也不怕我方搞鬼，大家把事情談開，不就可以化解仇恨了嗎？」

阿風在上頭聽得頻頻點頭，但又一想，這會不會又是小巫婆靈兒為求活命，一時隨口而出的「善語」呢？

「哼！小師姑，妳別白費心機，我既已掌控大局，哪還有談判空間！」

說著說著，他突然兩眼發直，目光淫邪，賊溜溜地朝靈兒全身上下游移，不住打量，並露出輕浮的笑容道：「小師姑，我們不要儘談些不愉快的事情，我們來談談男女間的風流韻事吧。以前我老早就看上妳，暗中喜歡妳好久了，不過之前都只能遠觀而已，不想今日有幸能一親芳澤，果然名不虛傳，是位標準的美人胚子。沉魚落雁不足以形容妳的美，閉花羞月猶不夠傳神妳眼中的媚。坦白告訴妳好了，妳現在是不是覺得全身發熱難耐，想寬衣解帶，涼爽一番呢？」

「對呀！啊！你這奸賊，你……你到底在本姑娘身上動了什麼手腳？」

果然，靈兒在不知不覺中，精神逐漸恍惚，全身發燙，臉色潮紅，直像慾火焚身，下意識地想把衣服全數脫光以求涼快些！

「哈哈！我的小師姑，小美人，小寶貝，小心肝，反正妳也活不成，乾脆坦白告訴妳好了。其實妳身上總共被我下了兩種毒：第一種，就是我苗區最著名的，也是妳師父最厲害的『天蟲王』，妳也清楚，日前甚至連妳師父，那老不死的怪物也配不出解藥；第二種，就是『陰陽雙合散』，這雖不能算毒，發作起來的威力卻不輸『天蟲王』，渾身慾火難耐，任妳是多麼貞節烈女，只要一嚐到，便頃刻變為人盡可夫的大蕩婦，而且在七日之內，若不進行男女合體，必慾火焚身而亡。反正妳左右是死，倒不如便宜妳師姪，我會想辦法讓妳逍遙快活七天七夜，妳就當作是為妳乾爹贖罪吧，哈哈！」

「你……你這……你這該殺千刀的奸賊、淫蟲，姑奶奶就算做鬼，也不會饒你的……啊！好熱……好渴喔！」

只見靈兒已經忍不住，竟然伸手想脫去身上的衣服，無奈雙手被縛，就在神志愈來愈不清楚下，竟然反常地眼拋媚光，開口嬌聲道：「我的好哥哥，人家好熱好熱，快幫我褪去衣服吧！」

「我的好妹妹，好哥哥來了！」紹應麟正笑嘻嘻地躡手躡腳，逐漸逼近靈兒，阿風再也看不下去，心想：「你這喪心病狂的前太子，已經將靈魂賣給魔鬼，竟然還想趁機對靈兒做出不軌舉動，該死的畜牲，瞧我饒不饒你！」

就在紹應麟伸出貪婪的右手，露出奸邪的淫笑時，突然屋頂「轟」的一聲塌了下來，一陣煙霧瀰漫，嚇得紹應麟趕緊縮手旁撤，以為房子要倒塌了！

不一會兒，煙霧逐漸消退，房間內多出一道人影。仔細一看，乖乖，已經有一人穩穩地站立現場，態度從容，神情自若，好像什麼事都沒發生！

「你是誰？」紹應麟驚異地問道，心想自己苦思多年的計謀，在剛才的對話中，是不是也被他聽到了！

「我叫『破壞使者』，專程來破壞你的好事，也專程來破壞你復國的春秋大夢！」

「你少裝模作樣，想破壞本太子，也就是未來大理國國王的萬全計謀，我想你是活得不耐煩了！」紹應麟心想，此人能躲過其雙耳的監聽，又能如此慓悍地從天而降，必是勁敵，不如誘之以利，若能收為己用最好，否則必須除之，以絕後患！

「少年英雄，你應該也聽到我們之間的對談，這皇位本來就是我的，我也即將要拿回來，只要你能投靠我，為我效命，我可以答應你任何條件，並且將來封你為大將軍，成為一方之霸，你意下如何？」

「哦？你可以答應我任何條件，那如果我要眼前這位美人兒呢？」

「哈哈！為求復國，我已經忍辱偷生多年，犧牲一兩位美人算什麼，我不會放在心上，你要喜歡，儘管拿去享用！」

「那如果……我要你的命呢？」

「什麼，你不是在尋我開心嗎！愚蠢的傢伙，敬酒不吃吃罰酒，我要讓你見識一下本太子的手段，看招！」

紹應麟雙手一揚，手腕一甩，一股白煙朝阿風當面襲來，阿風知道必是毒蟲之類邪物，不敢托大，立刻引動內勁，深吸一口大氣，只聽「呼」的一聲巨響，房內竟然刮起一陣強烈巨風，紹應麟一見大叫不好，毒物竟然反向吹來，他立刻掩鼻破窗逃命，差一點就害人害己了！

靈兒一見是阿風來了，立刻露出了詭異的笑容，嗲聲嗲地地道：「風哥哥，我要……」

阿風沒聽清楚，見靈兒怎好端端一個人，突然變得陰陽怪氣，他也不知道紹應麟所說的「陰陽雙合散」到底是啥東東，有啥厲害，於心不忍，便湊身過去，哪知靈兒還是那句老話：「風哥哥，我要……」

「噢！妳要什麼？」

阿風愈湊愈近，還是不知道靈兒到底要的是什麼？只見靈兒突然乾脆將頭埋入阿風懷裏，又嬌聲嬌氣地重覆剛才那句話：「風哥哥，我要……」

阿風頓覺一股香氣迎鼻飄來，是少女特有的體香，加上靈兒一頭飄逸秀髮柔絲輕捲，挾雜著一股濃馥清香，阿風忍不住起了大寒顫，無意中倒抽一口氣，竟然吸進了幾根少女青絲，「哈啾！」一聲巨響，打了一個破壞情調的大噴嚏！

阿風反射地一把推開靈兒溫柔香軀，整個人彈了起來，雞皮疙瘩掉滿地，不知男女情事的他，也明顯感覺出來，為什麼說書的先生老愛說「自古英雄難過美人關」，「還好我不是英雄！」阿風心裏這麼想。

「好了，靈兒妹妹，我知道妳要什麼，喝水對不對？」阿風站得遠遠的試問。

「嗯，風哥哥，我要喝水。」靈兒真誠地回答。

「對嘛，要喝水就說要喝水，幹嘛神秘兮兮。」

阿風立刻端來一大碗清水，此時靈兒已將自己的上衣扯得有些稀巴爛，誘人的內在美若隱若現，而且全身泛紅，蘭香逼人。阿風不敢直視，心想：「媽呀，這渾球到底給靈兒吃了什麼鬼東西？」一手扶起神情早已恍惚的靈兒，一手慢慢將水餵到她的玲瓏粉嘴裏。

靈兒嘴裏邊啜飲著清水，手卻還是無識意地猛往自己身上的衣服拉扯。阿風一見不得了，以這樣喝水及拉衣服的速度相比，那喝完水之前，早就光溜溜了。不行，心地純正的阿風全無歹念，一心護著這位曾是大仇人的小巫婆，便放下碗，眼光左右掃視，見到床上有一張被單，好主意，於是二話不說，將被單鋪平，又將全身乏力的靈兒放上，置好，再用力往前一滾，「唉啊！」靈兒被這突來的滾動嚇出聲音來，才大功告成！

由於剛才的清水入喉，及這麼一驚嚇，竟然將迷迷糊糊的靈兒喚醒過來，發覺自己怎麼跟這小冤家同處一室？剛才不是明明跟那個畜牲太子紹應麟在一起嗎？而且現在怎麼全身裏著被單，動彈不得？仇人相見，分外眼紅，於是破口大罵：「小呆狗，要是你欺負姑奶奶我，瞧我饒不饒你！」

「狗咬呂洞賓，不識好人心，我剛才才把妳從壞人的魔掌下救了回來，怎麼沒頭沒腦又挨一頓罵，早知道結果如此，我就不理妳，讓那個畜牲佔點便宜算了，真是好心沒好報！」阿風不服氣地說。

「小……我是說風哥哥，你剛才說得都是真的嗎？」

「信不信由妳！」阿風賭氣地說。

靈兒知道阿風雖然與她有仇，但他並不會說謊，不過要自己向他低頭認錯，或親口道謝，任性的她是萬萬做不出來，但是她真得想知道剛才究竟發生了什麼事，自己又怎麼被綑得跟蟲蛹一樣，於是勉強壓低聲調，輕聲問道：「那你可不可以告訴我，剛才究竟發生什麼事？」

阿風聽她口氣回轉，態度放軟，才不再與她賭氣，將方才他在屋頂上偷聽到他們之間的對話告訴了她，及那個喪心病狂，前太子紹應麟欲加害她時，立刻出手相救的舉動也說了，但靈兒在恍惚中竟然將頭埋在自己懷裏及自扯衣服的事，由於涉及男女之間情事，異常尷尬，老實的阿風當然開不了口，所以只說她中了一種奇怪的毒輕輕帶過，而將她裹成蟲蛹一般的模樣，只是為了在她毒性發作時，可以保護自己，免於自我傷害而已，別無他意。

靈兒聽著阿風誠懇又中肯的娓娓細訴，竟然都是為了自己，著實令她不敢相信自己的耳朵，小呆狗不老是把她當成母夜叉看待，大可趁機一走了之，不管自己死活，為什麼還要留下來救她？是為了向阿爹的一句保證話做交待，還是……如果今天換成小呆狗落難，或是被當成藥人煮來吃，那自己會不會同樣出面救他呢？還是會見死不救，並在一旁鼓掌慶賀呢！靈兒又迷惘了。

靈兒本想趁機尋問阿風真正留下來救她的原因，剛要開口，突聽阿風急說道：「噓！有人來了，此處不宜久留，咱們還是小聲快點閃人要緊。」

阿風背起已成了蟲蛹的靈兒身軀，身體一晃，如飛箭一般，「蹭」的一聲，又竄上屋頂，離開這危機四伏的現場，哪知靈兒被這麼一晃，頭腦一暈，又恍惚起來！

「喂！現在不是睡覺的時候，咱們該怎麼辦呢？」阿風一見靈兒在這緊要關頭，怎麼又昏睡過去，自己逃命當然沒問題，問題是現在身背靈兒，對這附近的地形又不熟，而且天又快亮了，只要天一亮，自己的行蹤就要暴露，所以阿風才會如此急切地問。

哪知靈兒好像完全沒有聽到一般，只聽她不時在阿風耳際鶯聲燕語地說：「風哥哥，我要……」還不時在他耳邊吹氣，一縷幽香頻頻傳來，吹得頸後部位又麻又癢，害得阿風連起幾個哆嗦，又連打幾個噴嚏，自己心神差點也隨之恍惚起來。阿風心想這樣下去不是辦法，靈光一閃，後腦杓用力往靈兒前額撞去。靈兒被這突來的一撞痛醒過來，開口便罵：「啊唷！要死了，小呆狗，你要趁機撞死你姑奶奶喔！」

阿風耳裏挨罵，心裏卻暢快，這煩人的小巫婆終於醒了，不過不知道為什麼，昏迷時愈是柔情似水，醒來時愈是凶悍難當，翻臉不認人，而且有愈來愈明顯的對比趨勢！但是別管那麼多，反正先逃命要緊：「喂，小巫婆，現在我們要去那裏啊？」

「噢，人家好想睡喔，小呆狗，你少來煩姑奶奶，否則讓姑奶奶睡飽以後，非親手剝了你的狗皮不可！」

「好吧，我的好姑奶奶，剝皮之事待會兒再講。對了，我們先去找妳師父好了，要往哪裏走？」

「那裏！」迷迷糊糊中，靈兒輕彈玉指，往前面一個方向指去，但人又馬上昏睡過去，阿風無法，只好死馬當活馬醫，因為天邊已經現出魚肚白了！

阿風身背靈兒，時而飛簷，時而走壁，時而穿屋，時而越亭，一路上猶如暗夜中的黑豹，正往一個不確定的目的地飛馳急奔。

對阿風來講，靈兒身軀嬌小，體態輕盈，背負倒不成問題，最大的問題在於靈兒不僅頻頻在阿風頸項間輕吹幽香蘭氣，還不時在阿風耳畔，說出一些令阿風臉紅心悸、雞皮疙瘩掉滿地的肉麻話語。

「風哥哥，你綁得人家好難受喔，不如快幫人家脫解下來，等人家褪去煩躁的衣衫後，再緊緊抱住人家好嗎？」

「風哥哥，你為靈兒妹妹出生入死，靈兒妹妹好生感激，願意一輩子侍候你，與風哥哥永浴愛河，魚水相融，並為風哥哥生下一打的漂亮兒女，好嗎？」

「風哥哥，你怎麼都不理靈兒妹妹呢？我阿爹都把人家許配給你了，人家已經是你的小親親，快快轉頭讓我香一個嘛！」

阿風愈聽愈肉麻，內心氣亂如潮，澎湃難止，趕緊扯下衣角，塞入耳中，不過他更加肯定方才這一發現，就是怎麼靈兒在恍惚中說的愈肉麻，醒來的時候就愈凶暴，為什麼呢？百思莫解，還是趕緊找到她的師父「遙天聖母」要緊，看看有沒有法子醫治，否則再這樣下去，不是自己肉麻到脫一層皮而死，就是在靈兒恢復神智後，被她活活砍死，要不就兩人被逮，雙雙被害而亡。

或許，遙天聖母是他目前唯一的救星，那黑夜中閃亮的導航燈塔。

終於，在阿風左閃右避下，萬丈艷陽正迫不及待探頭出來，跟凡塵眾生相會。

阿風看到前方不遠處，有一座堅固石屋，地段荒僻隱密，入口處有兩名武裝弟子把守，顯然大有問題，又是靈兒所指方向，極可能就是聖母被監禁之處。

阿風立刻施展一招投石問路，引走兩名守衛弟子，閃身入室，猶如一陣強風，卻未刮揚起地上些許塵埃，仔細一瞧，竟是以足尖點地跳躍而行，如此了得輕功，可謂神不知，鬼不覺。

待他遁入石室，才知道，這兒原來是個地下室入口，小心翼翼地拾階而下，待進入最底層，裏邊除了火把微光外，一片漆黑，四處靜得出奇。不過在些微的光影中，好像在走道的盡頭，有兩顆白晶晶的眼珠子，像兩顆發光的夜明珠，直直地瞪著自己，一口白森森的牙齒，若隱若現，上下不斷咬合，牽動毗鄰的嘴脣，彷彿在訴說著什麼，但阿風卻隻字未聞，奇怪？

阿風突然側頭一想，啊！真是有夠笨，難怪四處好像平靜無聲，不正是自己方才在耳孔處塞了兩塊衣角碎布嗎？敢緊以手取出，對方果然正對著自己低聲咆哮！

「你，就是你，不要懷疑，你這奸賊惡徒，怎麼這麼大膽，在我逍遙峰上，竟然把老娘說的話當做放屁，不理不睬，想必你不是聾子，就是瞎子！唉！我真是劫數難逃，落了個『虎落平陽被犬欺』呀！」

「老前輩，你……你就是傳說中的遙天聖母，苗區黑教的開山祖師爺嗎？」

「什麼傳說中的遙天聖母？什麼苗區黑教的開山祖師爺？小兄弟，我剛剛還以為你不是聾子就是瞎子，想不到你竟然是個呆子！既然你不聾不瞎，你就給我聽清楚！首先，我不是『傳說中』的遙天聖母，我是『貨真價實』的遙天聖母，哦，不對，我怎麼把自己比成貨物，小兄弟，都是你不好，害我老人家頭腦不清楚，好，老娘再給你一次機會，給我聽仔細，我是當今『活生生、活靈活現、活蹦亂跳』的遙天聖母，記得了嗎？唉！不過話又說回來，你瞧我這副狼狽模樣，被綁成一顆大粽子似的，不能蹦，也跳不起來了！」

「不過，總而言之，言而總之，我就是那個……那個……算了，那個不提也罷！」

「其次，喂，你那底有沒有在注意聽！老娘也不是什麼苗區黑教的開山祖師『爺』，你眼睛有沒有問題，老娘可是女的耶！年輕的時候，也是個嬌滴滴，香艷艷的女孩，曾經迷死多少男人啊！哦，好像又離題了。好，言歸正傳，你聽過女人叫爺爺的嗎？沒聽說過對不對，那應該叫奶奶才對嘛，所以應該叫我苗區黑教的開山祖師『奶』，噢，也不太對，好像更難聽，不對，不對，統統不對，你就當我前面說的全是放屁。嗯，這句話才對，叫我苗區黑教的開山祖師『婆』，對，就是『開山祖師婆』，哈哈！有意思！」

阿風愈聽眉頭愈緊鎖，心中愈納悶，怎麼對面這位黯淡燭光下，逐漸清晰臉龐及身形的老婆婆，亦即傳說中，不，應該說是真實不二的「遙天聖母」，少說也有百來歲，依然精神矍爍，面色紅潤，言談舉止好似老頑童一般，特別是甫見面的見面禮，就是像連珠砲似的反駁話語，簡直像一顆顆真實的炸彈，全部往阿風身上飛射過來，炸得阿風毫無招架能力！

突然，遙天聖母看清楚阿風背上所繫如蟲蛹狀人形，立刻驚呼道：「小靈兒，是我的親親小靈兒，小兄弟，你背上的小姑娘是不是小靈兒呢？」

阿風用力點點頭，遙天聖母猝然繃緊神經，發現有人來了，正準備告誡阿風的同時，哪知阿風搶住話頭：「有人來了，聖母，這裏有地方躲嗎？」

遙天聖母一聽，愣了一下，這是她集百歲內力才特有的驚覺性，是一道預警的防禦系統，能預知危險，並適時快速反應是要迴避或反擊，方可趨吉避凶，而眼前這位不滿二十歲的少年郎，竟然也有相同的反應能力！

不過她老人家人老心不老，反應奇快無比，立刻將纏身的鐵鎖鍊奮力一抖，這百來斤大鎖鍊瞬間聲大如牛嚎雷鳴，再一甩，馬上將飛鍊變為兩條飛蛇，頃刻往阿風及靈兒身上纏去，再一收，便輕易將他二人收到自己身後的草堆上。阿風會意，立刻覆草掩身，果然在隱微的火光下，不仔細看，還真得瞧不出端倪呢！

遙天聖母這一抖，一甩，再一收的連續動作，既快又準，直往阿風及靈兒身上套，阿風在黑暗中來不及會意，本能地震動一下身體才會意過來，任憑遙天聖母施為，而他只這輕輕一震，真氣立即在無意中外放，竟然啟動了家傳的「聖光心拳」，還好沒使上全勁，加上修為也未成熟，因此力道極小，卻也讓遙天聖母雙手霎時一麻。這雖是手部的一小麻，卻是內心的一大震，細數當今苗區或中原武林之內，想要讓她老人家雙手震麻者，屈指可數，如此年輕的少年，竟然有這般雄厚內力，遙天聖母當真刮目相看，對阿風留下極深刻的好印象。

「這裏面在幹什麼，怎麼鏗鏗鏘鏘的，是不是老東西又在發脾氣了？你們有沒有看到可疑的人物啊？」

「沒有，老大，這老傢伙常常動不動就會發一頓脾氣，比牛還倔，頗難侍候，不過被我們這種威力強大的『精鋼鐵鍊』鎖住，加上『天蠱王』的雙重威力，這老傢伙猶如困獸之鬥，料她插翅也難飛啊，哈哈！」

「嗯，好好看守，我這就下去看看！」

果然，進來的就是之前吃過阿風大虧的前太子紹應麟，他派人四處搜捕不到阿風及靈兒，心想或許靈兒會來這裏找她師父，不放心，才踱步走了過來。

下了石階，突然有股聲如洪鐘的巨大聲響迎面擊來：「你這陰險狡詐的叛徒，忘恩負義的傢伙，當初要不是你在戰亂中永久性傷了顏面，並保證為父贖罪，要讓賢登基，為苗區百姓造福，老娘也不會憐憫心起，救你回來。原以為你天性純良，將來必是位仁君，想找一日向今天的苗王告知你的下落，並扶正原屬於你的王位，哪知你同你阿爹一模一樣，只是比較擅於偽裝，其實是隻披了羊皮的狼呀！」

「哼，妳倒說得好聽，究竟是真想扶我為正君，還是向苗王通風報信，來個斬草除根，邀功領賞，只有天知道了！不過妳剛才說錯了，我並不是叛徒，你們才是，這王位本來就是我的，反正妳也活不成，告訴妳實話好了，是你們自己雞婆，壞了我的大計。我早謀劃好，想利用先前好不容易收買的美名，暗中毒殺我這早已遭受百姓唾棄的父王，哪知就在我發難的前一天晚上，竟然出乎意料之外，半路殺出了阮季剛這位老匹夫，口口聲聲為了人民福祉設想，把我多年來的完美計畫，一夕摧毀，又讓我在混戰中，半邊臉被毒及火灼傷。還好老天有眼，我僥倖不死，之後才假意投靠於妳。哈哈！妳現在才知道上當了吧，我這幾年來為妳做牛做馬，沒有尊嚴的活著，唯一目的，其實跟當太子時一樣，皇位才是我認為最真實的東西，我會不擇手段，甚至不惜出賣所有的朋友，來達到最後的目的，因為我知道，這就是我的宿命，王位爭奪戰的終極勝利者，哈哈！」

「哼！當國王是為了謀百姓之福，像你這種只想要無上權力，不願為百姓付出的人，即使當上帝位，也只是暴君一個，遲早也會如你父皇一樣，被人民唾棄，遭人民反噬！」

「哦？這妳倒不用替我擔心，多為妳自己的悲哀處境傷惱筋吧。懶得理妳，繼續吠吧，反正再吠也吠不久了，哈哈！」

任憑遙天聖母的奚落及辱罵，紹應麟似乎充耳未聞，大踏步走了出去，但他哪裏知道，遙天聖母罵他，只為了轉移注意力，他作夢也想不到，要找的人，就在離他視線不遠的地方呢！

前太子紹應麟的真心剖白，也同時震憾現場的遙天聖母及阿風，沒想到這位以前人人稱為「賢良太子」的紹應麟，竟也是位為爭奪王位而喪心病狂的人，早有拭父篡位之謀，而留傳民間的美名，竟也是刻意造假。足見得此人心機深重，非一般人能比，難怪連遙天聖母這麼厲害的人物，最後也栽在他的手裏！

「好了，小兄弟，人都走了，你們可以出來。對了，小兄弟，你叫什麼名字？而我小徒弟靈兒怎麼會在你背上，綁得跟顆蟲蛹似的，好像身中劇毒一樣，這到底是怎麼一回事？況且我看你年紀輕輕的，又怎會有如此雄厚的內力呢？」

遙天聖母與阿風如今面對面坐著，一下子就拋出三個問題，阿風只好一五一十地回答。

「回聖母的話，小的叫阿風，背上的姑娘，的確是靈兒，他中了剛才那位奸賊太子的兩種毒，一為『陰陽雙合散』，一為『天蠱王』，我就是背她來見妳老人家，以求解救之方。至於我的內力嗎？唉！說來話長，不知聖母有耐心聽否？」

「哈哈！阿風小兄弟，你瞧我被關在這暗無天日的鳥囚裏，不只是長夜漫漫，就連白天或黑夜都分不清楚了，你說，老娘時間多不多呢？你就知道多少說多少，連廢話也不要浪費，這樣我才好斷出因由，尋求解救之方！」

「是的，聖母，容阿風細細稟來。」

於是，阿風便將如何誤食金、銀雙蛇，如何以劉爺爺所贈「九轉化毒丹」及所教化毒法化毒，又如何被林伯伯回教家傳「聖光心拳」，及被大理國王允婚的經過，還有自己與靈兒上山來，一則為負荊請罪，二則為報喜訊……等等，林林總總，詳詳細細地如實回奏。

「我親口答應過林伯伯，我一定要平安帶回靈兒，不想今日成了這般局面，所以懇請聖母大發慈悲，救救靈兒吧！」

「且慢，剛才你所提的劉爺爺，是不是長得一副莊嚴相貌，常著道袍，仙風道骨模樣，而且精通陰陽五行八卦、天文地理及奇門遁甲之術呢？」

「對啊！聖母，妳認識我劉爺爺嗎？」

「噢！原來真的是他，想不到他竟然避居於此。唉！真是天意難測呀！老實說，我並不認識他，只是久聞其大名而已。」

「對了，我再問你一句話，你可要如實回答喔！」

「聖母所問，阿風不知則已，若知必毫無保留，挖心掏肺以回。」

「好，那我問你，你是真的喜歡我的小徒弟靈兒嗎？你是真心想跟她結為連理嗎？」

「我……我……」

「好了，我知道你一副老實模樣，而靈兒的脾氣，我再清楚不過，你現在關心她，只不過是因為受人之託，忠人之事而已，老娘也不怪你，不過感情之事很微妙，全靠一個『緣』字，你就順其自然吧！」

「是，聖母！」

「好，那我再問你，你可知道為什麼靈兒會突然答應這門親事，後來又同你上來我這逍遙峰嗎？」

「嗯，起先我並不知情，只覺或許事有蹊蹺，但在靈兒與我同住一房，要先行離去打探狀況之時，突然捉起我的手，用力一聞，又說了一句令人費解的話：『嗯，好香喔！』才微笑離去，經我仔細推敲，果然其中有詐，她與銀杖婆婆，必是想引我這她們口中所稱的『藥人』前來，再趁機將我煮來吃，以增強內力，是不是？」

「哈哈！阿風小兄弟，你倒不笨嘛！沒錯，靈兒起先是想陷害你，但你也別忘了，為什麼她臨走前會拋下一句：『嗯，好香喔！』女孩兒的心思你不會懂的，想來我家小丫頭也開始動心了，哈哈！」

阿風本想再問下去究竟聖母所指何意，但因為一想到男女感情之事，話題敏感，也不好意思再追問下去，便另啟話題，哪知卻意外地獲得連他作夢都難以置信的答案！

「請問聖母，那靈兒為什麼在昏迷時，儘說些難以入耳的肉麻話語，一副柔情似水模樣，令人又疼又惜；但清醒後，卻翻臉不認人，開口閉口要置我於死地，而且情況愈來愈嚴重，也愈來愈極端，令我擔憂不已，試問這是怎麼一回事？」

「哈哈！小兄弟，你還是不明白嗎？簡單來說，這是『陰陽雙合散』及『天蠱王』所引發的連鎖反應，才會導致靈兒昏迷時，因受『陰陽雙合散』的蠱惑，說出了內心潛藏的話語；而清醒時，卻受制於『天蠱王』的威力，才會轉為暴跳如雷，跟任何人皆似有深仇大恨一般，而真正的原因，嘿嘿！根據老娘多年來的經驗判斷，靈兒為什麼在昏迷或清醒時，都會第一個喊你的名字，再說出或表現出她的雙重性格！這足以證明一件事，就是她目前最牽掛的人，其實就是你，她簡直對你又愛又恨呢！」

「啊！這『恨』，我倒可以理解，這也是她誆我來此地的目的，那『愛』，又從何而生呢？」

「所以說嘛，少女心，海底針，愛情本來就是盲目的，愛恨只有一線之隔，以後會有何發展，你好自為之！」

「好，話回正題，我先說這『陰陽雙合散』，它雖然不能算毒，若不及時男女合體，那可會生不如死！既然你倆有婚約在先，嘿嘿，倒不如互相將就一下，反正就當作新婚燕爾，由老娘來當證婚人好了！」

「哦！聖母，這個千萬使不得，婚姻乃終身大事，應該依父母之命，媒妁之言，我還未回家請示爺爺，怎可私下蒼促成婚！況且我與靈兒，彼此還有心結，若急促完婚，是不會有幸福可言！」

「哈哈！我就知道你會這麼說，不過你可要考慮清楚，這『陰陽雙合散』，因為加了『天蠱王』在內，所以變得凶險無比，若在七日內不進行男女合體，必然兩毒並發，慾火焚身而死，你不也答應你林伯伯，要平安帶回靈兒嗎？這下看你如何交差了！」

「聖母救命，求聖母開示，看有沒有其他方法可以補救，聖母若幫阿風渡過危難，大恩大德永誌難忘！」

「哈哈！這你倒不用求我，靈兒既然是我的愛徒，師父焉有不救自己弟子的道理！好，那咱們分開來說這兩種毒性比較清楚，首先，先說這『陰陽雙合散』的解救之法，若你執意不肯提早洞房，嘿嘿，那就沒有速解之道，只有抑制之方！」

「請聖母賜教！」

「其實道理很簡單，若不合體，你就必須時時抱緊或背緊靈兒，寸步不離，讓她無時無刻都能見其人，聞其息，聽其音，觸其身，這樣以男性陽剛之氣，調和女性陰柔之息，勉強可抵擋一陣子。只要能利用此七天內，解下『天蠱王』之毒，就不會有性命之虞！」

「啊！要我無時無刻抱緊她，或背緊她，寸步不離，還要長達七天，這……這太難為情了吧，古代聖人不是說過『男女授受不親』嗎？何況叫我時時刻刻緊貼一位未出嫁的女孩子七天，這……我……啊，我不行啦！」

「救人第一，哪用得著守這些無聊規矩呢！」聖母當頭棒喝。

「這……好，聖母說得對，救人要緊，我答應妳！不過我還有一個問題，就是若靈兒要上茅廁，難不成也要叫我陪她去呢！」

「哈哈！對，我倒沒想到這一點，不過，那還不簡單，反正你們遲早是夫妻嘛，也用不找不好意思啊！」

「啊！」

「哈哈！跟你開玩笑的，你也知道，已經好久沒有人陪我老人家聊天了，今天算你走運，哈哈！不過這個問題不難解決，卻有些棘手？」

「晚輩已經嚇出一身冷汗，求前輩不要再開我玩笑了！」

「好吧，你聽好，只要在靈兒需要上茅廁時，點下她的痛穴，自然可得暫時清醒，但誠如你前面所說，萬一她清醒，是會六親不認，何況你又是她的小冤家，因此這段時間內，什麼事都可能發生，你必須時時小心，步步為營，否則要真不幸被她殺死，那只有自認倒楣。若你能逃得過她的步步追殺，一刻鐘以後，她便會自然昏迷，但你得千萬謹記，這痛穴的效果會愈來愈小，清醒時間也會愈來愈短，若不及時解下『天蠱王』之毒，七天之後，就神仙難治！」

「好，這些阿風皆會小心謹記於心。那再問，如何才能解『天蠱王』之毒呢？」

「嗯，這就更複雜了！」

「是不是如壞太子所言，沒有解藥呢？」阿風著急地問。

「其實那只對了一半，我是故意騙他，這解藥原本是真的沒有，因為『天蠱王』是我窮畢生之力，才剛完成，還沒來的及找解毒藥方，便被迫提早出現江湖。我要說出調配解藥方法，那那位狼心狗肺的東西，一定會肆無忌憚，用來四處害人，所以我才會如實以告。至於這陣子我在這裏，正好可以靜思多日，也理出了解救頭緒，只是行動不便，無法親自驗證，現在只有靠你幫我完成了，但這又……這又違反了我苗區黑教的正統法規，唉，我真是左右為難啊！」

「聖母有何難處，可否見告阿風？」

「除非……因為這是我苗區黑教威力最強大的毒蠱，按祖宗規條法例，是不能輕易外傳，所以只要你拜在我遙天聖母的門下，便能學這破蠱之術，這樣就不算違反教規，但……只怕你不願意！」

「我對巫蠱之術並沒有興趣，學破蠱術只為救人，聖母剛才不是說過：『救人第一，哪用得著守這些無聊規矩呢！』」

「啊，罷了，反正都為救人，不如……不如咱們就各退一步，我教你破蠱術，你來救我跟靈兒好了！」

「好，沒有問題。」

於是，聖母正色道：「欲破『天蠱王』，需要做到以下兩點，缺一則前功盡棄。第一，要學破蠱術，須費時兩天，所以你只剩下五天的解救時間，要分秒必爭地進行；第二，必須以金銀雙蛇為藥引，這也是為什麼我會叫我兩位徒兒，就是你認識的金杖婆婆和銀杖婆婆，替我捉來金銀雙蛇以為壽禮，來換取我的親授聖母令，以號令我苗區黑教子民的原因。如今既然被你誤食，那就必須委屈你一下，我逍遙峰的前山半山腰處，有一條清澈小溪，出產一種特殊水蛭，喚名『聖水神蛭』，你可以帶靈兒去那裏治毒，並且用牠來作為吸血工具，餵食靈兒。順利的話，應該可以先破『天蠱王』，『天蠱王』一破，那『陰陽雙合散』的威力就不會被強烈激發，只要輔以清涼藥草清毒解熱，病情必會慢慢好轉！」

「好，我明白了。那聖母您自己呢？我看若集我二人之力，必能擊毀這纏身鐵鍊，不如咱們一起去破天蠱王之毒！」

「阿風，你的好意我心領，當然你說的沒錯，要擊毀這纏身鐵鍊並非難事，其實憑我一人之力亦足矣，不過我早衡量過，毀鍊不僅會直接損及真氣，更會因為發動內力而毒性攻心，所以即使逃了出去，也會輕易被逮回來，到時候觸怒了紹應麟，反而會把事情弄糟。何況我身中十一毒，金銀雙蛇對我已經沒有用了，因此隨你去也無濟於事，你只要好好替我照顧靈兒，就算幫我大忙，知道嗎？」

「嗯，聖母，我知道了，不過這可恨的紹應麟，竟然如此心狠手辣地對待聖母，哪天要落到我阿風手裏，非好好整治他不可。」

「哈哈，身在江湖，飄搖無定，命若浮萍懸盪，東風笑我痴狂，人生本就如此，看開一點才活得快樂，不過你倒不用替我擔心，我之所以能活到今天，自然還有利用價值！」

「喔，聖母，此話怎講，那我又如何才能救您呢？」

「這道理很簡單，紹應麟要的並非我的獨門暗蠱『天蠱王』，因為它的材料難尋，製作過程又太過繁瑣，而且毒性又強又險，又沒有解藥，一不小心，自己可能陪上小命，這對急於復國的他而言，並不算一項大利多，因此他真正想要的，其實是本門的鎮山之寶——『蠱魂箱』，這也是他要用來復國的唯一希望，所以只要我不說出藏在哪裏，那他就暫時不會為難我。對了，同樣的，這也是唯一能救我的方法，所以請你幫我老人家一個忙，就是幫我早日取回『蠱魂箱』，我怕時間一拖久，要真給那奸邪狡獪的紹應麟找到，那後果就不堪設想。」

「聖母儘管吩咐，阿風赴湯蹈火，在所不辭！」

「那好，我就先教你破蠱術，再告訴你如何找到蠱魂箱。」

原來，這逍遙峰的後山還有五座各自獨立的人山，呈半圓形排成一列，形同人的五指，但裏面的洞穴也各自曲雜交錯，難辨東西，而且充滿各種可怕的不明毒物，是長久以來苗區的聖山禁地，也是黑教駐紮之所，所以當地百姓都敬而遠之，管叫它「五指聖山」，但背地裏，卻只當它是令人生畏的「巫蠱魔山」。

逍遙峰的主人遙天聖母，就是把她最著名的鎮山法寶「蠱魂箱」藏於此，以策安全。而前太子紹應麟早知這法寶能收魂練蠱，不僅能收拾任何人的魂魄，一刻之內化為血水，若集滿九百九十九條魂魄，就能練成蠱神，法力無邊。這便是他想藉以趨策，完成統一苗區，甚至入主中原的最佳法寶，其野心之大，令人難以想像！

目前紹應麟便是將所有人馬駐紮在這五指聖山之旁，一方面掌控聖山所有權，二方面方便入洞搜尋，但他所面對的，除了可怕的毒物滿坑滿谷以外，還有會勾人魂魄的迷魂洞穴，若失了方向，那準成毒物們點心，因此至今仍無重大進展，他才會一方面命人繼續找尋，一方面又對自己的師父施壓，讓他去勸他的師父，即遙天聖母，早日投降，並告以詳情。不過兩邊的希望好像都落了空，如今中途又冒出了幾位冒失鬼，還逃了兩條漏網之魚，紹應麟簡直氣炸了！

很快的，阿風並沒有讓遙天聖母失望，在學會破蠱術及交待完如何取回蠱魂箱以後，阿風便不敢怠慢，趕緊背負靈兒朝前山，這目前沒有守備，比較不重要的據點前行。

阿風背著靈兒，很快地飛竄到逍遙峰的前山半山腰，果然覓得幾處隱密洞穴，並無守衛把守，便擇定一處滿意地點，作為治療靈兒休憩之處。

「風哥哥，我要……」

「媽呀，怎麼又來了！」

阿風一聽到靈兒這種曖昧異常的聲音，又起了幾陣哆嗦，雞皮疙瘩掉滿地，心想要讓她多叫幾次這種令人骨頭都快要酥麻、融化掉的嬌媚音調，那自己可要少活好幾年了！

「風哥哥，快點嘛，人家真的要……人家真的要尿尿啦！」

「哦！」

阿風嚥了嚥口水，內心嘀咕：「尿尿就尿尿，幹嘛說得那麼肉麻呢！」

於是，阿風便按遙天聖母所教之法，先將靈兒外裹之布解開，再脫下自己外衣為她披在身上，以防止她因為發現自己衣服殘破不堪而羞愧，甚至無理取鬧地怪罪於他，更可以保暖身軀。

等一切就緒後，再點下靈兒痛穴，把她從昏迷中喚醒。

靈兒在阿風為其服侍的過程中，依然如夢中囈語般，親暱地叫著：「唉啊，風哥哥，快嘛，人家快要忍不住了，我要……我要……噢！我要……我要殺你！」

靈兒猶如大夢初醒，眼睛突然發亮，泛出血絲，朝阿風不由分說，一個十成功力的手刀──「破天斬」狠狠劈下，威力無窮，快捷無比，下手毫不留情，有直取人命之勢！

阿風沒料到靈兒竟然反應如此之快，一驚非同小可，狼狽地側身扭腰閃過，姿勢真是有夠難看，好像戰敗落荒而逃的樣子，不過心中卻想，還好自己心存防備，否則要給這一狠斬擊中，那可非受重傷不可。心驚近日來自己對靈兒百般疼惜、照顧，哪知她翻臉簡直跟翻書一樣快，全不念及他沒有功勞也有苦勞的付出，功勞及苦勞就像滔滔江水，滾滾東流入海，一去不復返，要不是遙天聖母早已剖析過原由，他早就按耐不住了！

阿風百般容忍，讓靈兒發洩數招後，趁她喘氣調息之時，才對著她大叫道：「喂，小巫婆，且慢，妳不是要上茅廁嗎？要打，也得等上完再打，否則要尿溼褲子，可別怪我沒有提醒妳喔！」

「好，小呆狗，你等著，等姑奶奶上完茅廁！」靈兒突然臉兒一紅，心想怎麼自己一個姑娘家，竟然對一個男生說自己要上茅廁，還那麼大聲地叫他等她，可惡的小呆狗，都是他害姑奶奶出糗，待會兒非把他碎屍萬段不可！

「你等著，有本事就別像小狗一樣，夾著尾巴偷溜！要是男子漢大丈夫，待會兒再一決雌雄！」

說完，也不知上哪兒如廁去了，一閃身，便消失蹤影。

「好了，該死的小呆狗，你覺悟吧，明年的今天就是你的忌日！」

「等等，我見妳身體虛弱不堪，拳腳無眼，勸妳還是改天再動手。」

「怎麼了，小呆狗，是不是怕妳姑奶奶下手太重，傷殘於你，才反過來說我身體虛弱不堪，我看你才是真的身體虛弱不堪，廢話少說，納命來！」

靈兒又掄起雙拳，預備雙腿，正準備再度全力進擊，才跨出兩步遠，突然腳下一個踉蹌，「噗」地摔倒在地！

阿風一見靈兒又摔倒昏迷，便快步搶身跑了過去，怕她一跌成傷。由於靈兒是頭朝內俯臥，正當阿風要替她翻身搭救之時，哪知靈兒竟是詐倒，右手在身體倒地的同時，摸索發現身上並無任何攻擊性武器，急中生智，瞬間拔下頭上的髮簪，藉身軀臥倒隱藏於胸前，等毫無戒備的阿風一逼進，突然翻轉身來，同時大喝一聲：「小呆狗，去死吧！」

阿風由於欺身太近，還來不及大叫不妙，左臂已然中簪，阿風反射似地倒退數步，立刻血流如注，但也同時在無意中引出家傳「聖光心拳」一成功力。靈兒害人害己，虛弱的身軀哪承受得起阿風目前已有九成功力的「聖光心拳」，「砰」的一聲巨響，靈兒身體竟然飛了起來，重重地跌落地上，等勉強再度爬起之時，終因承受不起，突然全身一軟，又癱了下去！

阿風趕緊撕下衣角，包紮好遇襲的傷口，還好現在的功力已經今非昔比，亦能在最危急之中發動「聖光心拳」，雖然「聖光心拳」並非防禦性拳法，但也能反向抵消一部份來襲的力道，因此受傷並不嚴重！

阿風見這狡猾無比的靈兒已經受創躺平，再也無法害人，才放心地走了過去，準備為這小冤家療傷。

「叫妳別動手，妳偏要！得了吧，害人害已，自己又跟紙人一樣，平躺地上。現在別說打架，就只要一陣風吹過，也會讓妳站不住腳，要落在仇家或壞人手上，豈不任人宰割，吃大虧嘛！」阿風一邊扶起靈兒，一邊裹上布巾，不禁一邊發起牢騷。

「風哥哥，你對靈兒妹妹最好了！」靈兒又恢復甜言蜜語，對阿風柔聲細語枕耳畔。

「對妳最好，不被妳莫名其妙地砍死才最好呢！」阿風忍不住又說了兩句。

就這樣，一連三天，戲碼一再重演，阿風面對目前極端雙重性格的靈兒，真是又愛又恨，愛其溫柔時纏綿緋惻，款款柔情；恨其潑辣時陰狠凶惡，致人死命。但隨著水蛭吸毒漸有成效，阿風心情才逐漸開朗起來。

兩天後的一個大清早，阿風再一次用水蛭吸血，準備餵食靈兒，只見水蛭一離開阿風已經滿手傷痕的手臂，竟然直挺挺地一動不動，阿風以手指略加撥弄，發現這種號稱百毒不侵的「聖水神蛭」，竟然被自己身上的血給毒死了！看來自己由於救人心切，才會讓水蛭做出超過自己能耐的任務，結果犧牲了寶貴生命。這也讓阿風領悟到，凡事處理之道，即使自己能力再強，要是操之過急，將自己的能力逼過頂峰，最後必也功敗垂成。

水蛭既死，阿風救人心切，便用手臂半抱起靈兒上半身，眼裏卻看著水蛭，不禁為其哀悼：

「水蛭啊水蛭，你為救人而犧牲寶貴生命，何其偉大啊！」又轉頭看向昏睡的靈兒，這張天真無邪，清秀婉麗的面龐，也不禁慨然嘆曰：「唉！水蛭身形醜惡，人見人厭，為人們所唾棄不屑，如今卻能救人性命，功德無量。偏偏有些人面容姣好，人見人愛，卻心似蛇蠍，時時想致人於死地。水蛭啊水蛭，你偉大的地方在於能以命相允！美人啊美人，偏偏妳卻視人命如草芥，真是……啊！老天爺啊老天爺，為什麼有時候你那麼不公平呢?唉！」

阿風之嘆，不只悲嘆靈兒徒有一張姣麗面孔，更嘆天下所有帥哥美女如雲，卻不乏大有人是「天使般臉孔，魔鬼般心靈」，才會令他感慨萬千！

阿風愈想愈難以釋懷，霎時從腰際間抽出一把藏身匕首，開玩笑似地在靈兒白皙的脖子上劃了兩下，並喃喃自語道：「天意果真難測，今日竟將我生平第一次想恨的人，卻安排我與她朝夕相處多日，還必須救她性命。若妳不是林伯伯的女兒，若妳不是大理國王允婚的靈兒，我早在妳脖子上劃下兩刀，捅出兩個窟窿！」

「這第一刀，是為曾經受妳欺凌的百姓所給的；這第二刀，是為妳空為高官子弟，擁有天賦至高身價，卻不知憐惜上天所與，反而仗勢欺人，而不懂得憐惜百姓，所以這一刀，是為上天給錯妳降生富貴人家子弟而劃！」

「至於我嗎?也吃了妳不少苦頭，今日還千忍萬耐，百般犧牲地照顧妳，以自己最寶貴的鮮血餵妳解毒。我不圖任何功勞，也不想一報前仇，因為劉爺爺曾經告訴過我：『冤冤相報何時了。』我也不怪妳，就當是上輩子欠妳的好了，唉！」

阿風感嘆之餘，心想好人做到底，送佛送上天，正想以匕首劃破手指餵食靈兒最後一次的解毒血時，哪知手指頭竟然被靈兒一把捉住，這突如其來的舉動，反讓靈兒劃傷了自己的手掌！

靈兒手掌血流如注，阿風一見大驚，趕緊撕下衣角想為靈兒包紮止血，哪知靈兒並不領情，將身體一側，跳起身來，但由於內力已失，加上血氣外漏，因此踉踉蹌蹌地搖搖欲墜，卻也一身傲骨，並不接受阿風已經伸出要援助她的溫暖手臂！

「我……我這種人不值得你救，讓我死算了！」靈兒淚珠奪眶而出，化為兩行熱淚，如珍珠般彈躍，但並未哭出聲來，又喃喃自語道：「我……我真的有這麼壞嗎？」

「靈兒，妳先別說話，妳現在身子極度虛弱，快先讓我幫妳止血！」

「不，我不要你救，你為什麼要幫我呢？我曾經傷你、害你、殺你，甚至與師姊合謀要吃了你，難道你全都不記恨嗎？還是你只是為了履行答應我阿爹的那句話，要把我平安地帶回去呢？」

「我……我並不恨妳，因為我相信每個人的本性都是善良的，可能因為環境或一時的想法有所偏差，才會做出錯誤的事情來。至於妳問我是不是全然為了履行我對林伯伯的那句諾言，其實……也不完全是啦！」

「你這話……」靈兒本想說：「你這話是什麼意思呢？」但話語尚未完畢，畢竟因為失血過多，體衰力竭，暈倒現場。

「瞧妳，何必這樣倔強呢？」阿風邊扶起已如傀儡般的靈兒身軀，邊感慨地說，至少剛才他那句「也不完全是」，自己回想一下，也覺得奇怪，原本只是單純為了忠於林伯伯所託，如今卻下意識地說出「也不完全是」這句話來，「為什麼呢？」阿風甩了甩頭，大思不解地自己問自己。

但不管如何，救人要緊，阿風迅速為靈兒止血，並餵食自己劃破手指頭而滴流下來的鮮血給靈兒吃。靈兒在昏迷狀態中，依然囈語不斷，連綿不絕。

「風哥哥，靈兒真的如你所說的這麼壞嗎？」

「風哥哥，靈兒真的連一隻水蛭都不如嗎？」

「風哥哥，你真的很討厭靈兒嗎？」

「風哥哥，靈兒在你心目中，究竟佔有什麼樣的地位呢？」

「風哥哥，你喜歡我嗎？不管你喜不喜歡靈兒，靈兒都喜歡你！」

阿風先聽到前面幾句話，還不當一回事，只覺得靈兒「天蠱王」及「陰陽雙合散」所綜合之毒已解，頗為她逐漸恢復昔日神采而高興，但最後一句話，卻把他嚇愣住了，靈兒竟然夢中吐真言，喜歡上他！

阿風原以為自己聽錯，哪知靈兒睡夢中，又重覆講了多遍，這反倒讓阿風不自在起來，從彼此的互不相讓，到對方的苦苦相逼，自己又莫名其妙地被迫相互結為連理，原本也只是希望以緩兵之計拖過，再做打算。但天有不測風雲，逍遙峰上風雲詭譎，命運道上峰迴路轉，竟讓這兩位小冤家緊緊靠在一起，還真的是「緊緊的」相依相偎呢！

「靈兒竟然會喜歡上我，為什麼呢？她不是老想致我於死地！如果靈兒真的喜歡上我，那我會同樣的喜歡上她嗎？」阿風自言自語地自問，答案當然是「無解」！

「風哥哥……」靈兒悠悠轉醒過來，聲音細如飛蚊，顯然體力大為不濟。

「靈兒，妳感覺好一點了嗎？」阿風急切而且關心地問。

「風哥哥，你能先扶靈兒坐起來嗎？」阿風本想一把走過去攙扶，哪知下意識卻警告似地頓了一下，才又慢慢走過去，心思細密的靈兒當然立刻會意。

「風哥哥，你這般悉心照料靈兒，不分晝夜，不畏風寒，靈兒竟然還……還要加害於你，我……我簡直不是人，連豬狗都不如！」靈兒看著阿風手臂上的累累傷痕，及灰頭土臉的狼狽模樣，滿心愧疚地說。

「我……我好多了！」

「靈兒，這是妳受毒性所制、所引，才會有的現象，阿風並不怪妳，妳現在覺得怎樣呢？」

阿風見甫從鬼門關前走一糟回來的靈兒悶悶不樂，有意逗她開心，突然站了起來，大聲說道：「小巫婆，我說過救妳並非全為了妳是林伯伯的女兒，而是為了等妳病情好了以後，咱們新仇舊恨再一併算個清楚，不如來個大戰三百回合分勝負，怎樣？如果妳怕了，現在討饒認輸還來得及，哈哈！」

「小呆狗，你先別得意得太過火，等你姑奶奶好了以後，一定打得你給我磕頭請安！」

「哈哈！」

兩人一鬥完嘴，不禁相視大笑，靈兒也因而精神一震，好像病情好了大半，兩人的心結也隨著這甜美，甜得跟蜜一樣，美得像詩一般的笑聲，迴盪在這千年的山洞之中，久久不散。

這三天來，阿風對靈兒悉心地日夜照顧，簡直覺得好像過了三年，而阿風一個大男生，三餐只會煮出那種連豬看了都會搖頭拒吃的稀飯裹腹，還好自己並不挑食，靈兒又昏迷不醒，也沒有人會抗議或嫌棄。但如今靈兒病情轉好，元氣仍差，因此阿風再次找些山間補品加稀飯，熬成一大鍋粥。煮出來的粥黏稠無比，簡直可以當醬糊使用，而且看起來噁心異常，卻美其名為「十全大補粥」！

靈兒因為昏迷，所以只能無聲地默然吃了三天，今天幽然轉醒過來一嚐，簡直難以入口，卻見阿風吃得津津有味，成日山珍海味的她，也被阿風的誠心感動，因此細細品嚐，發覺外相雖差，口感並不難吃，亦把它當成仙宴珍饈般，吃在嘴裏，甜在心坎上。

下一餐，便由靈兒親自掌廚，果然天差地別。阿風才意會過來，原來粥可以熬得這麼好吃！心下也著實感謝靈兒整整捧場了三天，阿風此時哪像「吃飯」，簡直成了「吸飯」了！

阿風見靈兒業已好轉，回想起遙天聖母還沒有脫離險境，便叫靈兒留在洞內養傷及靜候佳音，自己則要隻身前往這虎穴龍潭，欲取出逍遙峰鎮山之寶——「蠱魂箱」。

靈兒一聽完，執意跟從，並說自己地形熟，雖內力還未完全恢復，但可以當嚮導及參謀。阿風仔細推敲，也覺言之成理，要是自己盲目胡亂闖蕩，若不幸中計被擒，那還得等人來救，更不用說要去救人，因此答應靈兒的請求，兩人連袂前往後山，這傳說中的黑教聖地。此刻只見他倆沿途有說有笑，已不似先前仇敵似戒嚴，因此很快地就來到了逍遙峰的後山——「五指靈山」。

由於阿風已經默記路徑，加上有靈兒在一旁提供意見，趁一個守衛空虛的時候摸了進去，果然很快地在迷宮似的大洞穴中，找到一個十分隱密的機關，開啟進入內洞，寶物就在眼前。

兩人正覺得此趟任務出奇地順利，輕鬆達成，阿風突然以右手拉住靈兒的手臂，迅速後撤十來步，並以左手拿起「蠱魂箱」揣在懷裏，對著方才走過的通道大聲叫道：「誰！」

「好耳力，哈哈！」來者正是前太子紹應麟。

「你……你怎麼知道這秘密洞穴呢？」阿風疑惑地問！

「哦，我知道了，風哥哥，他是跟我們進來的！」隨著靈兒的回答，現場也跟來了五、六位彪形壯漢，顯然都是紹應麟的跟班殺手。

「好樣！小師姑，妳不僅人長得標緻，頭腦更是靈光，真不愧是太子我，也是未來人理國的皇后第一人選呀，哈哈！」

「我呸！鬼才要當你的皇后！」靈兒反啐一口。

「哈哈！夠兇悍才夠味道，也才合乎本太子的口味，我喜歡。好了，小師姑，既然被妳看穿，我就直說好了。沒錯，我是故意放鬆戒備引你們進來，而且也在各個洞口內暗灑特殊螢光粉，經我這特殊植物製成的火把一照，妳瞧，不是成了一條指標通路了嗎，哈哈！」

「哼，小人用詐步，不算真計謀，只屬小聰明！」

「我才不在乎什麼真計謀、假計謀、大聰明、小聰明，只要能幫我達到目的，就是好計謀、好聰明，我覺得這世界上只有兩種人才能在逆勢中存活，一種就是夠聰明的人，一種就是夠狠毒的人，兵家有言『兵不厭詐』，最後的勝利者才是真正的勝利者！」

「好了，廢話少說，快交出蠱魂箱，否則，嘿嘿，不怕你不交，人給我押上來！」

「是，老大。」

「啊，是師父！」

靈兒見被五花大綁押上來的人，正是這位曾在苗區呼風喚雨數十年，現為黑教開山祖師「婆」遙天聖母，正落在紹應麟的手裏，動彈不得。

「對了，聽說你叫『阿瘋』是吧，我看你是真的瘋了，水泥鰍怎麼鬥得過海蛟龍呢？所謂識時務者為俊傑，我勸你快快交出身上的『蠱魂箱』，否則這老妖婆，嘿嘿！」

紹應麟以利劍緩緩抵住遙天聖母的頸部，還不時東搖西盪，來回晃動，劍刃處發出閃閃的幽寒劍光，可見是把飲過血的名劍。

阿風一看紹應麟已經完全制住遙天聖母，而且手下更有一人手持火藥，明顯已佔上風，只要自己一交出唯一的護身法寶「蠱魂箱」，那雖然可救聖母之命於一時，可能也得陪上全員性命，被火藥吻身，身喪這千年古洞之中。正踟躕不知所措之時，突聽聖母開口大叫：「阿風，我們左右是死，蠱魂箱你就用力丟來給他，才能多活一下子！」

阿風不知聖母用意何在，但既然聖母開了尊口，這鎮山之寶又屬她所有，因此毫不猶豫，立刻用力丟了過去。

蠱魂箱在空中飛了過來，紹應麟一見大喜，以為今天已操勝券，是最後的勝利者，這他賴以報仇的法寶，這他日後將以此統一大理國、甚至全中原的法寶，就在離眼前不遠的天空中，向自己盈盈招手，彷彿是希望之神，今天終於降臨到自己身上，紹應麟難掩臉上得意神色，笑容滿面地隨之大叫：「我來拿！」說完，施展最快速的輕功，飛竄上天奪寶！

他的速度快，哪知聖母的動作更快，聖母見他利劍離身，認為機會來了，立刻用腳勾起心中早已盤算好的身旁小石頭，只輕輕一挑，再用力來個大掃腿，「啪」的一聲，後發先至，將「蠱魂箱」又彈回給阿風，並大叫：「阿風，回接！」

阿風一聽不敢怠慢，原來聖母事先丟箱只是計謀，便迅速來個「飛燕騰空」，又穩穩地收回蠱魂箱，再度將它揣在懷裏，這最安全的處所。

前太子紹應麟一見遙天聖母這老妖婆竟然使詐，立刻眼泛凶光，露出殺氣，待雙腳落地後，正怒氣沖沖地想一劍為其斃命，哪知就在聖母腳踢飛石的同一時間，身體竟拖著全身纏繞的鐵鍊，往一處岩壁上輕輕撞了過去，只聽「碰」的一聲巨響，好像發生大地震，地牛頓時翻身，幾個紹應麟手下沒站穩，重心一偏，全跌坐地上。

靈兒由於內力不足，只恢復約六、七成左右功力，也差點兒跌倒，阿風發覺立刻用手一把拉住，卻使力過猛，靈兒頭沒撞倒在地面上，卻一頭栽進阿風結實的胸腔裏，阿風大叫失禮，靈兒也趕緊回身避嫌，口中直說無妨，內心卻為那千分之一秒的身體接觸，而有甜蜜異常的溫存回憶。

眾人眼露疑惑眼神，不明白為何聖母這小小的一撞，怎會撞出大地震來，難道聖母的內力足以撼動山岳嗎？正不解時，突聽聖母哈哈大笑道：「孽徒紹應麟，你的如意算盤可要砸了，想要先奪蠱魂箱，再炸死我們幾人滅口，來個神不知，鬼不覺，讓我們成為這千年古洞的幽魂，可惜現在情勢逆轉，不信你叫手下到入口處查看究竟，嘿嘿！」

還未等前太子紹應麟下令，已有一位機靈手下氣急敗壞地回報：「糟了，老大，這可惡的老妖婆已經切下暗鈕，入口處有一塊千斤大石擋住出路，出口恐怕被封死了！」

「啊！」

「哈哈！這下子有意思了，咱們總算優勝劣敗扯平了吧，我這天然密洞只有一個出口，就是前方的入口，我為了懲罰盜寶者，才千辛萬苦設下此機關，如今反正大家都得死，就一起死吧，而且要慢慢在這裏餓死，這下你滿意了吧，哈！哈！」

「可惡，怎麼會這樣呢？不，我不能死，我的帝國，我的未來，啊——！」

紹應麟一見春秋大夢已碎，頓時捉狂，立刻衝到入口的大石旁，一見果然是顆千斤巨石，正好封死洞口，非人類力量所能撼動。

「不——，我絕對不能死在這鬼洞裏！」紹應麟自言自語，瘋狂地四處找尋機關密道，但約莫過了一刻鐘，仍然一無所獲！

此刻的他猶如正在做困獸之鬥的餓狼，眼露兇光，臉泛橫肉，青筋暴露，渾身發抖，彷彿瀕臨崩潰邊緣，轉眼間卻發現遙天聖母拖著長長的枷鎖，正趁機往阿風及靈兒所站之地緩緩趨近，紹應麟心想豈可再失去最後一張王牌，縱身跳了過去，阻止聖母行動。

「老妖婆，快說，出口密道在哪裏？」

「嘿嘿！我要另設密道，早就找機會翹頭了，怎會留在這裏陪死呢！我們偉大的太子殿下，你這王位，恐怕要跟陰曹地府的閻王爺要了，嘿嘿！」

「可惡，再不說出來，小心我第一個殺死妳！」紹應麟顯然還幻想一定有密道存在！

「喂，刀劍無眼，你千萬別激動！」阿風見遙天聖母危急，自己又使不上力，趕緊發言制止。

「紹應麟，你要敢動我師父一根汗毛，我第一個讓你嚐一嚐蠱魂箱的厲害！」靈兒發現紹應麟簡直瘋了，深怕他失去理智傷害師父。

「靈兒，阿風，不要緊，反正大家都得死，我這把老骨頭也不在乎先死或後亡，只不過對你二人非常抱歉，被我這老不死的扯入事端，年紀輕輕就要陪我走上黃泉之路，老人家在這裏先向你們致歉！」

「聖母，能與您老人家一起喪身於此，也是我阿風三生有幸，您千萬別自責！」

「師父，我也願意與您老人家同進退，共生死！」

「唉，靈兒，只怕妳不能陪師父『進』、『退』或『生』，只能求『死』了！」

「夠了，你們你一言，我一語，煩不煩！」紹應麟終於按耐不住，在發覺自己有死無生，轉念自己付出如此龐大代價，如今換來的竟是壯志未酬身先死，好恨！好不甘心！原本剩下那半張英俊的臉孔，也變得跟另一邊可怕的臉孔一樣恐怖，大吼一聲：「天啊，竟然連你也出賣我，好，老妖婆，既然要死，我就讓妳先走一步！」

紹應麟喝動手下拿來火藥，點燃引線，並制住遙天聖母的穴道，反而大笑道：「要死，就讓妳先變成烤肉吧，哈哈！」說完，竟然將火藥放在已經毫無抵抗能力的遙天聖母身上，用力一推，將她整個人推向阿風及靈兒這邊。

阿風一見火藥已燃，若是引爆，現場即將化成灰燼，連忙伸手插進胸前衣內，摸出林伯伯臨行時贈與的保命聖符「聖光明符」，口中唸動真言，並轉頭對靈兒說：「靈兒，妳先走！」

「不，風哥哥，我要留下來跟你和師父一起死！」

「別說傻話，快來不及了，我要去救聖母，這妳接著，去！」

「不，我不要！」靈兒話都還來不及說完，只見阿風已經欺進遙天聖母身旁，於千分之一秒拉出火藥，靈兒也同時抱住這貼上聖符的蟲魂箱，只聽「轟」的一聲巨響，靈兒只發覺耳朵嗡嗡作響，頭部一陣劇烈振動，身體起先也隨之一陣急促晃動，極度不舒服，後來竟然像騰雲駕霧一樣，輕飄飄的，全身遍體舒暢，不過腦海中卻昏沉沉，一片空白！

靈兒悠悠轉醒，腦中一片渾渾噩噩，發現自己竟然躺在大理城內的護國神寺「法昭寺」，父親及大理國國王就在身旁照顧她，她猛然想起師父及阿風還在逍遙峰上，可能皆已雙雙命喪黃泉，想到這裏，不自覺「哇」的一聲嚎啕大哭起來，等哭過一陣，心中較為平復以後，才趕緊簡報過去幾天來的情形，並立刻要求重返現場，說不定會有奇蹟出現。

父親及大理國國王一會商，立刻下達命令，精挑百名親衛軍，立刻火速開赴逍遙峰。

眾人一到逍遙峰頂，靈兒焦急地在逍遙峰的後山，這五指靈山附近搜尋，只見四周彷彿剛剛發生大地震一樣，有好幾處坍塌，好幾處陷落，看得靈兒是怵目驚心，可見得當時爆炸的威力有多大！

靈兒一想到平時自己對風哥哥如此惡劣行徑，他卻能在自己最危急的時候，寧願放棄自己的生機來換取她的性命，真是泫然欲涕，淚水在眼眶中隨著自己無頭蒼蠅似地步伐打轉。每看到下屬們挖出一塊石頭，敲出一聲巨響，都在在地震憾住靈兒心裏，彷彿阿風就被埋在地底下，正被一分一毫地鏟出來，只覺心中好痛，好痛喔！

靈兒絕不放棄任何機會，明知機會渺茫，明知腳底磨出水泡，只要在屍體還沒有找到的那一刻，她都不會接受這即將宣告的死亡噩耗！

突然，她發現好像有一種極細微的聲音從地底下傳上來，但正想注意聽時，又不見了！正懷疑是不是因為這兩天來精神恍惚的關係而影響了專注力，疑惑間，突然，又聽到了幾聲，不自覺尋聲走來，只見遠處的山腳下，有一口荒廢已久的古井矗立眼前，已經被一堆小石頭掩蓋住，沒錯，聲音就是從這裏傳上來的！

靈兒逐漸逼進，果然看到有一人正灰頭土臉，移開那些煩人的小石頭，從古井的下面爬上來，仔細一看，啊！那不正是阿風哥哥嗎！

靈兒一見如獲至寶，飛步衝了過去，一把抱住阿風，用力緊緊地抱住，死纏不放，深怕萬一鬆脫了手，那可能就真的永遠失去了，於是喜出望外地說：「風哥哥，你沒事吧！」

「我……」阿風爬了一天一夜才爬出這空氣污濁，又髒又臭的地道，正想呼吸一下外面的新鮮空氣，哪知一出井口，又碰到了這位自己最怕見到的小冤家，還緊緊地抱住自己，害他差點窒息！

靈兒抬頭一望，發現阿風痛苦的表情，彷彿快要斷氣，正想問明是否因為身受重傷，才有如此表情，又看到自己竟然因為一時高興，竟然緊抱著阿風，臉頰立刻緋紅如火，趕緊鬆手，又重覆問了一次：「風哥哥，你沒事吧！」

「我……有事！」阿風頃刻露出痛苦表情。

「你……你哪裏有事，快告訴靈兒！」靈兒又驚又急地問。

「肚子。」阿風用手指著自己的肚子。

「肚子？哦，我明白了，是不是在爆炸的時候被石頭砸到，傷著了，好，你先在這裏等我，我立刻去找大夫過來！」

「我這肚子的病，找大夫是治不好的，必須找伙夫才有用。」

「伙夫？咦，奇怪，我怎麼沒聽說過人生病了不用找大夫，卻要找伙夫，哦，我想到了！」靈兒心中想畢，便對著阿風說：「伙夫，在中土的意思，是不是比大夫還厲害的大夫呢？」

「比大夫還厲害的大夫？」阿風不覺一陣好笑：「對，在某方面來講，他是比大夫還厲害！」

「好，那你先在這裏等我，我馬上去找！」

「喂，等等，你知道要上哪兒找嗎？」

「哦，對了，想必他也不住在藥店之中，那我應去哪兒找呢？風哥哥，你快說呀！」

「廚房。」

「廚房？」靈兒不相信自己的耳朵，馬上疑惑地反問道：「為什麼要到廚房去找呢？」

「因為伙夫不就是廚師嗎？他是專門替人看肚子餓這種病的，你想我在地底中生活了一天一夜，都沒有吃東西，那我不先找伙夫填飽肚子，行嗎？」

「哦，原來你是在耍我啊，你我壞喔！」靈兒現在才知道原來阿風所說的伙夫，不正是廚師嗎！自己肚子餓就說肚子餓，還繞了一大圈來騙她，害得人家為他白擔心一場，靈兒一生氣，嘟起小嘴兒，掄起拳頭，一拳老老實實打在阿風肩膀上，阿風頓時痛得大叫！

「少來了，你又想騙我了，是不是？」

「我本來就沒騙妳，是妳自己想錯了，不過妳這次真的打在我被大石頭壓到的受傷肩膀，哇，好痛！」

靈兒用眼角偷瞄一下，果然見到阿風的肩頭上滲出血水，馬上大為後悔，為什麼自己總是這麼魯莽行事，於是趕緊撕下自己的衣袖，替阿風小心翼翼地包紮好。阿風望著此刻極其溫柔的靈兒，不禁露出了詭異的笑容。

「你在偷笑什麼，是不是內心又在罵我！」靈兒發覺阿風竟然傻笑地看著自己，內心一陣慌亂。

「我只是在想，靈兒妹妹也有溫柔體貼的一面。」阿風如有所悟地說。

「那你的意思是，我平常就不夠溫柔，不夠體貼，是個兇巴婆子了！」靈兒作勢又要打阿風。阿風一見拳頭又起，嚇得落荒而逃，邊逃還邊說：「我沒說，這可是妳自己說的！」

「好，你別跑，瞧我怎麼收拾你！」嘴裏雖然這麼講，心裏卻是甜蜜蜜的！

此刻眾人已經被這小倆口的爭吵聲吸引過來，尤其是林伯伯及大理國王兩人，見到阿風沒事，總算放了心，又見他與靈兒兩小無猜，嘻笑怒罵間，竟是情意綿綿，簡直是天設一對，地造一雙的金童玉女啊！

不過這純粹只是兩位老人家的想法，阿風可不這麼想，至少他認為這場婚事，能逃得了最好，否則要真的娶了這位人見人畏的母老虎，那自己不就得悲慘一輩子嗎！得趕緊找個理由下台一鞠躬才行。

而此時的靈兒，由於阿風的捨命相救，心生感激，已經不再堅決反對這門親事，內心深處，卻受著痛苦的煎熬。面對阿風哥哥，這昔日的小對頭，小冤家，自己到底是喜歡呢？還是討厭呢？還是……有時真覺得自己都搞不清楚，因為見面時討厭，不見面時卻又思念，有時不修理他手癢，修理完又覺得心軟，為什麼呢？

或許，這些都該交由命運來決斷吧！

而遙天聖母究竟哪裏去了，原來當火藥爆炸之時，自己叫阿風將他們兩人於瞬間拋向兩處表面「尖石」的地方，這洞中密道豈只一處，皆天然洞穴渾成，只是聖母故佈疑陣，改裝成可怕的尖石模樣，凡人避之唯恐不及，誰又會聯想到這竟然會是密道出口呢！

聖母及阿風各從一處爬出，阿風是從一座已廢棄的古井中爬了出來，而聖母則從另一出口出來，也爬了一天一夜，出來後卻見靈兒只顧纏著阿風不放，追著他東奔西跑，竟然忘記師父也在洞中這個鐵的事實，真是有了男朋友，卻忘了師父了。「嘿嘿！」聖母不僅沒吃醋，反倒為他倆高興，心想這兩人要結成連理，恐怕還有一段很長的路要走呢！

林伯伯及大理國國王發覺這苗區內能呼風喚雨的遙天聖母沒事，也非常高興，立刻吩咐手下解去其纏身鎖鍊，好好照顧一番，此不表也！

「哦，對了，風哥哥，那師父呢？」靈兒追過一陣，這才發覺不對，怎還不見師父蹤影？照理說阿風能逃得出，那師父怎麼可能逃不出來呢！

「靈兒，妳總算想起師父了！」遙天聖母、林伯伯及大理國國王這時才緩緩地走了過來，遙天聖母有意逗逗靈兒，故意說道：「枉費啊，枉費師父這麼疼妳，別人家是『有了老婆忘了親娘』，咱們家卻是『有了情郎忘了師父』，罷了，這年頭不僅父母難為，連師父也不好做，林老及陛下，你們說是也不是？」

「哈哈！」三位長者竟然同時同意地用力點點頭。

「唉啊，你們好討厭喔，聯合欺負靈兒。好，靈兒以後誰也不理了，先理人家的是小狗！」靈兒小嘴一噘，負氣且臉紅地逃離現場。

「嘿嘿，阿風，看來現在只有你能理我們家靈兒了！」

「為什麼？」阿風不解地問。

「你不是常叫靈兒『小巫婆』，而靈兒也常叫你『小呆狗』嗎？我們當不起小狗，以後不敢理靈兒，而你已經是現成的小狗，無所謂，想來這靈兒天生註定要跟定你了，哈哈！」遙天聖母不急不徐地解釋。

「喔，原來如此，這小倆口還挺會鬥嘴的嘛，人家說『打是情，罵是愛』，看來他們倆真的很登對，哈哈！」大理國國王開心地說。

「對啊，阿風，我們三位老人家年紀都大了，失去當『小狗』的機會，但也不想當好像被人罵的『老狗』，這老臉丟不起，看來現在只有你能照顧我們家靈兒，我們現在就全權把她交給你，咦？你怎麼還傻不溜丟地站在這裏，快去追你那小巫婆新娘啊！」

「哈哈！」隨著有些莫名其妙的阿風消失背影去找靈兒，這三位老人真的笑得好開心，但相對地，阿風還真的搞不清楚狀況，為什麼這三位老人家會叫他去追靈兒妹妹呢？靈兒不是傷勢已好，自己反倒比她傷得重，理應叫她來追自己才對，但長輩之言不可違，所以阿風真的追了下去，只是還是不知道為何而追！

而那位朝思暮想，一心想奪回王位的前太子紹應麟呢？當然中了老狐狸遙天聖母之計，以為真的沒有出路，命喪洞中了！

眾人回到大理國皇宮內，由於阿風鏟除可怕的野心家——前太子紹應麟，對扶助社稷安定有功，大理王龍心大悅，本想為他在大理國內封爵授地，但阿風雄心未定，志在四方，並不想這麼年輕就久留一地，欲在江湖上四處飄泊，歷練一番。大理王一聽言之有理，男兒本該志在四方，於是採折衷方案處理，仍封其官，但暫不授地，是為「定國小將軍」，並授「御用金牌」一面，可隨時入宮面聖。

而此時聖母也因為內力雄厚，以「蠱魂箱」治好難纏的蠱中之王「天蠱王」，並於金鑾殿下自動請罪，罪名為私自包庇及教導叛徒。但大理國王英明理性，不僅未怪罪於她，反褒獎是其讓他早日認清前太子紹應麟的真面目，否則未來若真正禪讓回位，那天下黎明蒼生豈非又要再受荼毒！因此功過相抵，並未獲罪。

就在眾人皆大歡喜下，突然殿前武士來報，說前些日子去未來駙馬爺家報喜訊的武士已經回返，好像有急事待稟。待傳喚上殿，面聖一問，原來阿風爺爺親託口信，家有急事，叫阿風速回。阿風大驚，立刻奏請聖上裁決，欲火速回家一探究竟。聖上恩准所請，並賜良駒一匹及護衛兩名，阿風謝主隆恩，迅速告別眾人，踏上歸途。

在一旁的靈兒，當今大理國國王唯一的乾女兒——月靈公主，見阿風匆匆離去，並未留下支字片語，不禁離情依依，眼露悵然若失之感，不捨之情全都寫在臉上。其師父遙天聖母眼尖，當下立即會意，立刻上奏聖上，建言可讓其暗中助阿風一臂之力，一則可歷練江湖，二則可培養彼此間的感情，由於兩人本有婚約在身，也不怕別人說長話短。

聖上及林伯伯一聽有理，俗語說得好：「女人不中留。」瞧靈兒一份躍躍欲試的模樣，若不准她去，必也偷溜上路，難以阻攔，因此三老心意相通，同聲大笑，聖上頷首應允，賜「金蠶寶衣」一件護體，「奪魂鞭」一條防身，聖母亦親手交付這已被神話的「蠱魂箱」給她，其實蠱魂箱得視個人控蠱功力而定，功力愈強，自然可收更高功力的人之魂練蠱；若功力不夠，則只能收一般少許功力者之魂練蠱，但皆必須合乎天理，只能使用於壞人身上，否則日後必遭天譴。聖母並口授密術咒語，讓靈兒能以「苗區靈蠱術」為攻擊武器，以加強保護自己。靈兒獲得聖上、父親及師父恩准，興高采烈地踏上暗助「未來夫婿」，目前自己只願稱之為「風哥哥」或「小呆狗」一臂之力之旅。

阿風趕回家裏，一切景物依舊，還來不及睹物傷懷，家未至，聲已傳：「爺爺……」良久，並未聞回音，趕緊衝入屋內探尋，依然不見人影，等全屋上下翻找一遍後，才確定在案桌上，香爐下，置有一信。阿風打開一瞧，上道：「風兒，你離家良久，在外一切可安好，要小心照顧好自己的身體，你杭州趙伯伯有急事要找爺爺，爺爺先過去商量，若你晚歸見信，也煩勞跑一趟杭州，與爺爺會合，順便探視你未來的岳父大人，及自幼指腹為婚的趙家小姐心怡，切記，速來，爺爺親筆。」

「是爺爺親筆字跡沒錯，但潦草至此，非平日爺爺穩健作風，恐是蒼促間成筆，不知發生什麼大事？管他的，去杭州與爺爺會合再說。」阿風自言自語地說。

於是，阿風辭別兩位御賜護駕，叫他們回去覆命，自己則單槍匹馬，前赴昔稱「上有天堂，下有蘇杭」的美麗古城鎮而來。

# 卷二 天命真授

江南的美景，就如同天上的繁星一般，璀璨而眾多，處處楊柳垂青，幕幕小橋流水，步換景移，踱步間又是另一處絕景，令人心曠神怡。四處草木扶疏，花團錦簇，植物群相雖與嶺南之地略有不同，但景緻更為精美、小巧，有種小而美、小而巧的特色，彷彿是來自上天的禮讚。

杭州，這古老的都城，昔日曾為南宋首府，繁華喧騰一時，尤其城西之地，又有聞名中外的西湖勝景，更增添它嬌媚動人的風姿。宋朝大文豪蘇東坡的千古名句：「欲把西湖比西子，淡妝濃抹總相宜。」亦為它譜上了浪漫而神秘的優雅情意，扣人心弦，綿綿不絕。

阿風心繫離去匆匆的爺爺，雖心知是去拜訪父親的結拜兄弟，兼自己未來岳父大人趙伯伯家，但總是有股莫名的疙瘩在心頭，自己衷心希望這不祥的預兆只是自己瞎猜亂想罷了，還是早日親眼見到爺爺要緊，因此無心細覽群山美景，匆匆趕路。

而尾隨其後的靈兒姑娘，見阿風匆匆入屋，一看完信後，又匆匆交待武士回覆，便匆匆趕路前行！靈兒喚來即將回大理城覆命的兩位武士，問明原由，原來阿風是要即刻趕去杭州趙伯伯家，與他的爺爺會合。阿風並未向武士提及將與未婚妻會面之事，因此靈兒並不知阿風此行的附帶任務，反正自己有的是時間，陪他去趟杭州開開眼界也行，但如何不用這樣偷偷摸摸，暗中跟隨，而能光明正大地與其同行，又不會被懷疑呢？靈兒搖頭晃腦，左思右想，靈動的雙眸滑溜溜地打轉，突然一計湧上心頭，嘴角立刻泛起淺淺笑容，露出兩個可愛的小酒窩，在絕美的臉龐下，倍覺風采迷人。

「唉呀，我的腳！好痛喔，這下糟了，這荒郊野外，前不著村，後不巴店，該如何是好呢？」

就在阿風低著頭專心趕路之際，突見前方一位年紀與自己相若的少年，公子哥兒似的，走路沒長眼睛，一個不小心，竟然走到摔跤倒地，還好意思大聲叫疼！阿風見這一路上平靜無人，沒人能適時伸出援手，俠義心起，挺身上前救援。

「兄台，你怎麼了？」阿風走過去好意地開口問道。

「哦，兄台你好，謝謝關心，我走路不小心跌了一跤，腳痛得要命，你瞧這荒郊野地，渺無人煙，正愁不知如何是好？」那位受傷的少年有禮貌地回道。

「若兄台不嫌棄的話，在下略通跌打損傷之術，可幫你整治整治痛腳，雖不敢誇口手到病除，但至少可減緩一些疼痛。」

「好吧，那就偏勞兄台了。」

「舉手之勞，不足言謝。」

阿風正滿頭大汗地準備為這位受腳傷的少年救治，哪知正當阿風低頭之時，那少年卻笑嘻嘻地朝阿風扮鬼臉！你道他是誰呢？沒錯，正是女扮男裝的靈兒姑娘！

「咦？」正當阿風為靈兒脫去布鞋時，發出了訝異之聲。

「怎麼了？」靈兒趕緊收回鬼臉，心虛是否西洋鏡被拆穿，急切地問。

「兄台的腳好小喔，倒像女孩子的三寸金蓮一般！」阿風疑惑地有感而發。

「哈哈！」靈兒時而傻笑，時而胡謅，故意提高音調回道：「兄台所言差矣，有道是天有大風大雨大雷電，人有小耳小鼻小眼睛，這些個有男女之分嗎？不都是父母所天生嘛，我天生腳小臉兒白，從小就常有人誤叫我是女孩兒，這是我這輩子最痛恨的事，試想哪個男人不想被喚作雄赳赳，氣昂昂的七尺之軀呢？兄台要以此取笑於我，那我寧可受痛，也不願接受兄台的治療好意！」

靈兒假裝氣嘟嘟，反倒讓阿風自覺理虧，原來不小心觸到人家的內心痛處。

「在下失言了，兄台大人不計小人過，還望高抬貴手，原諒在下不知之罪！」

「哼！這還差不多，我知道你是無心之過，只要今後不准再提，改過遷善就好，我大人大量，是不會在意的！」靈兒一本正經地講完，內心卻笑嘻嘻地想：「小呆狗，真是呆得可以，說什麼『大人不計小人過』，我才不是什麼大人小人，我可是道道地地的姑娘家呢！」

靈兒果然高招，只一席話，斬斷了阿風未來對她可能是女兒身的懷疑，阿風平日雖然與靈兒鬥嘴不相上下，但對於感情世界猶如一張白紙，哪是優游其中的靈兒對手。

「怪了，你這腳我看既不傷筋，亦不損骨，甚至可說是毫髮未傷，怎麼瞧你疼成這樣子，真奇怪！」

「喔，事情是這樣的。」靈兒腦筋靈光，百念頓生，逐一回道：「我自幼即入深山練功，不慎傷了筋骨，實屬暗傷，所以非一般特殊名醫，便難以斷出病因。對，就是這樣啦！」

「哦，怪不得會這樣，很抱歉，先前大言不慚想幫忙，現在卻連小忙也幫不上，真是抱歉！」阿風不好意思地誠心為自己無法幫上忙而致歉。

「沒關係，兄台有此心意，在下已經感激不盡！」靈兒嘴上雖如此回應，內心又笑嘻嘻地想：「小呆狗啊小呆狗，我靈兒又沒病，你怎麼斷得出病因？又怎麼能為我治療呢？哈哈，中計了吧！」

「咦？」阿風見無技可施，不經意間，抬頭一看，竟又發出了驚異之聲。

「怎……怎麼了，你又怎麼了，你怎麼老是『咦』個不停呢？」

「你好面熟喔，我們好像在哪兒見過？」

「我……我們見過嗎？開……開什麼玩笑！」靈兒眼睛東溜西轉，勉強定下心來，強作鎮定地回道：「一定是你看錯人了，我在在……在那個……」

靈兒本想說出「逍遙峰」，拜師「遙天聖母」，但心想萬一說溜了嘴，不就前功盡棄了嗎？不如先深呼吸，少自鳴得意，專心應付阿風好了。

「我是在可能你聽都沒聽過的『快樂頂』，拜師『樂天神老』學武，如今功成藝就，師父放我下山歷練歷練！」

「快樂頂？樂天神老？的確沒聽過！」

「得了吧，沒聽過就好，我師父不理凡塵索事，所以不見聞於世俗武林！」

「喔，原來如此，不過……不過你真得很像我認識的一個人呢！」

靈兒見阿風開始懷疑自己，心想不放點餌，怎釣得上大魚呢？於是打算冒險一試。

「哦，真的嗎？若真有這號人物，我倒想見見他，那他是男是女，家住何處呢？」

「我說了，兄台可千萬別生氣喔！」

「這是我允許你說的，絕不生氣，你放心好了！」

「不瞞兄台，是個女孩兒，家住大理城。」

「喔，真巧，我家也住大理城呢！你倒說說看是哪家姑娘，讓在下有幸與其相像呢！」

「是……是當今大理王乾女兒，人稱月靈公主。」

「啊！」靈兒假裝大驚，阿風啊阿風，你再聰明，最終也會掉入我靈兒精設的陷阱呢！

「妳說的月靈公主，是不是跟我長得差不多高，也差不多瘦，姓林，叫林月靈呢！」靈兒故意說出三分事實，才能釣出剩下的七分虛假！

「啊？你怎麼這麼清楚，你認識靈兒嗎？想你一身官宦子弟打扮，想必也是大理城內的世家貴族吧！」

「沒錯，靈兒的母親是我小姨娘，我母親是靈兒的大姨媽，由這層關係算來，我便是靈兒的表哥了！」

「怪不得，你們會長得這麼像，原來你竟是靈兒的表哥喔！」

「一點兒沒錯，兄台，看來你愈來愈聰明了！」靈兒內心差點笑出聲來，心想：「你這小呆狗，誰說表哥一定要長得像表妹呢，若真得長得像，哪不成了天下奇聞嗎！」

「你竟然有本事發現我長得像靈兒表妹，從小就常有人認錯我們兩人，靈兒貴為公主，又是女孩子，因此才會造成我小小心靈莫大的困擾及傷害。不過我只有這麼一位表妹，又長得花容月貌，即使被誤會，也是值得的，你說是不是？」

靈兒這一些話，已經徹底打破阿風的絲毫懷疑，為兩人結伴之行立下了良好的互動。

「對了，說了老半天，還未請教靈兒的表哥尊姓大名呢？」阿風親切地問道。

「哦，我姓孟，名岳。你呢，兄台高姓大名？」靈兒趕緊臨時再編出一個名字來應付阿風這突來的一問，並假意反問阿風姓名，來避開他可能又突如其來的天外之問。

「我姓王，名少風，人家都稱呼我為阿風，你既為靈兒的表哥，那我也稱呼你為表哥好了！」

「哦，這個使不得，我按輩分，雖是靈兒的表哥，論年紀，卻是相同，看來少你一、兩歲，乾脆咱倆兄弟相稱，我叫你大哥，你叫我賢弟好了！」

「這……這不大好吧！」

「大哥休要如婆娘似的婆婆媽媽，受賢弟一拜吧！」

「那我只有恭敬不如從命，賢弟請起，大哥受當不起！」

就這樣，兩人歡喜成了兄弟相稱的弟兄，但這只是靈兒的第一步棋，接下來，第二步就是要設法纏住阿風，讓他「心甘情願」，不，「心不甘，情不願」也行，一定要讓他帶著自己一起去杭州。

「賢弟，愚兄既然對你的病情沒有助益，而且有要事在身，咱們兄弟倆就此告別，後會有期！」

「吔，大哥請留步，大哥雖然對我的病情沒有直接助益，卻有關懷之情，精神上的鼓舞，恩情並不亞於直接救助，算我欠你一份大人情。至於你說的急事，可否見告小弟？」

阿風無法拒絕，才簡短報告要去杭州尋找爺爺，並將要與未婚妻見面一事，也順便告訴假孟岳，真靈兒。哪知靈兒不聽則已，一聽心下又驚又怒，原來風哥哥此行的目的，不僅僅是與爺爺會面，還要去會他那自小指腹為婚的未婚妻呢！雖然曾聽父親及乾爹提過，但還是不相信自己的耳朵，自己千里迢迢來暗中幫助他，他竟然要做出這種違背她的事情來！靈兒的內心更加堅定，此行非好好跟定阿風，再暗中好好破壞一番不可！

「哼，薄情郎！」靈兒內心真實反應，故意假裝出來非常不高興的樣子，立刻側身轉臉，一副不再理會阿風的模樣。

「賢弟何出此言？」阿風見孟岳突然變臉，大惑不解！

「我輾轉聽說你與大理城的月靈公主，就是我表妹，已有……」靈兒突然臉上一紅，還好此時是背對阿風，他看不見，否則就要窘死了！因為叫她說出「婚約」這兩個字，那不承認自己已經喜歡阿風，而且要委以終身了嗎？自己到目前為止，雖然「有點」喜歡上阿風，但還不至於想與他共結一生連理，當然也不容許別的女人捷足先登，因為女人的妒心，就像敏感的眼睛一樣，是容不下一小粒砂子的！

「我是說，你與月靈公主，我表妹的關係，在大理城內眾所皆知，你竟然想毀約，背地裏另娶她人，不是薄情郎是啥！」

「這……」阿風倒真給靈兒問住了。沒錯，此刻他是與月靈公主有婚約，怎可暗地裏又先娶趙家小姐為妻呢！那自己不成了薄情郎是啥？啊！阿風一時之間真的不知如何回答，只覺眼前一片茫然，若有所思地回道：「啊！命運弄人，其實我對月靈公主，就是你表妹的印象……」

「印象……印象怎麼樣？」靈兒一聽到談到自己的事，一臉興奮之情溢於言表，突然插嘴問道。

「本來印象不甚良好，但日久相處以後，也發覺她雖然有時嘴巴比較犀利，咄咄逼人，卻也有一顆良善的心，經過朝夕相處後……」

「哦，原來你與我表妹已經朝夕相處過了，那你更不能暗中背棄她，做出令她傷心的事來！」

「噢，不，請賢弟別想歪了，我倆可是完全清白聖潔，當時全是為了救人才如此，以後有機會我再解釋給你聽好了。我現在的意思是，一方是大理王御賜婚約，就是月靈公主；一方是自幼指腹為婚的父母之約，就是從未謀面的趙家小姐，我……啊……罷了！都是父母長輩之命，為人子女或晚輩的我，還能怎麼樣呢？賢弟要真的認為愚兄是位薄情郎，我……我也無話可說！」

靈兒見阿風左右為難，況且這些婚約皆非自己自由選擇，也開始同情於他，但只要一想到阿風要見未來的另一半，雖然自己還沒有承認要成為他的妻子，但這口悶氣也消不得，於是開口問道：「你的處境我可以理解，那我再問你一句，如果趙家小姐美若天仙也就罷了（心想：最好醜得像豬八戒！），如果其醜無比（心又想：那不就太好了！），你還會要她嗎？我建議你乾脆娶（心想：自己就是月靈公主，這話怎說得出口呢！），我的意思是，乾脆另娶她人算了，你明白我的意思吧！俗語說：『天涯何處無芳草』，大哥何必單戀一枝花呢？」

「愚兄明白，不過既是父母之命，即便趙家小姐其醜無比，我還是有義務照顧她一輩子，這是命中註定吧，唉！」

靈兒一聽，阿風竟然如此真情，不管對方長相如何，都會娶她，並照顧她一輩子。這種純情男子，現今天下少有，靈兒對阿風的印象又更好了一些。

「好，既然兄長執意娶指腹為婚的未婚妻，又說得那麼好聽，但基於我表妹月靈公主未來的終生幸福著想，我這做表哥的不能不自私一點，反正目前我也閒著沒事，我決定跟你前往杭州城，一來可保護大哥（心想：平常沒事時我會保護你，但一有危險，當然是你保護我呢！）；二來可看你是否言行一致（心想：早知道你有俠義之心，這只是託辭啦！）；三來，也是最重要的，就是幫我表妹看住你（心想：笨呆，幫我表妹，就是幫我自己啦！）。你用不著請我，也不必求我，小弟決心跟你去杭州城了！」

「啊！這……這不太好吧！」

「不行，小弟心意已決，只要小弟決定之事，再無法改變，大哥用不著謝我。」

「啊！謝你，我……我的意思是……」

「大哥的意思小弟明白，小弟的意思想必大哥也明白，咱們就這麼說定了，兄弟一心，糞土成金！」

「不是啦，大哥的意思是，我有要事在身，實屬私事，怎好意思再麻煩賢弟呢？」

「哼！大哥的意思是看不起我這位兄弟，或是嫌兄弟礙手礙腳！好，算我多事，咱們各走各的，我不會拖累大哥，你走吧！」靈兒故意裝怒，讓阿風下不了台，才好就範。

「不過……我還是會承認你是我這輩子唯一的大哥！」靈兒話鋒一轉，語帶哽咽。

「啊，賢弟，你怎麼生氣了！」阿風想不出到底那裏得罪了賢弟，見他氣沖沖地，趕緊陪罪道：「大哥怎會不承認你是我的好賢弟呢？又怎會認為你會拖累大哥？我是真的有要事在身，反倒是大哥怕拖累你，才會如此說！」

「原來如此，我就知道大哥對我最好！」靈兒一手拿棒子，一手拿糖的策略果然奏效，先是對阿風假生氣，再來就是真撒嬌了：「不過我生氣，是因為大哥老不把我當成真兄弟，小弟就是因為你有要事在身，更必須有人在旁協助，況且你與我表妹又有……又有特殊關係，我更需要為她好好幫你啊！」

「啊，罷了，我看你們表兄妹怎麼都一個樣，難纏得緊。我看你真格不是來幫我，而是替你表妹來監督我吧！」阿風見他表兄妹倆不僅人長得像，個性還一樣善變，有感而發，自言自語地說。

「什麼？大哥說什麼難纏？什麼監督呢？」靈兒其實依稀有聽到阿風的嘀咕聲，故意反問，因為阿風猜對一半，自己正是要就近監督他，不過為的並不是表妹，而是自己！

「哦，我是說，既然賢弟如此有心助愚兄一臂之力，那愚兄只好先謝過了！」阿風心想，對方既是靈兒表哥，也不好得罪，況且此次任務照理應無風險，就隨他跟吧！

「這才像話，小弟定會全力襄助大哥。」

「好，那咱們出發吧！」

阿風說完，跨步就走，哪知假孟岳，真靈兒有意趁此機會暗中馴服阿風，豈能讓他如此逍遙自在。

「且慢，大哥，小弟這腳……」

「啊，對了，愚兄倒忘了，真對不住，來，小心，我攙你！」

「不，不用，這樣子不行的！」

「沒關係，咱倆既稱兄弟，就當相互扶持，來，沒問題的。」

「不，我不是這個意思，就是因為咱倆是兄弟，我才不好意思開口！」

「喔，賢弟怎又變得如此見外，有何難處，但說無妨。」

「我……啊，罷了，我看大哥還是自行前往杭州好了，我這樣子實在會拖住你的。」

「不准你這麼說，我阿風雖非賢聖大俠，卻也言而有信，一言九鼎，答應之事絕不反悔！」

「可是，這……」

「賢弟要不直言，大哥可要生氣了！」

「好吧，大哥，老實說，我這腳傷雖非大病，平常也不礙事，但只要一發作，就不能動彈半分，連攙扶也不行，所以只能……唉……如此勞動大哥，我看還是算了吧！」

「哦，我懂了，賢弟是說只能用背的，不能用攙的，是也不是？那簡單，反正愚兄也不可能讓賢弟隻身留在此荒郊野地，行，不早說，我背你！」

「這……這怎麼好意思呢？」

「賢弟休要客氣，上來吧！」

阿風立刻蹲低姿勢，成背負狀，意思是叫靈兒趴在他的背上。靈兒鬼計多端，立刻半推半就，彷彿不得已，是阿風強迫她似的，口裏直說：「這樣太委屈大哥了」，心裏卻想：「你這小呆狗，呆頭鵝，現在不僅完全被你姑奶奶掌控住，還心甘情願地被我當馬騎，嘻嘻！」不覺心下一喜，喜形於色，不小心又教阿風見著了！

「賢弟為何如此開心？是否想到什麼好笑之事，可否與愚兄分享？」

「喔，對了，我是聯想到，如果有一隻狗，後來卻變成了鵝，最後竟然變成了馬，你說，怪不怪，好不好笑呢？哈哈，真是有趣呢！」靈兒興高采烈地說。

「哦，原來如此！」阿風心想，這有什麼好笑呢？真是怪人一個！他哪裏知道，靈兒口中所說的狗（指小呆狗）、鵝（指呆頭鵝）及馬（指背她的人），主角全是他自己呢！

「好，大哥，我上來了！」

「咦？」

「大哥，你又怎麼了？」

「真得太神奇了，賢弟不僅長得像月靈公主，連體重都差不多！」

「哦，原來是這樣喔！」靈兒嚇了一跳，她最怕聽到阿風這個「咦」字，趕忙再編理由吧！左思右想，就撿現成的好了：「大哥又忘了，我與靈兒，可是表哥、表妹的關係呢，當然長得像，重量也得差不多呢！」

「哦，有道理！」阿風毫不懷疑地回道。

天呢！這怎麼會有道理呢？試問普天之下，哪對表兄妹會長得像，連體重也差不多呢！這太荒唐了吧！而阿風當然是因為心懸爺爺，自然未曾仔細加以推敲。

阿風身背假孟岳，真靈兒，只覺身體十分輕盈，感覺真的好像昔日在背全身被裹成蟲蛹似的靈兒，不過因為背法有異，自然也不再存疑！

阿風由於內力雄厚，腳下如風，急馳在荒疇田埂間，一點兒阻礙也無。

而在阿風背上，呈騎馬姿勢的靈兒，麗質天生，並不因為女扮男裝而姿色稍減半分。隨著阿風急馳，從水田裏反射映照的容顏，竟是充滿得意及滿足的神秘笑靨！或許，兩人的命運，會像水面上映照出來的人影一般，整體而和諧；或許，兩人的命運，又會像田埂上冒出來的雜草一樣，使人跌跌撞撞，充滿危機與變數呢！

兩人步入杭州城內，果然人群熙熙攘攘，一片繁華絢麗景象。絡繹不絕的人們，並未對這對有點奇怪，又不大奇怪的人背人兄弟（事實上是兄妹），多加顧盼。由於時刻已近黃昏，靈兒在上，視野遼闊，彷彿是阿風的眼睛；而阿風在下，步履沉穩，又彷彿是靈兒的雙足。兩人一體，默契十足，很快地，就找到了一家客棧，喚名「萬來客棧」，意思是客人如萬，源源不絕而來，於是便走了進去，哪知一進去，竟是門可羅雀。

「啊，兩位客倌好，請問是要用餐還是住店呢？」掌櫃的熱情地招呼這對客人。

「用餐。」「住店。」兩人同聲回答。

「住店。」「用餐。」兩人又同聲回答。

「哦，我瞭解兩位客倌的意思，是不是用完餐再住店呢？」識人無數的掌櫃憑經驗猜道。

「是。」「不是。」兩人同聲回答。

「哦，猜錯了，瞭了，那想必是住店後再用餐吧？」掌櫃心想，這次一定猜中了吧！

「不是。」「是。」兩人又同聲回答。

「啊？又猜錯了，拜託一下，我這是做生意的地方，不是猜啞謎的場所，你們能不能先商量一下，再告訴我好嗎？」掌櫃開始有些不高興，本來今天的生意就不好，想好不容易盼到一對財神爺到，竟是對捉狹的兄弟檔呢？

「好！」兩人終於意見一致地回道。

經過一番討論後，就由在上位的靈兒代表回答：「我們先找房間歇下，再煩請小二哥將晚餐送至房內用膳好了。」

掌櫃聽對方出言有禮，又是公子哥兒裝扮，心想必是有錢人家，得罪不得，臉上表情才轉為喜色，哈腰再問：「那客倌是要幾間房呢？」

「一間。」「兩間。」兩人又同時回道。

「兩間。」「一間。」兩人還是意見分歧。

原本第一個說「一間」的是阿風，因為他本來就不富有，心想兩人既互稱兄弟，能一起擠著睡，省錢也不錯，至少可平均負擔住房及餐飲費用；而第一個回答「兩間」的，是靈兒，她心想我一個女孩子家，還未出嫁，怎好意思跟一位男生同處一個屋簷下，同居一室呢？

第二次回答時，說「兩間」的，換成阿風，因為他發現賢弟孟岳既然不願與自己同房，不如就各自住房算了；而說「一間」的，自然變成靈兒了，她心想自己已與阿風訂了親，目前又互稱兄弟，為避免引起他的懷疑，才會如此說，尤其在西南之地民風開放，婚前試婚早就少見多怪，稀鬆平常，況且自己又女扮男裝，阿風也不知她是為女兒身，只要自己多加防範，自然也不用太在意了。

「啊，天啦，兩位客倌怎麼又來了！」掌櫃實在哭笑不得。

「大哥，這次由你來決定好了。」靈兒先打破僵局，開了口，反正將問題拋給阿風，日後要有意見，責任自然歸你扛了。

「好，那我們兄弟倆共同要一間上房好了。」兩人終於作出共同的決定。

「行，小二，安排兩位客倌住上房了。」

「唷，官倌，隨我來了。」

就這樣，兩人住進了「萬來客棧」的上房。

待用過晚飯，盥洗完畢後，阿風決定隔日一大清早便去趙家登門拜訪，於是一頭栽進床上，並開口說道：「賢弟，明早愚兄要去趙伯伯家會見爺爺，得趕個早起。來，咱們快一起睡吧！」

「啊！一起睡，這……」

「嗯，有什麼不對嗎？」

「哦，不，大哥，我的意思是，我習慣一個人睡！」

「嗯，原來如此，好吧，反正大哥哪裏都能睡，我睡地板，你睡床上好了！」

「這……這不太好吧！」靈兒也不願意委屈阿風，因為畢竟是自己纏住阿風要跟來的，若讓他又睡地板，豈不是自己害的，於是又接道：「沒關係，我們一起……一起『睡』好了！」

靈兒這「睡」字講得細如蚊鳴，臉上卻大大地一陣飛紅，還好阿風已躺在床上，否則……豈不窘死人家呢！

阿風倒沒聽清楚，反正無所謂，於是起身下床，拱手讓道：「賢弟不用為了大哥更改習慣，這覺要睡不好，明日準沒精神，我睡地上好了！」

阿風正要一頭栽往地上，哪知靈兒立刻用手一把拉回，快如閃電，又立刻鬆手，反倒是她立刻鑽進床內的被窩裏，並說了一句：「大哥不用委屈自己，咱們倆既是兄弟，還客氣什麼呢！」此時靈兒臉色潮紅，簡直比紅蘋果紅上十倍呢！還好有被單擋住了。

「哦，既然賢弟不嫌棄，大哥只好恭敬不如從命了，不過……」

「大哥，不過什麼呢？」靈兒的臉依然埋在被窩裏。

「大哥是說，賢弟怎麼不寬衣就上床就寢了呢？」阿風邊說邊退去身上的外衣，只剩下單薄的內衣罩身，露出了一身結實的肌肉，靈兒用眼睛瞟了一下，立刻又臉紅氣喘，小鹿亂撞了。

「啊，這……這是小弟的習慣，小弟自幼要早起練功，怕睡過頭挨師父罵，所以……所以睡覺時都是和衣而眠的，希望大哥不要見怪！」

「喔，原來如此。唉啊，大哥實在對不住賢弟，屢屢冒犯賢弟既有的習慣，還要賢弟放下身段來配合大哥，大哥在此向賢弟致歉！」

「哪的話，這……這是小弟自願的，何況……何況是我自己硬要跟大哥來的呢！」

「賢弟這份情誼，天高海深，大哥感激不盡，來日定當圖報。」

「哦，是真的嗎？那我如果要大哥答應我一件事，大哥會依允，如實做到嗎？」

「只要不違背俠義天理，就算十件，大哥也可以答應你！」

「好，不用說十件，賢弟不貪心，只要求做一件就行了！」靈兒愈說愈興奮，突然從被窩中竄出！

「咦！賢弟，大哥不曾記得你在晚膳中飲過酒，怎麼現在臉紅成這個樣子呢？」

「啊！我的臉真的很紅嗎？」靈兒一驚，趕緊又縮回被窩內，回道：「哦，是這樣的，我天生不擅飲酒，只要沾上些許，便會臉紅似火，而剛才洗完身子以後，突然覺得有點冷，所以下樓喝了一小口而已，看看能不能抵禦些許寒意。哪知老毛病又犯了，唉唷，早知道就不該喝上那一小口了。大哥，你不會怪我沒邀你一起喝吧！」

「怎麼會呢！對了，你到底要我答應你什麼事呢？」

「是……是……」靈兒本想說出，叫阿風答應她不要跟趙家小姐成親的話語，但又一想，這是父母之命，非她三言兩語能阻，便硬把它嚥了下去，回道：「是現在還沒想到，等我想到再告訴你好了，反正保證絕不會有違俠義天理之事，大哥你放心好了！」

「好吧，等賢弟想到以後，別忘了告訴大哥喔！」

「嗯，等我想到以後，大哥就算要賴也賴不掉的。嘻，到時候大哥可別後悔喔！哈，喂，大哥，你聽到沒有？」

靈兒緩緩地露出右眼的一小角，用眼角餘光偷瞄過去時，卻發現阿風已經沉沉睡去了。

翌日晴晨，兩人用畢早膳，準備妥當，連袂朝阿風的趙伯伯家，也就是他將與爺爺會面，順便見一見未婚妻的住所前進。

由於趙伯伯在杭州也算富裕人家，樓閣亭台，飛簷假山，小橋流水，將江南大戶人家內的園林景象縮版其中，以自然山水為主，再加上人工造景，果然美輪美奐，令人賞心悅目。

經過家僕的引見，阿風二人很快地就見到趙伯伯，而趙伯伯也似乎早就等待阿風大駕光臨一般，只是沒料到前來的，竟然有兩個人。

待相互見過禮儀後，阿風趕忙為這位互稱兄弟的孟岳介紹：「趙伯伯，這位隨我前來的兄弟，姓孟名岳，是……」

「是大理人氏。」靈兒搶過來自己回答，「半途上傷了腳，為阿風大哥救援，才結為兄弟，由於閒著沒事，所以一道過來探訪趙伯伯，順便欣賞一下江南的美景、美食，及……哈，及美人啊！」

「哦，哈哈，阿風，你這位兄弟倒挺風趣，年輕人總喜歡廣交朋友，趙伯伯同樣歡迎你，就當你跟我侄兒阿風一樣對待。但願江南沒讓你失望才好，哈哈！」

「謝謝趙伯伯。」

趙伯伯似乎很疼愛阿風這位姪兒，這也難怪，畢竟是未來的女婿，所以上好的茶茗、點心，是既高級又精緻，完全是江南道地名產，果然讓這兩位外鄉異客讚不絕口，賓主盡歡。

「敢問趙伯伯，我爺爺留書一封，叫姪兒前來此處與他會合，但不知有何事端，而我爺爺怎至今不見人影呢？」阿風在美食當前下，還是心繫爺爺。

「喔，事情是這樣的，我這兒是有點兒小事，想麻煩你爺爺親自幫我走一遭，你是知道的，你爺爺是長輩，又德高望重，所以處理起來比較方便，不過傳話的家丁沒說好，竟說成有大事發生，要找你爺爺快點過來商量。唉，我這胡塗家丁已經挨了我一頓罵，不過姪兒放心，這只是件小事，等你爺爺處理完，幾天後就會回來見我們了。」趙伯伯緩緩地解釋。

「所以只有請賢姪在這裏多待幾天了。對了，由於前幾天太過匆忙，我倒忘了問你爺爺，聽說你劉爺爺就住在嶺南一地，與你們祖孫倆毗鄰而居，是也不是？他老人家不知近來可好，老夫承蒙他多方照顧及拔擢，才有今天這般田地，千恩萬謝難以表示敬意，唯有登門親自以弟子之禮侍候，才能報偉大恩情於萬一。賢姪若知瞭，能否見告，以完成你趙伯伯此生最後兩大願望中的第二大願望。」趙伯伯心誠意堅地陳述對劉爺爺的感激之心，說著說著，竟然眼眶泛紅，令人鼻酸。

「他……」阿風原本深受感動，想詳實以告，但猛然想起，爺爺在家時千叮嚀萬交待，目前世上只有阿風及爺爺，還有大理國內的林伯伯三人知道劉爺爺的下落，為了劉爺爺的生命安全，絕對不可以讓其他人知道，因此原本想說「他老人家……」馬上改口，回道：「他是誰？姪兒沒聽爺爺提起過，姪兒與爺爺生活在嶺南之地，只有我們兩人是漢人，其他全是苗人，所以趙伯伯口中所說的劉爺爺，姪兒並不知情，請恕姪兒無法奉告。」

「喔，是這樣子啊！」趙伯伯似乎有些失望，不過很快又談笑自如：「既然這樣，老夫只有先完成我這輩子最大的願望了！」

「對了，姪兒剛才聽趙伯伯提及此生僅剩兩大願望，到底有何願望未了，可否告之？姪兒能幫上忙的地方，只要趙伯伯一句話，姪兒靜候差遣。」

「哈哈，好，好，你趙伯伯這輩子只剩兩大願望，第二個就是前面所說的，若在得知你劉爺爺的消息以後，必然親往執行弟子之禮到其百年之後，此其一也。」

「姪兒要有得聞相關消息，必定第一個奉告趙伯伯。」

「好，好，哈哈，那第二個願望呢，就需要賢姪親自幫你趙伯伯完成了。啊，這或許是天意吧，不然我的家丁怎會傳錯話，賢姪又怎麼會如此迅速出現在這裏，來幫助老夫完成此生的最大心願呢，哈哈！」

「哦，天意？姪兒可以幫趙伯伯完成心願，趙伯伯，此話從何說起？」

「哈哈，賢姪還不明白嗎？好，趙伯伯先賣個關子，不告訴你，等你見了一個人，自然就會明白！」

「見一個人就會明白？」阿風猶在一旁摸不著頭緒，心想自己怎有如此大能耐，能助趙伯伯完成此生最大心願！

靈兒在一旁見阿風還是愣頭愣腦，心中不是滋味，這一幕是她此行最不願意見到的，因此刻意地對阿風說道：「大哥，小弟剛才說過，此行隨你來江南的目的有三：第一是欣賞『美景』，沿途飽覽不少；第二是遍嚐『美食』，剛才趙伯伯所款待的精美餐點，也讓小弟我大開眼界了；至於第三樣……一睹『美人』風采，佳人馬上就要玉臨了。」

「哈哈，這位孟賢姪果然風趣，待會兒小女一出現，可希望你別失望，大嘆江南無美女啊，哈哈！」趙伯伯開心地說。

「最好醜死了！」靈兒心中嘀咕著，自己雖然還沒有答應嫁給阿風，但不知為什麼，只要一聽到阿風扯上哪家姑娘，自己就無名火冒三丈，是吃醋嗎？反正自己也搞不清楚，不過唯一可以確定的，是不管三七二十一，先破壞再說！

「啊！原來如此。」阿風這才想到，原來趙伯伯所說的人生最大願望，就是自己女兒的終身大事，而未來女婿不就是自己，當然只有自己能幫他完成這樁最大心願。

「怡怡，別不好意思，還不快出來會見你阿風大哥呢，哈哈！」趙伯伯朝後堂簾幕後說話，顯然後面早有人在聽他們的言談一陣子了，而那人，自然就是阿風指腹為婚的未婚妻——「趙心怡」！

「女兒參見爹爹！」怡怡輕移蓮步，由一位身邊丫鬟領了出來，先見過父親。

「來，阿爹幫妳介紹，這位就是你的未婚夫，也就是我趙家未來的乘龍快婿，阿風是也。而他身旁這位孟兄弟，是阿風在路上認識的，互稱兄弟，也算咱家的貴客，快先見過這二人吧。」

「是，爹爹。小女子心怡參見阿風大哥及孟大哥！」

「不敢當，不敢當。」阿風及靈兒同時回答。

由於方才是怡怡的貼身丫鬟先走出來，阿風及靈兒一見，「哇！」同時心頭一震，當真長得美若天仙，標緻異常，窈窕的身段婀娜多姿，一股書香之氣更顯出她那高貴的氣質，著實令兩人大吃一驚！

兩人同時坐立難安，阿風心想，難道面前這位仙子，就是我未來的夫人嗎？而靈兒亦心想，這下子她不但不是醜得像豬八戒，簡直是天女下凡呢！

可是她一出來以後，身後又跟了位少女出來，兩人起先都沒留意，但就在這位風姿綽約，如天上仙女般的少女開口，竟然是說：「小翠見過老爺及兩位少爺！」兩人差點同時暈倒！

兩人這才又不約而同地注意起第二位走出來的少女，「哇哇！」這下比剛才又多「哇」了一聲，多吃了一個大驚，清秀婉麗的外表下，清純而優美；典雅端莊的氣質裏，透露著無比的靈氣。像一顆光潔無瑕的珍珠，光彩絢麗，令人不敢逼視；又像一塊溫潤無價的美玉，柔性溫文，令人目光不忍離去，比方才的小翠姑娘更勝多籌！

阿風此刻又想，眼前這位絕世美女，真的是自己未來的妻子嗎？是不是在作夢呢？

而靈兒呢？心想這下糟了，眼前這位美人胚子，分明是老天爺故意要整她，現在怎麼辦呢？又轉眼看阿風，只見他竟然目不轉睛，好像怕一眨眼間，可能讓其美麗倩影消逝無蹤一般，心中頓時有氣，心想這樁婚事非好好從中作梗不可，否則不便宜了阿風嗎？正在氣頭上，突然看見阿風如今卻轉頭看她，讓靈兒頓生窩心之感，心想畢竟與阿風結識許久（其實兄弟只當了幾天而已），他的心最後還是回向自己，即使現在是女扮男裝！哪知仔細一瞧，卻發覺阿風的眼神，竟然還留連在趙家小姐身上，只是側臉過來，並向她問了一句：「賢弟，愚兄是不是在作夢呢？」

靈兒一聽氣炸了，立刻回以勉強的奸笑：「大哥是不是在作夢，小弟一試便知。」

「好。」阿風無神地回道。

「啊！」阿風瞬間回過神來。

原來靈兒正在氣頭上，無處渲洩，阿風好死不死，卻在無意中說出了是否在作夢的話語，靈兒逮住機會，給這大色狼在大腿上狠狠地扭了一把，阿風殺豬般地叫了出來，反倒引得大伙兒哈哈大笑！

就這樣，怡怡對阿風留下了深刻的好印象，阿風也對怡怡滿意極了，而在一旁吃乾醋的靈兒，卻暗自咬牙切齒，暗罵阿風負心漢，有了怡怡忘了靈兒，腦海中的盤算頓時激盪起千萬堆浪花。

這一白天，賓主盡歡，不在話下。

到了晚上，夜色如水，時節已過中秋，一輪明月依然高掛天際，為美麗的夜晚增添不少神秘色彩。夜間的花園，雖然沒有白天的群蝶亂舞，也沒有枝頭小鳥高歌，但小蟲聲唧唧，花影朦朧，夜風徐徐，就在這美麗的花前月下，趙家小姐獨自在此處留連忘返。

怡怡是為白天見到阿風之事而喜憂參半，喜的是還好未來的如意郎君，雖然跟自己平日幻想的略有出入，但大致上也還滿意，畢竟怡怡不是以貌取人的勢利姑娘，而是觀心為上的貌美、心更美的姑娘家，她對阿風也有特別好感；憂的反倒擔心阿風是否會嫌棄自己！正在胡思亂想之際，這一幕倒讓另一位也睡不著的人撞見，心想機會來了，看我試一試妳。

「夜美，月美，人更美。」靈兒故意提高嗓子，風度翩翩地假裝不經意走了過來。

「噢，是你啊，孟哥哥。」怡怡似乎嚇了一跳，才回過神來。

「妹子，真是失禮，不好意思讓妳嚇了一跳，孟某在此向妳賠罪！」靈兒說完，立刻來個抱拳九十度彎腰大禮，故意表現斯文的紳士風範，以便讓怡怡留下好印象，才能完成自己的破壞計謀。

「哦，孟哥哥不用多禮，小妹不會怪你的！」怡怡雙手往前一舉，做出虛的動作，意思是請起不用多禮，哪知靈兒正好猛然怡起頭來，趁機一把握住怡怡的一雙潔白無瑕的玉手，柔情而又激動地說：「怡怡，我可以這樣叫妳嗎?我真的好喜歡妳喔！」

「孟哥哥，你不要這樣，你再不放手，我可要叫人了！」怡怡立刻想縮回玉手，哪知靈兒故意用力緊握，她情急之下，說出了要大喊叫人的話語，來喝阻靈兒進一步的不軌動作。

「喔，對不起，我該死！」靈兒聽怡怡說要叫人了，趕緊放手。眼見第一招失敗，馬上實行第二步，用力捶胸頓足，責怪自己道：「我……我竟然克制不了自己的感情，以致做出冒犯妹子的失禮舉止，我……我簡直不是人，不可原諒，讓我重重地處罰自己好了！」

靈兒說完，竟然一頭往身旁涼亭的柱子栽下去！在一旁的怡怡見這位孟哥哥竟然要自戕謝罪，也顧不得男女之嫌，奮力走過去，將她拉了回來：「我不怪你，你何必如此呢？」

靈兒當然被怡怡擋了下來，心想還好妳擋得快，否則要真的以頭撞柱，那非受傷不可呢，內心倒對怡怡有些好感，但豈能如此輕易放妳一馬！

「妳……妳不要阻止我，讓我自行了斷好了，我一想到怡怡小姐是如此的聖潔美麗，而我這渾身腥臭的凡夫俗子，長得又不好看，竟然癩蛤蟆想吃天鵝肉，不自量力，我……我該死，求求妳不要阻止我！」

「你不要如此自責，其實，其實你長得一表人才，又風度翩翩，是女孩子們心目中的潘安、宋玉，你千萬別自暴自棄啊！」

「不，妳不用安慰我，我要是有妳說的那麼好，妳為什麼要拒絕我呢！妳可知道我對妳是一見鍾情，妳將是我孟某此生唯一的，是第一，也將是最後一個，我認定值得放全部感情的人，怡怡小姐，若妳不想再傷害我，就請接受我的感情吧，好嗎？」

「我……孟哥哥，你可能會錯意了。第一，感情是兩情相悅的，不能有所勉強；第二，憑孟哥哥的條件，不用說窈窕淑女，君子好逑，依小妹看來，必定有不少淑女會倒追孟哥哥呢，所以請孟哥哥不要把時間浪費在怡怡身上。」

「那……難道怡怡小姐姐對孟某一點好感都沒有嗎？」

「好感自然是有，但那絕非男女之間感情的好感，我很誠懇，也很真情地把你跟阿風……跟阿風大哥一樣，都當成大哥呢！」

「阿風大哥，你別提他，我孟某到底那一點輸他？怡怡小姐，妳可要考慮清楚，我與阿風大哥相處了一大段時間，最了解阿風大哥的情況了。第一，他沒有家產，你以後要真的嫁給他，少不了要為柴米油鹽傷神費力呢，那還能談什麼幸福快樂呢？第二，他也沒有事業，又缺乏一技之長，在目前失業率居高不下的今日，他怎能為妳的未來創造安全穩定的生活呢？第三，妳貴為千金大小姐，琴棋書畫樣樣精，樣樣行，而阿風大哥大老粗一個，這些全然不懂，你們完全沒有共同的興趣，這樣若成親以後，日子一久，難免感情日益淡薄！總而言之，你們兩人在一起是不會有幸福美滿可言的。當然，阿風是我大哥，我不該背地裏對他有所非議，但只要一想到怡怡小姐這麼個大美人兒，日後要淪落到為生活而失去燦爛光輝，西施化成黃臉婆，我孟某的心，就如同刀割劍刺！因此我不得不出來講句公道話，怡怡小姐，請接受我最真摯的感情吧，阿風大哥做不到的事，我全會做到，而且我會永遠把妳當成掌上明珠一般疼愛，海枯石爛，至死不渝！怡怡小姐，這後半輩子可長得很，在你與阿風大哥還沒有發展出感情的時候，妳可要考慮清楚，請在深思熟慮以後，做出最明智的抉擇吧！」

靈兒用盡三寸不爛之舌，一心想騙怡怡姑娘上鉤，抬出最有說服力的「麵包勝過愛情」的哲學，要怡怡理性地想清楚。

「孟哥哥，你說得沒錯，女人最注重的是自身的美貌與丈夫的疼愛，這兩點我相信你能做得比阿風大哥還好，因為俗語說『貧賤夫妻百世哀』，生活要沒有著落，那根本談不上幸福可言了，你的意思是不是這樣呢？」

「怡怡小姐果然冰雪聰明，一點就通，妳要是真的接受我的感情，咱們倆人郎才女貌，必是人見人羨的神仙眷侶，妳說是不是？」靈兒見怡怡似乎已經上鉤，心下大聲叫好，阿風啊阿風，這下你不能腳踏兩條船了吧！

「但是，孟哥哥有幾點更重要的忽略了，感情最珍貴的，是彼此為對方的付出與關懷，而不僅僅是生活富裕就能幸福，那天下所有有錢人，不就是各各家庭美滿幸福了嗎？何況貧賤夫妻也未必百事哀，端看你如何看待人生。我相信，只要肯努力，就一定會有出頭天的，何況小妹也十分羨慕男耕女織的自由自在生活，雖然條件可能清苦，但心裏頭卻踏實，人生在世非為金錢名利而活，而是要活的有愛，有希望及關懷，這才是真幸福。至於小妹有一點無法改變的決心，就是自幼熟讀貞節烈女的行為，也極為佩服，雖然無法完全仿效，但婚姻依父母之命，嫁雞隨雞，嫁狗隨狗的觀念早就根深蒂固，因此即使阿風大哥是個長相醜陋，或十惡不赦之人，我也會嫁給他，因為美醜我早就不在乎，而惡行是可以找出原因，再以愛心匡正的，因此我已經認定他是我怡怡這輩子唯一的丈夫了！」

靈兒一聽完怡怡姑娘的長篇大論，竟然慚愧的無地自容，自己在還沒弄清楚對方個性之前，只想憑一時意氣破壞人家的美滿姻緣，怡怡姑娘的美，不僅是人長得美，心更是美得沒話說。靈兒對怡怡留下了極深極好的印象，如今的她，反倒為阿風能娶到這樣的好妻子而高興不已。

「好吧，孟某尊重怡怡姑娘的決定，或許……或許我們日後有緣，還是會……會在一起的！」靈兒一說完，發覺自己竟然臉上一紅，還好天色已晚，對方並未發覺，因此趕緊補上最後一句：「咱們後會有期！」

望著孟岳很快消失的背影，怡怡才鬆了一口氣，心想，明天就當作事情沒發生過好了。

靈兒離開後花園以後，心下還在砰砰跳，內心著磨著，剛才在最後為何會說出這樣的話語呢？「或許……或許我們日後有緣，還是會……會在一起的！」靈兒的腦海中，一直盤旋著這句，久久不散。

不知不覺裏，才發覺自己在無意中，竟然走到這個全然陌生的地方，由於本身對趙家環境不熟，加上剛才恍惚失神地亂走，才走到這處不知名的地方，趕緊往四周一看，只見已經一片漆黑，黑影幢幢，難辨東西，卻發現在前面不遠處，有一間小屋，地點有些隱密，要不是在晚上四周全然斷黑，而屋內又點上螢火小燈下，在白天恐怕是不容易發現的。由於現今已經夜闌人靜，怎還會有人聚在那小屋內，似乎正在密談什麼。靈兒好奇心起，便湊上去瞧瞧。

「你回去告訴公公，大魚已經入網，我這賢侄人雖聰明，但江湖歷練還不夠，明天我準會設法查出端倪，請他大可放心。」

「行，公公也叫我帶上話來，說只要這玉璽一到手，事情就成了一半。他日改朝換代，少不了你的好處，到時候你就能呼風喚雨，用不著躲在杭州這小地方了，哈哈！」

「是，那就有勞公公了！」

「好說，好說。」

靈兒一聽完，疑心大起，見對方似乎要匆匆離去，不敢大意，趕緊閉氣蹲距，絲毫不動半分聲色，待來客離開以後，又聽得趙伯伯吩咐手下的聲音：「家福，明日之事備妥了嗎？」

「回老爺的話，一切都已擬妥。」

「好，哈哈，只要這次成事，我就可以大搖大擺地走出杭州這個小城，一雪前恥了。朱家啊朱家，我前半輩子為你付出汗馬功勞，到頭來卻換來毀族惡運，改日我會加倍奉還的，哈哈！」

等眾人一行離去後，靈兒才從黑暗中緩緩站了起來，一臉狐疑，這聲音應該是趙伯伯的沒錯，而他言下之意，竟然是要謀反，而且還扯上阿風大哥。奇怪，阿風大哥又不是什麼重要人物，這造反的天大事件怎麼會與他連上身呢？她心想或許這其中藏有什麼重大陰謀，而那顆「玉璽」又是什麼重要東西呢？

由於現在已值深夜，靈兒打算等明日一早，再將實情詳告阿風，預先做好應對之策。

翌日清晨，趙伯伯於早膳中，力邀阿風於正午之時，在後花園與未婚妻怡怡小酌一番，以便在成親以前對對方有更深的了解，用意可謂十分良善。但早有戒心的靈兒卻不這麼想，心中著磨，這一定是一場有死無生的鴻門宴！

「大哥，中午之約萬萬去不得啊！」等用畢早膳，靈兒趕緊將阿風拉到一旁，神情嚴肅而且緊張地將昨日親耳所聞之事詳說一遍，並再加上一句：「咱們趕快找個藉口，趁機先開溜吧！」

「吔！賢弟就愛開玩笑，趙伯伯待我視同己出，而且也認定我是他未來的半子，至於怡怡妹妹，她也是位心地善良又溫柔嫻淑的姑娘，怎麼會有問題呢？一定是賢弟聽錯了，你確定見到趙伯伯本人嗎？」

「我……我不敢確定，因為當時天色太黑了，我又躲在暗處，但聽聲音是準沒錯的，大哥，你一定要相信我的話，我又幹嘛騙你呢？」

「哈，大哥當然相信你的話，不過大哥也相信怡怡妹子是不會害我的。」

「怡怡小姐沒問題，是趙伯伯才大有問題呢？」

「喔，賢弟，你怎麼這麼肯定怡怡妹妹沒有問題，卻一口咬定她父親要加害於我呢？」

「是因為……是因為……」靈兒一想到昨晚夜戲怡怡姑娘的事，不覺一陣不好意思，她已經完全相信怡怡不僅知書達禮，而且心地光明磊落，不像她父親空有良善外表，卻滿腦子壞主意，便嘟起小嘴，生氣地回道：「聽不聽由你，到時候發生意外，可別怪我沒事先提醒你！」說完，氣嘟嘟地往外就走。

「賢弟……」阿風本想賢弟怎無端又發什麼脾氣呢！自己雖然不會懷疑他說的話，但趙伯伯及怡怡妹妹又怎麼會害自己呢？想陪罪安撫了事，豈知他完全不給機會，話只一說完，頭一甩，就氣跑了，這倒像極了過去靈兒的個性呢！心想：「怎麼這兩位表兄妹，連生氣都一個樣呢！」不過既然賢弟有所懷疑，自然絕非空穴來風，自己也開始提高警覺了。

正午一到，後花園的涼亭裏，已經擺上了滿滿一桌美酒佳餚及各式時鮮果品，為的是讓一對未來的璧人能先聯絡一下感情。這良辰美景，在江南美酒的輔佐下，顯得更美了。

「阿風大哥，謝謝你這次前來探訪我爹，他老人家近年來朋友愈來愈少，你來了，他高興得不得了，小妹在此先謝過大哥，以茶代酒，乾了這一杯。」怡怡先開口感謝阿風。

「妹子太客氣了，我們雖是因為指腹為婚才在這兒會面，但趙伯伯待阿風視同己出，阿風也當他老人家是最敬愛的長輩，所以妹子不用謝我，這是理當如此，倒是我還要感謝妹子呢！」

「喔，阿風大哥，你要感謝我什麼呢？」

「承蒙妹子不嫌棄，我阿風何其榮幸，才能在這裏和妹子同桌而食，對面而語，要不是妹子放低身段，我阿風如此外無人才，內無文采，怎有何面目在此與妹子話家常呢！」

「嘻，阿風大哥太過客氣了，我怎麼會嫌棄你呢，我才不會在乎什麼外相之物呢，何況阿風大哥也長得不差啊！」

「哦，真得嗎？我還真怕有人會說，我們兩人在一起，是妹子這麼一朵大鮮花，插在我這坨大牛糞上呢！」

「嘻嘻，阿風大哥真愛開玩笑，阿風大哥要真是一坨牛糞，那肯定是一坨長得端莊整齊的牛糞啊！」

「啊，妹子竟然取笑我，還是把我當成牛糞呢！」

「哈哈！」兩人同聲笑了出來，一團和氣，化解初次單獨會面的生澀及尷尬氣氛。

「唉！」

「咦，妹子何故嘆氣呢？」

「我嘆氣不為別的，是想我阿爹年紀愈來愈大，還時時不忘要報答以前對他有救命之恩的劉爺爺恩情，今天早上我又聽到他那無奈的嘆息聲，身為女兒的我，怎能不心如刀割，肝腸寸斷呢！」

「哦，趙伯伯時常向妹子提起他口中所稱的劉爺爺嗎？」

「是啊，大哥昨日應有聽到我阿爹的尋問，他不僅問過你，也問過許多遠方來客，說這輩子僅剩兩大願望：第一，就是……就是我的終身大事，不過已經自幼指腹為婚，反倒不用擔心；至於他的第二大願望，就是希望能在有生之年，能報劉爺爺的恩情於萬一。唉！不過已經探聽多年，依然渺無線索啊！我是擔心要再這樣下去，那他的身子不知承受得了嗎？唉！」

阿風聽到怡怡如此為父親的心願煩惱，是完全真情流露，可見得是位孝女，將來也必是位賢妻良母，自己當然知道她口中所說劉爺爺的下落，但礙於爺爺千叮嚀萬交待，才不敢鬆口，如今見怡怡如此心繫父親的身體狀況，那不等同自己也關心爺爺的身體狀況嗎？原本是想等爺爺回來以後，再請示他是否能詳實見告，但如今一想，爺爺既然是來幫趙家的忙，自己又即將成為趙家的半子，那還有什麼秘密可言呢？不如趁此機會告訴怡怡好了，以便成全她盡孝之道。

「其實，其實我不知道趙伯伯口中所說的劉爺爺，是不是我在嶺南地區所認識的劉爺爺呢？」阿風終於鬆口了。

「哦，原來阿風大哥也認識一位叫劉爺爺的人呢！那太好了，怡怡求你快告訴我，不管是不是阿爹口中所說那人，只要有一線希望，我與阿爹都不會放棄的，小妹在此先向大哥謝過了。」

阿風才將劉爺爺是住在一處叫「桃花源」之地的事情說了一遍，但由於嶺南地大山多，因此無法詳告真確地址，不過就在那一地帶，有著成千上萬棵桃花樹的地方便是了，而且阿風也告之桃花源有「桃花迷霧陣」保護，並詳告破解之道，整整說了一刻多鐘才交待完。

「那應該沒錯了，我聽阿爹提起過，劉爺爺是當代第一高人，所以住處也特別隱密，既然阿風大哥毫無保留見告小妹，小妹在此以江南第一名酒女兒紅，為大哥親自斟酒一杯，聊表感激之心於萬一。」

怡怡話一說完，立刻如父親交待一般，必須等阿風透露完真相以後，才能為其斟酒表謝，否則這烈酒只要數杯，就要宿醉不醒，那豈不是誤了大事！原來趙伯伯於早上就交待過怡怡，叫她幫忙向阿風打探劉爺爺下落，怡怡知道父親為尋訪劉爺爺而傷透腦筋，為人子女聊表孝心，也心想反正都是一家人了，才藉機向阿風打聽消息。

「妹子的美意加美酒，阿風三生有幸，向妹子乾這一杯。」

「我也以茶回敬大哥天大恩情。」

「嗯，好酒，可是……」阿風剛一喝完，突然全身發軟，並說道：「好像太烈了！」竟然趴到桌子上，起不了身了。

「咦，怎麼會這樣呢？」怡怡大吃一驚。

「我的乖女兒，幹得好，哈哈！」

「啊！爹爹，原來你在這裏。」

怡怡往旁邊望去，天啊，假山後面，竟然站了三個人，一位是父親，一位是錦衣衛大太監打扮——沒錯，他就是當今皇上跟前最紅的太監，叫沈公公，不僅頭腦靈活，心狠手辣，武功更是驚人，而他身邊也站有一位太監打扮的人，顯然是貼身護衛。

當然，自己與阿風大哥的情話綿綿及所有對談，自然全都落入這三位人士的耳中了。

「爹，你怎麼可以這樣做呢！這……這跟你之前講的不一樣，爹爹，你為什麼要騙我？而阿風大哥，他又到底怎麼了！」

「乖女兒，妳先別生氣，爹爹之所以這麼做，完全是為了我趙家日後著想，爹爹不想再過這種偷偷摸摸的生活了，妳一定要了解爹爹的苦心及苦衷。至於妳阿風大哥，他沒事的，只是身中軟骨散，死不了的，妳請放心。不過，唉……大概只能說妳倆無緣吧！」

「爹，你這是什麼意思？既然女兒與阿風大哥是指腹為婚的，女兒早已經認定是王家的人了，我生是王家人，死也是王家鬼，我……我不會原諒爹爹的！」

怡怡深知已經落入別人的圈套之中，而出乎意料之外的，這別人竟然還包括自己平日最敬愛的父親呢！所以只得強調自己已是王家的人，無疑是希望爹爹能看在她的面子上，放阿風一馬！說完，便匆匆掩面哭泣離去，心想：「我一定要設法救出阿風大哥，這一切，都是我害的！」

而趴在桌上的阿風，只能聽，卻無法言語，猛然想起早上賢弟的警告話語，聲音猶在耳畔，卻不幸言中，想不到趙家父女竟然聯合起來欺騙他，害他出賣了劉爺爺，那……那自己的爺爺不是早就中計了嗎？阿風心中懊惱萬分，但於事無補，現在唯一能做的，就是衷心祈禱，希望爺爺、劉爺爺及賢弟等人，能安然無恙，渡過此次危機。

「好，來人，將阿風姑爺押入地牢內，聽候發落。」趙伯伯發號施令。

「是，老爺。」家丁齊聲應道。

就這樣，阿風全身乏力，猶如布偶任人把玩操作，眼中卻充滿恨意地被押入地牢之中，收押禁見。

「沈公，這小子好歹也算我趙家未來女婿，能不能……」

「我明白你的意思，你放心，我不會動他半根汗毛，何況我也不忍心讓令嫒守活寡啊，哈哈！不過，他雖口吐真言，但前國師何其了得，為了安全起見，咱們還得讓他帶路，必要時也可當做擋箭牌，你說，是不是？」

「對，還是沈公老謀深算，讓他幫我們帶路，以策安全！」

「哈！哈！」兩人眼發賊光，彼此言不由衷地相視大笑。

（趙家地牢中）

「姑爺，這是我家老爺特別吩咐的，只有暫時委屈你了，還有這解藥，快請喝下吧！」說完，家丁扶著阿風喝完了解藥，才又輕輕地放下形同紙人的他，方鎖門離去。

良久……良久……

「小兄弟，小兄弟，你沒事吧！」

阿風費了好大一番功夫才翻轉過身體，只覺口乾舌燥，腦中一片空白，又沉又重，好像被結實地打了幾記悶棍一般，等臉朝另一邊靠過去時，一張不能算完整的臉，竟然就貼在他的眼前，害他恍惚中嚇了一跳，大叫一聲：「鬼啊！」

「小兄弟，你別怕，我……我真的像鬼嗎？」那怪人竟然自言自語起來。

「你……你到底是人是鬼？我……我到底是生是死？這……這裏到底是人間還是地府？」阿風又驚又疑地想退開，哪知全身依然乏力，只退了一些些，那人的臉又貼近！

「小兄弟，你坦白告訴我，我真的像鬼嗎？」怪人並不回答阿風的問題，反倒問起阿風。

「你……你有口臭，請不要靠我這什麼近，我才能判斷你是不是鬼啊！」阿風內心想到，這人既然問他真的像鬼嗎？那肯定不是鬼，又想起自己只是中了軟骨散，並未中毒身亡，因此這裏應是趙家關犯人地牢，只是這怪人老將臉緊貼著他，而且剛一清醒又被這麼一張恐怖又殘缺的臉嚇到，才讓阿風失去鎮定力！

「哦，我真的靠你很近嗎？可是……可是我怎麼一點都感覺不到！」怪人心生存疑，反倒是阿風騙他似的。

「我記起來了，老伯，你是人不是鬼，你也長得……長得不像鬼，你要坐離開我一小段距離，我才看得清楚。」

「哦，原來如此，真的很抱歉，小兄弟，我不是故意嚇你，我真的好久好久沒有跟『人』講話了，有時候我總覺得，我應該是『鬼』，而不是人，唉！」

隨著怪人的幽幽嘆息聲，他才逐漸遠離阿風，阿風利用這一點點的空隙仔細望去。這也難怪，眼前這人，還勉強稱得上「人」，是因為他還活著，還會呼吸、吃飯，但以一般人的角度來看，他僅是個嘴裏剩下一口氣的人，臉部肌肉已經完全血肉模糊，稱不上一張臉，左眼全瞎，右眼眼球幾乎全部突出，焦頭爛額。而其他身體部位也好不到哪裏，手殘腳瘸，顯然經歷過最可怕、最殘酷的刑求，所以看起來形狀至為恐怖，膽小者望而魂飛膽裂。這也難怪他想看一看許久未見的「人」，才會將臉貼得如此之近而不自知！

「老伯，其實……其實你還長得很……很端莊啊！」

「哈哈！小兄弟，你別安慰我，我早知道自己目前的處境，三分不像人，七分倒像鬼。啊，罷了，要不是我在等同伴替我捎個口信，我也不會苟活至今，早咬舌自盡了！」

「哦，原來前輩還有心願未了！」

「是啊，小兄弟，咱們看來還算蠻投緣，你先把你為什麼會來這裏的經過告訴我，我再告訴你我為什麼會變成這樣子。不過在講話前，老夫肚子餓得發慌，看來你也餓了，初來乍到，我沒啥東西好招待你，就先請你嚐一嚐這道人間美味，這可是我花了一年多時間在牢中探究出來的食譜。不瞞你說，我以前可是位美食專家呢！這美味要不是你今日運氣好，我自己都捨不得吃，怎麼可能拿出來請別人嚐呢？你明白我的意思嗎？我是把你當成自己人，來，你先嚐一嚐！」

這可怕老伯從草堆中，取出一個黑得不能再黑的布包，一層打開後，又是一層，而且一層比一層髒得可怕，簡直看了都令人作嘔，還談什麼吃裏面的「珍味」呢！

阿風看他小心翼翼地把所有布包打開，共九層，最裏面的布包顏色形同墨汁，並透出一股可怕又噁心的惡臭！哪知這怪人竟然拿起來聞了又聞，彷若品聞人間珍饈美味，最後抽出一條又黑又長的東西出來。就在微暗的燭火映照下，阿風終於認出來，原來是一條經過特殊處理的老鼠尾巴！

「這是我珍藏許久的美味佳餚，平日捨不得吃，要不是這裏缺少待客之品，我才不會隨意拿出來。來，這千載難逢的好機會，小兄弟，你別客氣，吃了它吧！」怪老伯邊流口水邊說。

「啊？這……這既是老伯的珍藏，小老弟怎麼忍心把它吃了，還是請老伯自己留著慢慢享用吧！」

「哦，原來小兄弟心腸這般好，要留給小老頭自己吃，那我就不客氣了，我邊吃，你邊說好了。若是你臨時想要嚐一嚐的話，儘管開口，我會留下這前端最肥美的部位給你，那我先吃尾部沒肉的部份好了！」

說著說著，這怪人的口水已經決堤，阿風當然明白，這怪人其實是太久沒吃到肉，才會因為想到要吃肉而口水氾濫。這也讓阿風對人生有了另一層體會，生活在富裕及物質充裕的人們，是完全體會不出人間另一窮人國度中的堅苦生活。拿這位被關了年餘的老伯伯，其實年紀只在中年，卻有老年人的所有特徵，而這小小的一根被人唾棄的老鼠尾巴，竟然被他當成人間美味，是不是生活在衣食無缺的人們，應好好靜下來省思呢！

「嗯，好吃，好吃。對了，小兄弟，你叫什麼名字？又為什麼會被捉來這裏？一定又是那衣冠禽獸、人面獸心的老趙陷害你的，對不對？這喪心病狂的傢伙，我真的恨不得吃他肉，啃他骨，喝他血呢！嗯，好吃，好吃，哈哈！」

阿風見這怪老伯有些瘋顛，這也難怪，誰要被折磨成這模樣，精神豈能正常！心中豈能無恨！

「小的姓王名少風，嶺南人氏！」

「王少風，姓王的，又是嶺南人氏。哦，那王得標老伯你認識或聽說過嗎？」

「啊，前輩認識我爺爺！」

「唉，原來如此，怪不得這奸賊要陷害你們祖孫倆，那他是以什麼理由或手段騙你們的？」

阿風這才將爺爺急行留書，要自己北上會合，並與自幼指腹為婚的趙家小姐成親之事，約略說了一遍。

「哼！這沒人性的老趙，連自己的未來女婿也要加害，真是該殺千刀。唉！小兄弟，你可聽過『太祖小五虎』嗎？」

「太祖小五虎？」

「對，其實幫太祖皇帝打天下的，居功厥偉，首推前國師劉伯溫，其次是太祖大五虎，就是人人知道的『五虎猛將』，有徐達、胡大海、虎天霸、錢少堂及常遇春等五員大將，而較少為人知的，是又有另外五位當時年紀輕輕，武功亦不弱，在後期幫太祖皇帝平天下的小將，人稱『太祖小五虎』，以別於『太祖大五虎』，就是現在的林、趙、王、陳及孫氏五家，也就是你的五位結拜叔伯，因國師之力保而免遭太祖無情毒手，僥倖不死，如今分散各地，隱姓埋名。聽說林家在大理；趙家在杭州，就是我們現在所處之地；而王家就是你家，你父親已經離開人世，由爺爺撫養在嶺南地界；孫家因堅不透露國師下落，已經全數遇害！我則屬陳家，也同樣遭遇族破人亡，只剩我一人，留著一口氣在苟延殘喘，要不是想為你爺爺留下音訊，早在幾天前，就想自殺以盡殘年。唉！要早知道當功臣這般辛苦，老夫老早就不幹了，不過反過來講，能救百姓於異族的高壓統治，再大的犧牲，我相信也是值得的，你說是不是？」

阿風用力點了點頭表示贊同，忽然想起眼前的老伯看不見，於是用力一「嗯」，示意再說下去。

「那你一定沒聽過『天命真授玉璽』吧？」

「天命真授玉璽？」

「沒錯，相傳在年代久遠的戰國時代末期，齊、楚、秦、燕、趙、魏、韓七雄並起，相互傾軋，互爭天子至尊之位，最後被秦王政殲滅群雄，一統天下，是為中國的第一位皇帝，自稱秦始皇。為求萬代子孫皆受天命，皆成帝皇，於是將外邦入貢的一塊價值連城的天然碧玉，命天下名匠精雕細琢，以為傳國玉璽，並命名為『天命真授玉璽』，意思是我這帝位實乃奉天承運，奉上天之命所真正授與，人間只此一家，別無分號。但口說無憑，於是秘召天下道行高深方士九百九十九人，為這上刻九尾天龍的玉璽加持作法七七四十九天，待法事圓滿，才算大功告成。」

「不過……唉！人不為己，天誅地滅，秦始皇為免天機遭洩，竟然當夜將那九百九十九名高士全部給坑殺了！心想如此必可永保帝業根基於千年萬代，殊不知這股驚人怨氣，亦同時附著於『天命真授玉璽』之上，因此傳說只要擁有它，必能成為上蒼欽定的人間接班人，但同時也必烽火四起，殺戮隨生，犧牲千萬無辜百姓，換來一人的功成名就！」

「隨後秦朝覆滅，漢高祖劉邦繼起，傳說其亦是依張良之計，先入關中之地，明者未取絲毫以待，暗中卻取得了這顆『天命真授玉璽』，最後藉此才能打敗另一強敵——霸王項羽，成為中國首位平民稱帝者。一時天下人趨之若鶩，深信此玉璽必是真命天子象徵！但這玉璽卻從此時隱時現，恍若神龍見首不見尾，只待有緣人，聽說所有歷代的開國及覆國帝王，無不因此玉璽在握而成事，也無不因此玉璽頓失而消亡，不過以上林林總總，全部都只是少數人知悉的『傳說』而已，至於真相如何，就不得而知了！」

「但近世傳聞，明太祖皇帝朱元璋，也是一介平民稱帝，依靠前國師劉伯溫之計，從元順帝手中得到這顆傳說中的玉璽，成為真正的真命天子，最後才能趨走元人，興復漢室，後又大敗群雄，一統天下。不過太祖晚年親小人，遠賢臣，最後導致奸相胡惟庸造反，前國師劉伯溫暴亡，天下頃刻將再度大亂！還好諸皇子出面齊力滅胡後，帝業才得以暫時穩固，但這『天命真授玉璽』從此又消失蹤影。人們亦相傳，是前國師劉伯溫因感明室今非昔比，才藉奸相胡惟庸之手詐死，趁機帶走玉璽，以報太祖皇帝只能共苦，無法同甘的偏激行徑，不念昔交舊功，卻無端誅殺功臣之惡行。雖然無人能證實前國師劉伯溫之死活，但有明一朝開國基業，確實遭受莫大撼動，人心再度浮起。野心家心想，只要玉璽在手，那不也可稱王據帝了嗎？所以你道這奸賊老趙、錦衣衛沈公公，甚至朱家自己的子孫等多方人馬，哪個不想成為真命天子，一統江山，成為華夏至高至上的九五至尊呢？唉！人心不足蛇吞象，這皇帝之位，豈是一般人坐得起啊！」

說著，說著，這位阿風父親的結拜兄弟，也就是自己的叔父，眼神逐漸失去原有光輝，彷彿風中殘燭，逐漸凋零。

「噢，原來如此，叔叔，那……那我爺爺現在在哪裏呢？」

「啊，對了，你……你爺爺啊，他……他老人家，已經……已經被帶往南京城了。」

說完這些沒事，往昔的一代小將，曾為國家社稷流血出汗的一大功臣，竟然因為小人當道而氣絕殞落，不禁令人唏噓不已。

阿風眼望甫相認的陳叔叔撒手人寰，不禁悲從中來，堅強又勇敢的他竟然眼眶泛紅，落下兩行熱淚，阿風的熱淚，並非全為陳叔叔而流，亦為大明王朝而流。每個皇帝都想建立千年，甚至萬年的千秋霸業，卻常因小心眼而誅殺功臣，俗語說「一將功成萬骨枯」，的確沒錯，但卻沒說「一帝功成萬將枯」，或許，殺人者人恆殺之，不管因為任何美麗的理由殺人，終究難逃被反噬的命運。

阿風想不通，為何竟然為保個人江山，卻不饒過任何有功之人？難道這江山是明太祖一人打下的嗎？那其父親及諸伯叔出生入死又是為了什麼？還不是為了黎民百姓，如今反成了威脅帝位的最佳藉口，舉族遭滅，真是好人沒好報！天啊，命運為什麼要這樣安排呢！

阿風一人痴痴呆呆地胡思亂想，卻不得頭緒，最後的結論是，「功成身退」，才是最佳的為官之道。

正傻不溜丟地想著，突然在牆角門口處閃入一條人影，近身一看，竟是趙家大小姐怡怡姑娘。

阿風淚痕未乾，望著地上横躺不動的陳叔叔屍首，又望著翩翩到來的趙家大小姐怡怡姑娘，心中不禁一股無名火起，心想妳趙氏父女好心狠，父親不顧結義之情，反起殺戮之心；女兒不僅沒加以勸阻，卻又為虎作倀！父女倆狼狽為奸，於是等怡怡姑娘一靠近，心一横，索性背轉過來，現出一副拒人於千里之外的態勢。

「風哥哥，我……我是怡怡！」怡怡小聲又羞澀地先開口。

「哼！」阿風擺出一付不理不睬的樣子。

「我……我是來向你解釋，我，我真的不知道事情為變成這樣子！」

「哼！妳是真的不知道，還是在貓哭秏子——假慈悲呢？妳趙家父女倆狠狽為奸，陷害忠良，妳看看，我身旁這位一代忠良陳叔叔，妳父親的結拜兄弟，也算是妳的叔叔，好不容易躲過太祖皇帝的誅滅，到頭來還是被妳們狠心害死，還有他的家人及孫叔叔的全家人，也是死不瞑目啊！」

「啊！」

怡怡聽完阿風咄咄逼人的指控話語，彷彿難以置信，但一見牢中地上，竟然躺著一副可以說是殘缺不全的屍體，不禁大吃一驚，驚叫出來！

「怎……怎麼會這樣子呢？」

怡怡被這突如其來的景象嚇著了，表現出驚恐萬狀之態，倒讓阿風看得明白，或許，怡怡妹妹真的全被這心狠手辣的父親蒙在鼓裏！

「哼！或許妳是真的全然不知情，但妳父親枉顧結義之情，反噬手足，天地難容，天可憐見，要讓我阿風有機會出去，遲早有一天，我必親手血刃於他，為死去的眾人報這血海深仇！」

「我……我是真的不知情，不過如今說這些也於事無補，人家說『父債子還』，我……我在這裏為父親所犯劣行，向你及死去的陳叔叔磕頭謝罪！」

怡怡說完「噗通」一聲，雙膝跪地，並以頭叩地，發出了可怕的「咚咚」之聲，在寂靜的牢房中迴盪開來，彷彿擊鼓之聲！阿風不忍，一時心軟，本要原諒於她，因為畢竟罪魁禍首是她的父親，而不是她！

但心念又一轉，想到陳、孫兩家叔叔的慘死，及爺爺如今又陷於敵手，自己也如風中殘燭，生死難卜，反倒心腸又硬了起來，反諷道：「就算妳磕破了頭，也喚不回那些死去人們的生命，平息不了那些滿腔怨恨的幽魂！這復仇之劍，我阿風必親手執握。妳這樣子只能求一時心慰，無濟於事的！」

「那……那我該如何做，才能彌補父親所犯下的滔天罪行呢！」怡怡聽說，也覺有理，這會兒不是以自己的血及苦痛，就能化解這股驚人怨恨！

「俗語說：『善惡到頭終有報！』你父親的滔天大罪，上天有眼，自有論處，妳只要勸其早日回頭，才是行孝女之道！」

「哦，多謝風哥哥提醒，我怡怡必以死勸諫父親，莫再行傷天害理之事，我……我先救你出來再說吧！」

怡怡說完，大步上前，想救出阿風，但鐵鍊何其堅硬，自然是半分不得要領。只瞧她死命想弄開這縛人枷鎖，阿風也知無濟於事，徒勞無功，這才回頭望向她，本想說：「妳省省力氣吧！」哪知一見怡怡之臉，昔日清純秀麗的面龐，如今額頭處已皮開肉綻，鮮血如活水源頭般流滿面部，凝結起來後，現出數道暗紅色血痕，而且眼眶紅腫，珠淚打轉溢流，熱淚在面無表情的臉孔上竄流，融化了凝結的血痕，再度化為滔滔鮮血，直落地面。阿風順勢又瞧了瞧地面，心下又是一震，原來地上早已經現出一灘血塘！

阿風已知怡怡妹妹乃真情流露，立刻握住她那亂撥亂扯的雙手，但見原本纖蔥柔細的玉指，如今已成瘀血處處，慘不忍睹，再度震憾心房，心想：「怡怡妹妹啊怡怡妹妹，妳為什麼這般命苦，生在這食人血肉的殺人狂魔家裏？」

「怡怡，妳鎮靜點，這樣子沒用！」

怡怡經阿風這一聲大叫，才轉醒過來，也意識到這樣做對事情毫無裨益，便停了下來。突然聽到上面有聲音傳來，怡怡及阿風二人大驚，怡怡立刻小聲說道：「風哥哥，有人來了，我先迴避一下。你放心，我會再想辦法救你出來！」

說完，怡怡帶著贖罪的心情，難捨地躲入地牢暗處，而阿風也故意大聲狂叫，以掩其行徑，但阿風的內心也在淌血，真的是自己錯怪了怡怡妹妹嗎？

等怡怡妹妹藏身妥當，進入地牢的人是趙伯伯，也就是怡怡妹妹的親生父親，阿風的未來岳父。

「風兒，我知道你現在很生氣，也很委屈，不過你放心，只要你幫我找出國師所在，並助我完成大業，你仍然是我的賢婿啊！」

「哦，原來趙伯伯還記得我是你未來的女婿啊，只可惜我阿風沒這福份，當不起你趙家的女婿！」

「阿風，你千萬別這麼說，其實我原本早想告訴你我的計畫，只可惜沈公公那邊逼得太急。你也知道，大明江山是所有功臣助太祖皇帝打下來的，哪知到頭來卻狡兔死，走狗烹，落個謀反的滔天罪行，人人遭誅，還談什麼忠君愛國。其實說穿了，也不是皇帝不好，而是小人當道、亂權，皇上又聽信佞言，才會國事日益衰微，也看得為大明出過力的我輩心痛不已，我們所為無他，只是想懇請國師下山，為所有功臣及黎民百姓申冤而已，這也是為大明子民著想啊！」

「哦，是這樣子嗎？那我請問趙伯伯，既為大明江山或黎民百姓著想，為何要手足相殘，陷害陳叔叔及孫叔叔全家人性命呢？」

「唉，我說風兒啊，想成就大事業，是不能有婦人之仁，犧牲在所難免。等到國師下山，為天下人建立新政權，那才是萬民之幸啊！」

「啊，原來趙伯伯竟有竄位之心！」

「我等豈敢有謀天子帝位之圖，只是想請國師下山，再扶植一位新皇帝出來，這才能解救百姓，匡扶大明江山。至於過程中，或許有人不識大體，不願合作，那不得已的殺戮在所難免，也是無可奈何，情非得已，只能把他們當成開國英雄，為國捐軀！」

「哦，是這樣嗎？不過依我看來，趙伯伯圖的，恐怕不是請國師出來主持公道這麼簡單，而是傳說中他所握有的『天命真授玉璽』吧！」

「啊？哈哈！這多話的老陳，死人一個，狗嘴裏竟還吐得出象牙。我說阿風啊，咱們伯姪一場，你又是我十分中意，無第二人選的未來女婿，其實剛才那些話是說給別人聽的，以防隔牆有耳，既然你已略知事情原委，現在趙伯伯小聲告訴你事實真相，你可要好好考慮考慮！」

「姪兒洗耳恭聽，願聞其詳。」

「事情是這樣子，想必你也知道『天命真授玉璽』的大略由來，傳說只要擁有它，人神共扶，宇內同順，大事必成，是真命天子的象徵。試想大明太祖皇帝，一介平民百姓，竟能成為九五至尊，統一天下，就是因為擁有它，天降龍虎之將，為其趨策，方能成就大事，而這秘密只有少數太祖皇帝身邊的功臣及親信才知曉。後逢宰相胡惟庸叛亂，國師生死成謎，玉璽又告失蹤，明朝江山頃刻動搖，太祖因而憂慮過度身亡，由於太子早逝，太孫幼年登基，國力不穩，加上太祖皇帝對舊功臣多加殺戳，有明一朝的天下又非完全的太平盛世，這正是改朝換代的最佳契機。目前除了檯面上的朱氏子孫正在演出鬩牆之鬥外，皇帝身邊最信任的大太監及昔日的開國功臣，乃至地方英雄、綠林好漢等，也想學昔日太祖皇帝，平民奪天下，我方當然不能落後人家。只要賢婿願扶老夫先奪玉璽，再取江山，讓泰山的我先嚐一嚐當皇帝的滋味，反正你是我未來女婿，我唯一女兒的丈夫，這天下也遲早是你的！至於我前面所說的太祖皇帝身邊最信任的大太監，現今小皇帝身邊最信任的大紅人，就是昨日你看到的沈公公，也是與我結盟的錦衣衛總管，我想利用他打前鋒，那大事就不難成就，你意下如何？」

「我阿風行事光明磊落，雖稱不上忠良俠士，但篡位這天大的逆行，我是不會做的！」

「對，我贊成風哥哥的想法！」

「啊！怡怡，是妳，妳怎麼會在這裏呢？」

趙伯伯見親生女兒竟然出現在地牢中，驚訝不已，顯然對他的全盤計畫皆已知曉，也罷，反正遲早要讓她知道。

「怡怡，妳在這裏正好，省得爹爹以後再向妳解釋，妳快幫爹爹向阿風說幾句好話嘛！」

「不，爹爹不是自幼教我熟讀詩書，聖賢家法，今日怎反倒當起亂臣賊子呢？」

「怡怡，妳不要說得那麼難聽，時間不早了，這問題我們父女倆改日再慢慢討論吧！」

趙伯伯知道女兒非三言兩語可以勸說，便在話一說完，左手食指瞬間一伸，點向怡怡穴道，怡怡「咦」的一聲僵住，趙伯伯一把抱起，並轉身對阿風說：「你好好考慮，並且……多為你爺爺他老人家想想吧，唉！」

「啊！爺爺……爺爺至今行蹤不明，我……罷了！」阿風這才想起劉爺爺臨走前所交付的錦囊妙計，於此危難之際正好派上用場，等趙伯伯離開地牢以後，立刻掏出來，打開一看，上道：「強水莫擋，順流而下！」心下有所體悟，反正一切只有順其自然演變就行了。

翌日，趙伯伯及沈公公兩人已經備妥車馬，各帶一隊人馬，數目相半，由趙伯伯派家丁押解阿風，明說押解，實為護送，因為趙伯伯亦十分中意阿風這位未來女婿，只待說服於他，便可一同打天下，奪取江山。

當然，沈公公亦非省油之燈，也暗中派人監視趙伯伯這邊的動靜，所以表面上雖是相互結盟，暗地裏卻各懷鬼胎，暗中監控對方行動。因為兩造皆高手，最後鹿死誰手，誰也不敢斷言。

一路平靜，翻山越嶺。阿風因為爺爺受制，形同傀儡，亦隨之曉行夜宿，急行趕路。不到半個月，竟然已經趕到嶺南地界了。

「沈公，再前行便是嶺南地界，前國師上知天文，下通地理，陰陽五行八卦，奇門遁甲之術，無一不精通，無一不拿手，我們下一步棋，該如何過招呢？」

「嗯，我也聽說前國師的種種驚人能力及事蹟，不過他再如何三頭六臂，畢竟也是凡胎肉體。水火無情，刀劍無眼，況且敵明我暗，種種跡象顯示，我方勝算亦不少，首先，想破桃花源，須以火攻，火剋木，天經地義；其次，想奪命，又不想因為近身而中計，步內陷阱，必先以放箭。如此烈火進逼在先，萬箭齊發其次，再輔以刀劍斬殺隊伍殿後，這銅牆鐵壁陣勢，必能取其性命無虞！」

「好個烈火進逼，萬箭齊發，刀劍斬殺，一波強似一波！沈公果然神機妙算，天賦異稟，不亞於前國師！」

「哈哈！好說，好說，咱們不用客氣，反正日後想合取江山，咱們還得齊心戮力，好好合作呢，哈哈！」

「對，對，合取江山，齊心戮力，好好合作，哈哈！」

兩人一搭一唱，表面上有說有笑，卻各懷異數，當然，這計畫只是大方向，大目標，見機行事，隨之應變才是上策，而阿風，當然是最大的擋箭牌及誘餌了！

不一會兒，前方探子來報，說已經發現前方十里遠，有一座落英繽紛，美如仙境的桃花林，位置十分偏僻，是座落在兩座高山間的山谷盡頭處，若非打探好手細心探求，凡人實在不易發現。一說完，趙伯伯及沈公公兩人滿意地同時點了點頭，神情立刻緊繃起來，因為他們即將面對的，是有明一朝最可怕的對手——前國師「劉伯溫」！

到底這前國師劉伯溫何許人也，以下簡略介紹：

劉伯溫，名基，字伯溫，浙江青田縣南田人。曾祖父劉濠，曾在宋朝擔任翰林掌書一職，可謂家學淵源，而他本身，成就更是輝煌，以輔佐明太祖朱元璋完成帝業而馳名天下。

劉伯溫精通天文象數，擅長詩文辭賦，為人正直誠懇，太祖常稱其為「吾之子房」，子房乃張良也，表明太祖朱元璋與劉伯溫之關係，就如同漢高祖劉邦之與張良也。

劉伯溫從小就聰穎好學，讀遍諸子百家之書，元至順年間，時年二十三歲，高中進士，做過元朝的江浙儒學副提舉，江浙行省都事等官職。在國事日非，四方動亂烽起的年歲中，他逐漸看清了老百姓之所以敢鋌而走險，歸根結底，就是統治者的高壓掠奪及公權力不彰所致，於是痛陳時弊，要朝廷效法堯舜施行仁義，以弭息禍端。無奈其政見與統治者觀點天差地別，便於元至正十八年，棄官回鄉，著書立言，以俟知音。

元代末葉，農民起義風起雲湧，群雄割據，元帝國面臨崩潰瓦解的局面。朱元璋攻下金華，久聞劉伯溫大名，立刻遣人到青田石門洞，攜重禮下聘，以為延攬襄助成事。但劉伯溫當時並未依允來助，繼而派總制孫炎書一封文辭並茂之信，才得招聘劉伯溫。劉伯溫經過一番慎重的考慮之後，就決定下山一展抱負，於是正式參加了朱元璋的起義隊伍，並以歷史上著名的「時務十八策」進獻朱元璋，以為見面禮，分析天下局勢及應對之道。

從擴大起義軍的力量，到最後摧毀元朝權政，作為朱元璋軍師的劉伯溫，運籌帷幄，累建功勳，其中最重要的有兩件事：一是力勸朱元璋擺脫小明王韓林兒的控制，自樹一幟，發展勢力；二是在用兵次第上力辟眾議，制定了「先圖友諒，後取士誠，北伐中原，完成帝業」的戰略方針。朱元璋採納了他的意見，果然獲得重大勝利，掌握了江南大部份地區，繼而北取中原，趨走元人異族，終於完成了全國的統一大業，並使漢人重掌政權。

明朝建立後，為使天下長治久安，劉伯溫又幫助朱元璋制訂出一系列政策法令，促進了明朝政治、經濟和文化的發展。因此朱元璋稱讚他學貫天人，資兼文武，尊他為國師、帝師，封其為御史中丞、誠意伯。

劉伯溫學識淵博，精通百家，性情剛毅，疾惡如仇，為官清廉，執法如山，不但在政治、軍事、天文、歷史、地理及醫藥方面，皆有極高的造詣，在文學方面，也有顯著成就，著書甚多。尤其在《郁離子》一書中，更以寓言形式批判元末暴政，文筆犀利，寓意深遠，不乏真知灼見之處，獲得很高的評價。

至於劉伯溫的死，眾說紛紜，說法有三：

第一種說法，是根據史書記載，洪武四年，劉伯溫辭去了官職，回青田老家養老，返隱田園，寄情山水，揮別塵囂的繁華，不再涉足人事，但事與願違，後為奸相胡惟庸構陷，憂憤而死。

第二種說法，同樣也是根據史書記載，只是版本不同罷了，稱其乃被奸相胡惟庸毒死！事情是這樣的，當明太祖任命胡惟庸為宰相時，劉伯溫一聽大驚失色，頭暈目眩，跌跌撞撞地倒在床上，氣若游絲地道：「老天啊！但願我的眼光不準，否則，天下蒼生完矣！」這一病非同小可，明太祖為表關心，特地派人送他回青田老家養病。

在劉伯溫啟程之前，胡惟庸故作好心，稱其找來一名神醫，特來為其診療，按了脈，抓了藥。劉伯溫一服完，頓覺胸如拳石在鯁，不上不下，隱隱作痛，沒多久，便撒手西歸，享年六十五歲。

第三種說法，卻脫胎於第二種說法，只是為鄉野奇譚，但其質疑之處，或亦有可信之度，因為能助有明一朝建立帝業，又精通陰陽數術，受封國師、帝師的劉伯溫，真的會這麼輕易就死了嗎？根據胡惟庸家丁的說法，胡惟庸在毒死劉伯溫，順利當上宰相以後，大權在握，曾遣人暗中挖開劉伯溫在青田老家的墳墓，卻見棺中空無一人，只有一把掃帚橫躺其中而已！可見劉伯溫極可能以其最擅長的奇門遁甲之術，施法由此掃帚替死罷了。這也就是許多有心人士仍然相信劉伯溫是詐死的緣故，特別是日後浮出抬面上的北京燕王朱棣，此是後話，暫不表也！

不過死無對證，有心人士又明察暗訪不出個所以然，傳說才會持續下去。

關於劉伯溫習得天書一事，在《高坡異纂》一書中，有此記載：

據說劉伯溫年少之時，曾捧一書，於青田山坡腳下研讀。忽然之間「轟」的一聲巨響，山崖裂開大大的縫隙，少年劉伯溫一見十分驚異，捽了書本，往洞裏頭就闖。

卻聽到洞中傳來恐怖的回聲：「山中有惡毒，不可進入，不可進入！」若是膽小之輩，聽到如此陣陣陰森森的哭嚎，必然抱頭鼠竄，但少年劉伯溫不信邪，逕自往洞裏闖。

經過一段漆黑，伸手不見五指的山路，眼前豁然開朗，後壁正方出現一尊白如瑩玉的神像，慈眉善目，和藹可親，少年劉伯溫看得發呆，忽然神像朝少年劉伯溫微微一笑，竟然遞過手中的金字牌道：「此乃卯金刀也，可用來敲石。」

少年劉伯溫謝過神像，拿起卯金刀朝石上一敲，大石撞裂，其中藏了四冊書。少年劉伯溫如獲至寶，趕緊取出，正想看清楚石頭裏還藏有什麼寶貝時，不料石壁又緊合起來了。

少年劉伯溫歡天喜地把四冊書帶回家去，看了又看，卻怎麼也沒法了解，真是十分懊惱。不過，他可絕對不是輕易會放棄的人，於閒暇之時，遍遊名山古剎，尋訪奇人異士，非設法把秘笈看懂不可。

一日，少年劉伯溫來到一處幽深山谷，見到一位老道長，胸前垂著一把長長的白鬍子，正在憑几讀書，老道長相貌不凡，頗有幾分仙氣，少年劉伯溫於是上前一長揖，懇請老道長指點迷津。

老道長朝著少年劉伯溫端詳了老半天，把手中一本厚達兩寸的書一揚，語帶挑釁地對他說：

「小伙子，你如果在十天之中，能夠把這本書背下來，我就教你，否則，教了也是白教。」

少年劉伯溫雖然覺得老道長的考題太難，但不服輸的個性，讓他勇敢地接受了這次的挑戰，結果，只一晚上，少年劉伯溫就把書背得滾瓜爛熟，老道長不信，卻百試不誤，直呼：「天才，天才啊！」於是他為少年劉伯溫講授石壁中的奇書內涵，一共講了七天七夜，少年劉伯溫終於成了奇術大師。

而關於劉伯溫記憶超人一事，也有以下傳說：

元至順年間，大地回春，花開遍地，就在古老而又繁華的國都大都（即北平）城內，有位翩然少年，擠身進入一家專賣舊書的書舖，兩眼直盯著矗立在眼前的書櫃，彷彿正在搜尋什麼似的，而這人，正是少年劉伯溫。

「找到了，終於找到了！」只見他隨即拿起了一卷木刻本，小心翼翼地逐頁翻閱，一副旁若無人的模樣，似深怕有遺漏之虞。

櫃檯書架後面，有個垂髫童子，衝著他沒頭沒腦地問：「相公，你喜歡這本書嗎？」

少年劉伯溫彷若未聞，沒有回應。

「相公，你看這本書怎麼樣呢？」童子便提高嗓音又問道。

少年劉伯溫「哦哦」兩聲，還是沒有抬頭。

這情形，倒引起了店內一位精神矍鑠的老叟注意，於是他走了過來，上下仔細打量著少年劉伯溫，便作揖道：「請問客官高姓大名，貴府何處？」

少年劉伯溫一聽，才擱下書本，以禮回拜道：「小生姓劉名基，字伯溫，浙江處州青田人氏。」

「來京師有何貴幹？」

「會試方畢，等候揭榜。」

「噢，原來是東甌才子，失敬失敬！」

老叟再次打量少年劉伯溫，但見他清秀的兩頰白裏透紅，圓溜溜的雙眼炯炯有神，不高不矮，不胖不瘦，衣冠簡樸齊整，態度彬彬有禮，心裏已有幾分歡喜。

「小生到處尋覓名書，這本天文書籍，實是罕見。」少年劉伯溫不好意思地說。

「且請公子進內少敘片刻。」老叟笑著邀請道。

少年劉伯溫急看天文書，便隨這老叟入內廳。分賓主之位坐定以後，童子獻茶畢，老叟和藹地開口道：「這本天文書擺在店裏，已達三十年之久，一直無人問津，家父吩咐，凡能看懂者，便是此書的主人，自可奉贈。」

「晚生才疏學淺，如蒙老翁不棄，但求借閱一番，我願足矣！」少年劉伯溫客氣地回道。

老叟慨然應允。

不到兩個時辰，少年劉伯溫恭恭敬敬地將書奉還老叟。

「請公子選擇幾段釋義，老夫好將此書相贈。」老叟用試探的口吻說。

哪知少年劉伯溫卻站起身來，回道：「多謝老翁好意，晚生心領了，此書我已牢記在胸，請不必費心。」

老叟彷彿不相信自己的耳朵，疑惑道：「請公子挑幾段背誦如何？」

「不用，我從頭默念一次好了。」少年劉伯溫自信地說。

果然，少年劉伯溫竟然一口氣將全書從頭到尾背了出來。

老叟又驚又喜，連連讚道：「公子少年，才智如此，真是難能可貴，老夫在京名為開設書舖，實乃訪賢。家父親囑，凡能精通天文書者，願贈祖傳兵書，公子能否屈駕，去老夫敝鄉一遊呢？」

「老翁尊姓？貴府何處？太公高齡多少？」少年劉伯溫似乎極有興致地問道。

「老夫姓譚，祖居淮西臨泉，家公現年一百零七歲。」老叟回道。

少年劉伯溫無限興奮，巴不得早日拜這百歲老人為師，熟讀兵書，精通韜略，便懇請老翁寫好家書，也不管是否金榜題名，第二天一大早，就離京往淮西求師而去。

歷經千辛萬苦，少年劉伯溫終於從書舖老叟太公，及其太公的太公，已經一百二十五歲的智隱老人處，求得譚家祖傳兵書——帷幄韜略十八冊，回老家青田石門洞，刻苦鑽研，終於瞭然於胸，成為日後偉大的國師呢！

凡走過之地，必留痕跡，凡當年劉伯溫到過之處，必有傳說，所以在民間，劉伯溫已被視為智慧的象徵，成就的典範，說他能預知身後五百年的事，儼然成了先知。

當然，這也是為什麼趙伯伯及沈公公等人，深信前國師劉伯溫不僅沒死，還躲藏在暗處的原因。如此可怕的對手，無怪乎趙伯伯及沈公公兩人一入「桃花源」，這前國劉伯溫可能棲身之所，便這般小心翼翼，步步為營！

「吩咐下去，我與老趙先行，弓箭隊在前，刀劍隊殿後，火攻隊備位，即刻行動！」沈公公身為大統領，當機立斷，速發命令。

「是，大統領！」眾人齊心回道。

「來人，押解阿風少爺過來，他對這桃花林內的機關最為熟悉，為免落入不必要的陷阱而損兵折將，及當作人質來挾制前國師，以奪取玉璽，只有暫時委屈你的未來女婿了。老趙，你不會介意吧！」

「哈哈！成大事必須不拘小節，為了未來大好江山著想，我相信日後他會原諒我這泰山老丈人的苦心的，我當然無異議贊同呀！」

「好，咱們出發吧！」

阿風由於受制於人，雖有多次逃脫機會，亦不敢輕舉妄動，否則可能造成無法彌補的過錯，因此心情猶如啞巴吃黃蓮一般，有苦難言。一想到劉爺爺即將被自己出賣而陷於險境，性命危殆，真是心如刀割，但願他老人家這次也能未卜先知，早早逃過虎狼之吻才好。

阿風見到前方劉爺爺熟悉的桃花林，望著美麗聖潔的桃花樹佈滿山頭，是那麼秀麗，那樣英挺，景緻美得像首詩，也像幅畫，卻即將成為可怕的人間煉獄了，腳下不覺趑趄不前，心下難掩悲痛之情。

但無情虎狼二人組，就是沈公公及趙伯伯，是沒有人性的，怎會讓他有閒情逸緻欣賞風景，想東想西呢？立刻叫下人催其上路，阿風只覺腳履平地，卻如步上刀山，良心備受煎熬。

走著走著，阿風竟有些詫異，怎麼這般熟悉的桃花林，突然變得有些怪異呢！表面雖然沒錯，其中路徑卻大不相同，再一回想他以前同爺爺住的地方，不是在嶺南內地嗎？而這裏卻是入嶺南之地的前方，不對，不對，這……阿風終於識破玄機，頓時內心笑了起來，原來如此，劉爺爺果然未卜先知，心下瞭然後，立刻寬舒不少。

阿風順著陰陽五行八卦步法，甫走到一半，沈公公終於按耐不住，縱身邁步向前，大聲叫道：「小小布局，怎耐我何，讓我先走！」說完，大踏步前行，彷彿走的是自家的廚房一般。

沈公公有意賣弄，果然才一刻鐘不到，已將大隊人馬帶出桃花林，只見前方有間小茅屋，外表雖簡陋凋殘，卻顯得樸素優雅，果然是世外高手的最佳隱居之地！沈公公不敢怠慢，立刻計隨勢變，輕聲喝動手下：「弓箭隊就位，刀劍隊備位，火攻隊待命！」

肅殺之氣頃刻彌漫開來，數十名弓箭高手緩緩逼進小屋，只見阿風一人走在隊伍的最前面，照吩咐先開口大嚷道：「劉爺爺，阿風前來求見！」

但良久，絲毫沒有回應，沈公公及趙伯伯按耐不住，立刻叫弓箭手護住四周，引弓待放，刀劍隊隨他二人立刻火速地衝入屋內，哪知一進屋內，空無一人，只聽得眾人急促的呼吸聲及窗外颯颯的風聲而已。

「哼，素聞前國師如何了得，今日看來，也不過如此，只能算是區區江湖術士而已，難登大雅之堂！來人，給我徹底的搜！」

號令一出，手下立刻四處翻箱倒櫃，並撤除警戒。但戰場的對外警報已除，對內的新戰場，戲碼才剛要開始上演呢！

此時，只見沈公公及趙伯伯雙方人馬，立刻展開地毯式搜尋。小屋不大，搜了老半天，才有一人回報：「報告大統領及副統領，我們在屋子的竹柱小節中，搜出這一個小包袱！」

身為大統領的沈公公及副統領的趙伯伯，眼睛立刻為之一亮，趕忙停下手邊工作，急奔過來，將小包袱接過。沈公公為免落人口實，竟客氣地說道：「老趙，你身為副統領，咱們有言在先，我管軍事，你任內政，這玉璽的真假，就由你來負責鑑定吧！」

「沈公，您太客氣了！」趙伯伯口裏雖然這麼說，也老實不客氣地伸手接了過來，他亦心知這隻老狐狸表面上故意表現出禮讓之心，其實當中蘊含三層意義：第一，是表示自己的雍容大肚，若趙伯伯首先發難，自然留下話柄，背上反叛同盟罪名在先，自己才出師有理，可以名正言順地加以討伐，而不損自身名氣，否則輕信背義者，豈能登上九五之尊呢！第二，是防範其中有詐，若前國師巧設機關或使毒在包袱上，恐怕是先開者先死，那螳螂（沈公公）捕蟬（玉璽），豈不便宜了黃雀（趙伯伯）嗎！第三，是想由趙伯伯先來鑑定真偽，以為自己判斷的參考，因為這玉璽只有傳聞，誰也沒見過，自然難辨真偽！

但趙伯伯豈能輕易上當，立刻吩咐一名貼身手下，叫他來打開，那手下年紀輕輕的，當然不懂得上層的佈局及角力，棋差一著，全盤皆輸，因此傻呼呼的他還以為受到重用，有了表現機會，立刻歡天喜地地高喊：「是！」三步當兩步地衝了過來，想第一個目睹這傳說千年的「天命真授玉璽」真面目。

那年輕好漢將布包一層層小心翼翼地打開，只見最裏層是一個精雕細琢的小錦盒，他又小心非凡地打開這充滿神秘色彩的盒子，果然有一顆不甚光鮮，卻氣勢非凡的玉璽，靜靜地躺在裏面。

趙伯伯一見這年輕人沒事，立刻泛起一絲笑意，以口頭嘉勉一番，他才笑容滿面，頗為得意地退下，殊不知剛從死神身旁擦身而過哩！

趙伯伯大大地鬆了一口氣，手中極度小心地捧起這顆玉璽，貼近眼睛仔細端祥，目光閃閃發亮，眼神一動不動，突然心下為之讚嘆不已，真是好一個「天命真授玉璽」呢！雖不甚大，雕工卻堪稱鬼斧神工，工匠是依玉石天然渾成之勢雕成，讓人絲毫看不出有雕鑿的刻痕，果是一顆價值連城的玉璽，只不過還是無法斷知真偽。不過從其側面的九面體，各刻九尾栩栩如生的雲中飛龍，到底座的六個古篆字體「天命真授玉璽」，雕得是活靈活現，刻得是蒼勁有力，並在字跡上沾黏了些許印泥漬痕，更顯得是用過良久，又加上外表有手握之痕的光鮮度，超過沒握處，種種跡象顯示，這極可能就是那顆傳說中的「天命真授玉璽」了。

趙伯伯看完，點了點頭，便小心地交給沈公公，顯示其亦有合作誠意，並說：「沈公，這玉璽天然渾成，絕非人間庸俗之流，可能是天降玉旨，要扶地上有緣有德者，成為九尾真龍的首領了！」

沈公公接過後，也仔細觀察良久，亦有相同見解。閱畢，便依言交給這次請來的公正第三人保管，就是當時最有名的鎮遠鏢局負責人柳鎮遠，以防雙方調包使詐！眾人才皆大歡喜，笑語連連，明笑中似乎又暗藏玄機。

沈公公及趙伯伯甫踏出門外數步，突然聽到趙伯伯驚異地朝左方遠處大喊一聲：「是國師！」

經這突如其來的一聲大喊，眾人大驚一吃，立刻警覺地朝左方一看，只見遠方果有一黑色人影，在彼端虛晃！沈公公一見，心下一沉，正想趨步上前會會這當代的傳奇人物時，說時遲，那時快，突覺背後一涼，不禁眉頭一鎖，反射似地回頭一看，只見趙伯伯就站在自己背後，正笑嘻嘻地望著他，大吃一驚，正要舉步前縱，跳離這種不舒服的貼身站法，哪知竟然使不上內力，只覺背後涼意漸消，一股暖意頃現，原來背後靈台穴已身中一尖銳匕首，直透背脊，沈公公大叫一聲：「老趙，你……！」

當然，前面的國師人影只是趙伯伯命手下假扮，藉以聲東擊西的小角色罷了。

「哈哈！沈公，俗語所得好：『先下手為強，後下手遭殃。』咱們的結盟，其實大伙兒內心都有數，你也怨不得我了，正所謂『一山難容二虎，一國豈有二王』，你就認命吧，哈哈！」

趙伯伯的話語未了，卻見沈公公在痛苦的表情中，竟然還勉強擠出一絲淺淺的詭譎笑意，說道：「喔！是嗎？鹿死誰手，恐怕還是未知數吧！」

甫一說完，趙伯伯突覺耳後風聲大起，呼呼而來是掌風之聲，大吃一驚，右腳馬上迴旋大步，左腳虛步一晃點，快如閃電，閃到左後方，哪知他快，身後掌風更快，「啪」的一聲，閃過要害，卻拍中其左肩肩頭，趙伯伯突覺左臂瞬間一麻，大叫不好，趕緊大指一點，封住左臂上頭穴道。原來這突來的一掌，掌中帶暗器，中則毒攻入臂，雖非要害，亦癱瘓了趙伯伯的整隻左手臂！趙伯伯大驚之餘，怕反居劣勢，立刻大喝一聲：「統統給我上！」

頃刻，殺伐之聲大起，兩路人馬正式展開血腥衝突。

阿風人在屋內，突聞外邊殺聲大起，正想趁機走人，哪知沈公公已經留下兩位太監把守，立刻將阿風雙手雙腳綁了起來，讓他坐在椅子上，並以刀劍侍立，一副守衛姿勢。

當然以阿風目前的功力及武功，要取這兩位小小太監的狗命，簡直易如反掌，但顧及劉爺爺的性命安危，自己只有委屈地忍了下來，反正這手腳之縛，自己只要發動真氣，三兩下就像摧枯拉朽一樣，毫無阻礙。

雙方撕殺良久，阿風的心情也跌入谷底，突然又聽到外面有人大喊：「放火！」茅屋加上烈火，頃刻燒成一片火海，那兩名虎視耽耽的太監奸詐地笑著，正慢慢往後撤離，意思是要燒死阿風！而阿風見情勢比人強，正想發難之際，突然又見到這兩位太監方才得意的笑容，逐漸轉為苦笑，最後化為淒厲的叫喊，只是聲音發不出來，只有糾結在一起的扭曲表情而已！阿風正覺得奇怪，只見屋外衝進來一條人影，並說道：「耶！成功了，兩位太監兄委屈你們了，成了本姑（娘）……『爺』的試驗品，你們算是死得其所了！」語畢，進來的不是別人，正是差點說溜嘴，硬將「姑娘」轉成「姑爺」的靈兒！

「啊，是孟岳賢弟，愚兄在此啊！」

此時火舌已經吞沒大半屋宇，原本就不甚牢靠的房子，彷彿隨時都有倒下可能，靈兒一見危險，立刻不由分說，衝到阿風身邊，一把拉起他的手往外就跑，哪知阿風雙手雙腳被綁，經著一拉，馬上如一根柱子一般，往前筆直就倒！靈兒發覺有異，怎阿風沒跟上，回頭一看，大吃一驚，立刻以身過去相接，阿風一個重心不穩，倒頭而下，頭部竟然正好貼在靈兒的胸前，彷彿母親哺乳小兒樣，靈兒嚇了一大跳，反射似地用力一推，順手來個火辣辣的一巴掌，並斥道：「下流！」

阿風被這突來的一拉，一推及一巴掌，打得莫名其妙，滾到一旁去，正好跌入火堆之中，燒得阿風大叫：「啊，不好了，火燒屁股了！」危急中，立刻發動內勁，掙斷縛身繩索，跳了起來，馬上用手拍滅屁股上正在燃燒的火苗，還好沒有真的燒起來，但撫了撫臉上依然火辣辣的五爪巴掌印，委屈地說道：「賢弟，許久未見，愚兄想你想得好苦，怎麼才一見面，見面禮就是一巴掌呢？」

「你……是你自己不好！」靈兒本想再說他「下流」，但阿風不知自己現在是女兒身，自然不是故意的，何況還是自己沒弄楚他的雙手及雙腳被縛，這魯莽的一拉，才拉出問題來，因此也不敢再稱其下流，改口說是他不好而已。

而阿風會錯意，以為靈兒這位賢弟，是說他因為先前沒相信他的話，才惹他氣跑，並使自己身陷險境，心想這一巴掌還真便宜了自己，趕忙陪罪道：「沒錯，都是愚兄不好，無法分辨是非黑白，讓賢弟蒙受委屈。如今於生死存亡關頭，又蒙賢弟捨命相救，當真無法以最誠懇的言語表達內心的感激之情，就請賢弟受愚兄一拜吧！」

阿風說完，正要緩緩屈膝下拜，靈兒比他更快，一把拉起，急道：「大哥還有時間說笑，再不走就沒命了，快隨我逃出火窟吧！」說完，拉他往屋外衝去，只聽阿風彷彿忘了危險，還邊跑邊解釋：「賢弟，大哥沒有說笑，我是認真的感激你啊！」靈兒雖然沒有回應，但聽在耳旁，甜在心房。

兩人攜手一同步出門外，但見屍橫遍野，這桃花林美景不再，反變成一片火林，火的煉獄，看得阿風及靈兒怵目驚心，但心下亦大叫不好，這火舌四竄，如何安然脫身呢？還好阿風略通陰陽五行八卦之術，如今陽火上升，屬離卦，必須反向而行，走陰路，水徑，坎門而出。阿風見事不宜遲，反拉靈兒的玉手，大叫一聲：「賢弟，放鬆全身，隨愚兄來！」兩人一條心，瞬間縱入烈焰火窟，要非阿風真有把握，這熊熊火海，誰敢縱入逃生？

兩人連袂竄出火海，果然渾身絲火未沾，全身而退，靈兒見阿風竟懂陰陽五行八卦之術，輕功又是如此高超，讓她有騰雲駕霧之感，感覺兩人當時好像一對神仙眷侶，一同乘虛御風，快樂自在地翱翔在天空之中，四周一片美麗紅光映照，便顯得浪漫非凡！

等兩人雙腳著地以後，思緒拉回現實，放眼望去，這邊也是死屍遍野，見前方有一女子伏臥在一位中年男子身旁，抽抽噎噎地正在抽泣，背影卻極為眼熟，待就近一看，不正是趙家父女倆，即趙伯伯和怡怡妹妹嗎？

「趙伯伯，你怎麼了？」阿風見其橫臥地上，一動不動，顯然受了重傷，又望了望怡怡妹妹，還好並無受傷跡象，才鬆了一口氣。

「哦，是阿風嗎？」趙伯伯聽到聲音，悠悠轉醒。

「是，趙伯伯，我是阿風，我就在你身旁啊！」阿風急忙靠近，握住趙伯伯的雙手說道。

「唉，謝天謝地，趙伯伯以為你命喪火海了呢！」趙伯伯說著說著，好像較有元氣，要起身一樣，怡怡及阿風趕忙幫其坐正身來，但阿風卻訝異非常，因為趙伯伯昔日健壯硬朗的身軀，現在竟然全身完全軟攤，無法動彈。

「我說阿風啊，是趙伯伯利慾薰心，害苦了你！」

「趙伯伯，您快別這麼說，阿風並不怪您。」

「啊！人心不足蛇吞象，我也是受到沈公公的蠱惑，說『忠良到頭變冤魂，翻身唯有帝王路』，倒不如趁還有一口氣存在之時，反過來為自己打天下。在經歷太祖善妒的惡果後，才同意與其合作，合取大明江山，平分天下，兩人都別有用心，其實都是針對『天命真授玉璽』而來的。」

「方才步出茅屋之際，由於先前不見國師人影，我推斷其目前必不在此地，便叫人假國師形體，再趁沈公公不備之時，暗中刺中於他，正高興天助我也，卻聰明反被聰明誤，自認計畫天衣無縫的我，哪知江湖真是一山還有一山高。我刺死的，竟然不是真的沈公公，他身旁那個叫馬公公的護法太監才是幕後的藏鏡人——真正的沈公公，所以打從一開始我就上當而不自知，後來我受其毒掌擊中左臂，只剩一條右臂與其格鬥，而沈公公果然練成了傳說中的『闇影心罩』，猶如金剛不壞之身，加上又穿上了『雪蠶寶衣』，我竟然一路上全無察覺，才吃了暗虧，想這皇帝之位，不是一般人坐得起的。唉！罷了，如今我也不敢奢求什麼，阿風，在趙伯伯臨死前，能拜託你答應我一件事嗎？」

「趙伯伯，您直接吩咐就是，只要我阿風做得到，一定全力以赴。不過，你能否先見告我爺爺目前的下落呢？」

「啊！對了，你爺爺被我們用計擄獲以後，已被另一支我不認識的人馬帶走，聽沈公公提起，是帶往首都應天府（南京城），主要是想追查出前國師劉伯溫的下落，因此暫時應該不會有生命危險，至於詳情，我就不清楚了。阿風，趙伯伯真得對不起你和爺爺啊！」

「趙伯伯，您千萬別這麼說，看來果然還有其他人馬在操暗盤，不過您放心，我一定會追查到底的。趙伯伯，您有何遺言，請儘管吩咐好了！」

「唉！是關於怡怡的事，你也知道，我帶出來的家丁武士們，全部已經遭滅，我想杭州那邊，恐怕也已經遭到沈公公的毒手了，如今沈公公玉璽在握，必定想當皇帝想得要命，一定會藉天助全力排除障礙。我就這麼個女兒，為免遭受沈公公的毒手，況且打從趙伯伯見到你以後，也一直認定你是我趙家未來的女婿，我想請你幫忙，幫我照顧怡怡好嗎？」

「這點趙伯伯請放心，怡怡妹妹既與我自小指腹為婚，我阿風一定會全心全力地照顧她，您請放心！」

「好，那我就放心了！」

趙伯伯原乃一代忠良，曾為大明江山流血流汗，到頭來竟被太祖皇帝的疑心病逼上絕路，最後付出了最寶貴的生命代價，或許，這是功臣在打江山，出血汗時，所意料不到的吧！

趙伯伯一死，三人合葬之，昔日溫柔嫻淑的怡怡，如今卻變得沉默寡言，面無表情，不哭不笑地，倒讓阿風看得是不知如何加以安慰，靈兒也屢勸其將心中之苦化為淚水，狠狠地哭出聲來，但怡怡仍然無動於衷，珠淚不滴，阿風是愈看內心也隨著愈痛心不已。

葬畢生父，怡怡竟向阿風提議道別，阿風曾答應趙父要好好照顧她，怎可輕易放人，而且怡怡正逢家變，整個人變得渾渾噩噩，更需要有人在身旁支持她，無奈怡怡似乎早已下定決心，只淡淡地對阿風說：「風哥哥，我爹作繭自縛，如今已受到上蒼懲處，卻害苦了大家，身為女兒的我，有義務代表有罪的父親，向你及王爺爺，還有陳、孫叔叔兩大家族的所有人致歉！」

怡怡一說完，「噗通」一聲，竟又雙膝跪了下來，並「咚咚」地磕起頭來，阿風及靈兒趕忙制止，怡怡才神情落寞地道：「風哥哥，你不用留我，見到你只會讓我更加內疚而已。逝者已矣，對不住他們兩家，我只能天天以清香素果祭祀贖罪，至於欠你的，總有一天，我會想辦法回報的！」

「怡怡妹妹，妳千萬別這麼說，事端是由你爹爹引起，如今他也付出了生命的代價，命喪於九泉，前罪已了，事不關妳，妳又何苦將這重擔子往自己的肩上挑呢！」

「不，人命關天，我爹爹枉顧兄弟倫常之理，害死多人，身為唯一女兒的我，承蒙父母恩情長大成人，自然也必須為父親承擔一切罪業，這也是回報父恩於萬一的方式之一，叫我袖手不管，良心何堪呢！風哥哥，你也不用再勸我，也不要再留我，受怡怡妹妹一拜，就此告辭了！」

怡怡說完，屈身拜了阿風一拜，也向靈兒抱拳道別，便頭也不回，心堅意定地大踏步往前就走。

阿風本欲追去，但靈兒在旁一把制止，小聲剖析道：「大哥，怡怡姑娘心意已決，再難改變，你若強留下她，只能留其人，不能留其心，何況她不也說了，現在見到你，只會加深自己的內疚而已，因此暫時由她去吧，我相信時間會撫平一切傷痕的。況且她也略黯武功，又聰慧過人，應該可以照顧自己的，日後咱們再從長計議，唯今之計，先找你爺爺要緊。」

阿風聽完，亦覺有理，與其讓她跟他們在一起繼續傷心、難過，不如暫時讓她自己出去散散心吧！於是便駐足不追，但只要內心一想到原是自己未婚妻的她，不僅失去了家，也失去了最親近的人，阿風望著她逐漸消逝的身影，眼眶中的淚珠不停地打轉，而在一旁的靈兒，就是孟岳，早已淚珠縱橫了。

怡怡一離開，阿風也想到了爺爺至今仍然下落不明，根據趙伯伯的說法，是被另一派人馬接走，到底是誰呢？是沈公公的手下嗎？還是另有其人？反正毫無線索，只知道可能被帶往首都應天府（南京城），因此便與靈兒相偕前赴應天府，這有明一朝的開國定都首府，龍盤虎據之城而來。

# 卷三 情關難了

應天府，曾為六朝（孫吳、東晉、後宋、齊、梁及陳等）古都，與其他如北京、西安、洛陽及開封等，並稱「中國五大古都」，素來有「鍾阜龍蟠，石城虎踞，真帝王之宅」的高度讚語，又名「石頭城」，是因為全城皆以糯米摻合細泥錮封建築而得名，鍾山雄峙東方，長江環流西部，雨花台屏障於南方，幕府山臥於北方，可謂形勢險要。

由於它環山面水，城高牆堅，守勢固若金湯，自古即是易守難攻且為兵家必爭之地，形勢十分險要。不過唯一缺點，就是氣候欠佳，冬冷夏熱，並非最適合人類定都居住之所。

阿風與孟岳（靈兒）一步入這當朝首府，好像鄉巴佬進大都城，眼之所見，耳之所聞，都是前所未見，前所未聞，果然非凡地熱鬧。街上人潮絡繹不紀，商家林立，買賣之聲不絕於耳，更有街頭賣藝的，兜售名產的，吃喝玩樂的，應有盡有，果真是一片繁華景象。

兩人當然無心駐足觀賞這些從未見過的熱鬧景象，信步東走西晃，這人海茫茫，應從何處著手查起呢？

突然聽見前方隱密的死巷子內，傳來有人呼喝的奇怪聲音，阿風耳力奇佳，聽出是勒索恐嚇之聲，俠義心起，便拉住靈兒的手，趕了過去，一探究竟。

前方只見足足有六名彪形大漢，各自手持鋼刀鐵劍，圍住兩名少年郎。一位年紀稍長者，長得秀氣非凡，衣著光鮮亮麗，顯然是富貴人家子弟；而另一名年紀較小者，著書僮打扮，卻也穿金戴銀，氣派非常，因此可以斷定，這必是場劫財之禍。

「少爺，少爺，我是在叫你啊！」小書僮對著這位似乎還搞不清楚自己是少爺身分的少爺說：「我早叫你不要穿這套衣服，你偏不聽，說這樣才拉風，才好看，這下好了，果然拉來了六名壞蛋之風，待會兒我們的下場真的會變得很好看呢？」

「你還敢說我，都怪你，要不是你說要探訪民情，了解尋常老百姓的生活狀況，就要走偏僻的小巷，我們也不會走到這個死巷子啊！如今成了甕中捉鱉之勢，我們都成了鱉了，嗚……嗚……嗚……」

兩人正在互推過錯之際，早相中這兩隻肥羊的六名大漢，正是此處的角頭老大，一路非刻意尾隨跟來，偏偏又撞見他們兩人，大路不走走小巷，活路不入入死巷，真是天賜發財良機，不搶都嫌可惜，才敢在光天化日下現身行搶，否則這天子住居之地，誰敢太囂張得意呢！

「喂！你們有完沒完，我看也用不著爭論了，只要將身上所有值錢的東西留下，大爺們自會法外開恩，不為難你們！」狀似首領的這位大漢先開口。

「行，行，要錢還不簡單，只要不傷害我及我家少爺，這些值錢的統統給你好了！」這小書僮倒挺大方的，一聽說對方只要錢，馬上拍手叫好，竟然將自己的全身上下攜帶之物，除了穿在身上的衣服不能脫下來外，凡值錢的，統統主動雙手奉上。不一會兒，地上已經堆滿一座小土丘了，叫人不敢相信，眼前這位小童真的是書僮嗎？

而他不僅自己認栽了，反而好像成了匪徒一黨，還叫他家少爺動作快點，快快取出身上所有的值錢配件。這公子哥兒邊取，口中邊唸唸有詞，好像在詛咒他的書僮一般，才心不甘情不願地拔下身上的所有物件，但這公子哥兒身上，卻還有一塊垂在腰際的大玉佩沒取下來，不過地上包括包袱內的銀兩，彷彿經歷了一場大地震，地牛翻了身，在眾人面前壟起了一座小財寶山呢！

「天……天啊，我爹我娘啊，怎麼這麼多啊！」那首領簡直不相信自己的眼睛，以為自己在作夢，順手捉來一名手下，問道：「你老實說，我是不是在作夢？」

「老大，這全是真的，不相信你打一下嘴巴便知道了！」手下建議地說。

「對，打一巴掌，會痛就表示不是作夢！來，我用力打看看！」

「啪！」

「啊，老大，你怎麼打我呢！」

「笨蛋，主意是你出的，當然打你喔！難道老大連作夢都會笨到打自己嗎？」

那名手下被這狠狠一巴掌打得大叫不已，老大果然明白過來，原來自己真的不是在作夢！

「報告老大，最值錢的東西可能不在地上喔，你看那邊！」另一名手下在一旁聳恿，眾惡人眼光落在這公子哥兒的腰際大玉佩，「哇，好大一塊啊！」口水都不知不覺流滿一地，泛濫成災了！

「你！對，就是你，那塊大玉佩，快快給我取下，拿過來！」首領彷彿什麼都見不到，什麼都可以不要，就只看見那塊玉佩，要定它了！

「這位大哥兼老大兼統領，你千萬要行行好，我們所有東西都可以給你，至於這塊玉佩，若要的話，搞不好會出人命的，千萬要不得啊！」小書僮聽說對方要奪取這塊玉佩，趕忙制止。

「笨蛋！你愈說，他的眼睛瞧得愈亮啊！」公子哥兒急忙訓斥小書僮。

果然，經小書僮這麼一說，那名首領反倒下定決心，今天什麼都可以不要，非要到這塊可能會出人命的誘人玉佩不可！

「來，別敬酒不吃吃罰酒，快自個兒拿過來，否則我可要親自動手了！」首領下達最後通牒。

「不，說什麼都不給你！」公子哥兒抗議不給。

「好，兄弟們，給我拿下！」

眾人正在一片拉扯間，阿風及靈兒目睹全部過程，見這六名大漢可惡，竟然敢在光天化日下行搶，若得手地上這麼龐大的財物也就罷了，還要硬搶人家絕不能給的玉佩，簡直目無王法，太過份了，二話不說，上前便管起閒事來。

「唉唷！」

「啊唷！」

「媽呀！」

阿風三拳兩腳，輕輕鬆鬆，竟然如入無人之境，連連打倒五名手下大漢，這倒出乎他自己意料之外。其實這些惡人哪有什麼硬底功夫，只是依仗人多，仗勢欺人而已，而阿風如今內功雄厚，功夫又好，對方豈是對手，兩三下自然清潔溜溜。首領一見己方竟然一下子連倒五名，只剩下自己一人立在當場，其餘盡皆趴下哀號不已，大吃一驚！

「沒用的飯桶，只會吃喝拉撒，還敢叫得那麼大聲。喂！兄弟，你是混哪路的？敢管本大爺閒事！」

「路見不平，拔刀相助，實乃自古俠義行徑，哪用得著混哪路！」

「噢，難怪看來不像本地人。好，好樣，讓我來鬥鬥你，看你這尾強龍，壓得過我這條地頭蛇嗎？」

「且慢，方才我是見你們人多，才沒有出手，如今一對一，公平決鬥，就讓我來會會你好了！」公子哥兒突然技癢，竟然提出要自個兒上陣的對打要求！

「少爺，千萬使不得啊，你倆先靠近點比看看，人家塊頭像座山，連手臂都有樹幹般粗壯。反過來，你看看你自己，弱不禁風的，身體像條扁擔，手臂就更慘了，倒像一根草繩似的，細細長長，別說動起手來，就只要刮一陣大風，恐怕就會讓你站不住腳，搖搖欲墜。別自討苦吃，想逞英雄啦，萬一傷了玉體，到時候可別怪我沒提醒你喔！」

「呸！你有完沒完，再不給木……本少爺閉上鳥嘴，小心我待會兒用針線把你縫起來，看你還會不會多嘴，長他人志氣，滅自己威風，有事的話，好歹我全自個兒承擔，不會連累你一根汗毛，還不快退開！」

「退開就退開嘛，這麼兇幹嘛，簡直跟兇婆娘一樣！」

「你……你敢再說出來，我……」

「哇！我退開就是了！」小書僮見自家少爺眼露兇光，好像要剝他皮似的，知道自己說了不該說的話，再不敢淘氣，趕忙匆匆退開，免得待會兒皮癢！

等公子哥兒喝退小書僮後，眾人倒看得不經意笑了出來，這兩人好像一對寶，鬥起嘴起倒挺有意思的。這倒讓靈兒想起平日的自己，不正也是常跟阿風大哥鬥嘴嗎？真難想像，要有一天兩人不再鬥嘴，那日子不知要怎麼過呢！靈兒想到這裏，忍不住拉住阿風的手，「嗤嗤」地笑了起來，誰說只有糖及蜂蜜才會甜，靈兒的甜蜜笑容，可比它們更甜上一百倍呢！

此時只見這位公子先站穩馬步，中規中矩的樣子，哪像打架，簡直像在打拳嘛，不過瞧他扎實的架式，又使出一招迎客開拳法，意思是可以開始打架了！對手一見，還差點沒笑掉大牙，視對方必是花拳繡腿之輩，不堪一擊，先拿下，再當作人質，今天必可全身而退。於是也老實不客氣地握拳使勁，「啊哈」連聲，逕自攻了過去。

兩人大打出手，拳路正好相反，一陰一陽，一柔一剛，對方首領使的拳路陽剛勁十足，深沉有力，虎虎生風，果然有兩下子，要給打中一拳，那非倒地良久不可；而這位公子哥也不含糊，先使出避招「移形換位」之法，重拳雖猛，但都只能擦身而過，壓根兒打不著！只見他一會兒以身避之，一會兒以拳撥之，一會兒以掌黏之，拆過了數十招，不分勝負，而他見時機成熟，一反躲避之態，見對手一狠拳又再度襲來，捉準了時間，竟然迎了過去，但並非直接硬碰硬，而是順勢的四兩撥千斤，這瞬間一黏，又瞬間一頓，眨眼間，竟將那名首領，像一座山的彪形大漢，直挺挺地摔了出去，這力道少說也有幾百斤重，卻全是那名首領自己的，只聽「碰」的一聲巨響，大漢跌成了一個倒栽蔥，立刻暈了過去！

「好，兄台這招，讓在下開了眼界，傳聞中四兩可撥千斤技法，今日竟然有幸卒睹，真是三生有幸，敢問兄台，這叫什麼招式呢？」阿風一見面前這位瘦弱的公子哥兒，竟然能在剎那間，將一名比自己高、重數倍的大漢摔了出去，姿勢又是那麼美妙，不禁忍不住讚嘆起來，並有興趣地追問這招喚名為何。

「這位見義勇為的兄台過獎了，這叫『太極拳』，相傳是百年前張三豐前輩創立，博大精深，我只學到皮毛，獻醜了，兄台救命恩情勝於天，還未請教尊姓大名呢？」

「少爺，這幾個狗奴才怎麼處理呢？」小書僮突然插嘴問道。

「沒規矩，你沒看見我在同人家說話嗎？你一旁閉嘴，自己看著辦好了，大不了一人踢一腳屁股，快快趕走算了！」

「是！」

「對了，抱歉之至，我身旁這小書僮年紀小，不懂事，請多海涵！」

「哪裏哪裏，我倒覺得他頗為純真可愛呢！在下姓王名少風，我身邊這位結拜兄弟，姓孟名岳，敢問兄台如何尊稱呢？」

「噢，在下姓朱，我隨身的這位小書僮，其實不是真的書僮，是我姪兒，見我要出來逛逛，死纏著不放，所以只好順便帶上。原想四處看看便回，哪知竟惹上不必要的風波，多謝王兄及孟兄路見不平，助我倆脫困。」

「朱兄其實不用言謝，但瞧朱兄身手如此俐落，想來這六名大漢根本不是對手，怎會受其要脅呢？」

「啊，其實……其實是……」

「啊，其實……其實是……我來說好了，其實是我家少爺從來沒打過架，一見對手太多，自然軟了手腳，要非王大俠提起，他哪知剛才打得過呢！」小書僮一見有機會，又忍不住插上了話。

「去，沒你的事給我少開口，要再給我囉哩囉嗦，瞧我回去告訴姑媽，叫她賞你一頓屁股大餐！」

這招彷彿奏效，小書僮馬上以手捂嘴，做出噤聲狀，但下一個連續動作，卻是連作數個大鬼臉，氣得朱兄張手要打，他早「嗤嗤」地一溜煙笑逃開去，大伙一見此等景象，又想到眼前這位朱兄，真的是長這樣大，空有一身本領，卻沒打過架，才會任人威脅嗎？真是人間少有，不禁笑了出來，眾人也笑成一團。

「那請問王兄及孟兄，看來兩位並非本地人，怎會走來這死巷子了？」

「嗯，事情是這樣子的。」阿風解釋道，「我是前來找尋爺爺的，但人海茫茫，不知從何著手，才與賢弟信步走到這裏來，也不知這會是死胡同，剛好聽見有爭吵聲，狀似恐嚇勒索之事發生，才趕過來瞧瞧。」

阿風順便將自己一路追尋爺爺下落的原由闡述一遍，也將自己不知從哪裏找起的苦處講出來，哪知方才禁聲的小書僮突然大叫：「要找人，那還不簡單！」一說完，見朱兄又瞪大了眼，才趕忙又吞了下去，不敢發聲了。

「小哥真有門路，朱兄，能否准他見告。」阿風一聽有希望，急切地問道。

「王兄既救過我倆性命，便是我倆的恩公，有事想問，但說無妨，我們知無不言，言無不盡。喂！恩公要問你話，你要真的有辦法，這次就饒了你，不與你計較，要再給我淘氣，亂講話，瞧我非剝了你的皮不可！」

「是，公子。」小書僮再度做了一個小號的鬼臉，便不敢再作怪，一本正經的說：「報告恩公大俠，當今首都應天府熱鬧滾滾，你們知道為什麼嗎？那是因為城內貼上了皇榜，皇上有旨，近日內將舉辦比武擂台賽，聽說打贏者將有十分優厚的獎賞，並且能當面見到皇上。你們想想，當今誰最大，誰最有本事，當然是聖上萬歲爺了，所以只要你們之一能打贏這場擂台賽，自然可以見到萬歲爺，再將你們要找的人告訴聖上，由聖上幫助尋找，那即使恩公大俠的爺爺躲到地洞裏去了，恐怕也會被天下所有人找出來的，況且還可能只在這小小的應天府內呢！」

「啊，這果然是條捷徑，小哥，謝謝你！」

「不過，嘿嘿！」

「噢，小哥還有下文！」

「那當然了，少爺，下文你自己說吧！」

「你……你再胡鬧，小心我真的剝了你的皮！」此時突見朱兄滿臉紅暈，好像突然害羞起來。

「好，好，我不胡鬧，還是我來說好了。」小書僮一見他家少爺突現的窘態，反而得意起來，竊笑後補充說道：「打贏者共錄取五名，除了賜田授官賞金外，還可能……嘻嘻，還可能娶到當朝最最美麗，最最可愛，最最『兇』……『胸』懷坦盪的公主，成為駙馬爺的人選呢，所以有一個前提，就是只准男生報名！」

「好，既有找到爺爺的可能方法，我都要一試，在下冒昧請教朱兄，你成親了嗎？」

「啊，我嗎？我……還沒有。」

「那好，阿風在此，求賢弟及朱公子兩人成全！」

阿風說完，竟然「噗通」一聲雙腳跪地，伏在地上，懇求他倆成全！他二人一看，怎阿風突來此舉，都嚇了一大跳。當然，靈兒心下明白，孝順的阿風是為了他爺爺才這樣做的，因為多日來始終找不到線索，已經瀕臨崩潰的阿風，猶如水上將溺之人，只要給他捉到一塊浮板，是死命不會放棄的！

「大哥（俠）不要這樣，快快請起，有事好商量啊！」

阿風這才緩緩被攙起，解釋道：「我什麼都可以不要，只要救出爺爺就行了，所以能不能請兩位同我一起去報名，這樣打贏的機會比較多，救我爺爺的機會也比較多。我知道強迫別人做事是不對的，但我實在沒有其他辦法了，所以只要你們同我去比武，若我們有幸能擠往前五強，我只要得到爺爺的線索就行了，至於賜田封官賞金，甚至當駙馬爺，我都可以讓給你們，原諒我做這種無理的懇求，求你們幫助我好嗎？」

阿風又要下拜，兩人趕緊阻止，也都被他的孝心感動，其實他二人也有意施展身手，只是靈兒，雖然化身為孟岳，但身為女兒身，倘若敗了還好，若勝了，又不幸被公主看上，到時候東窗事發，不犯了欺君大罪嗎！而旁邊這位朱公子，其實也好不到那裏去，也是另有隱情，不過既然一位是大哥懇請，一位是恩公請託，上刀山，下油鍋，也得成行啊！反正到時候再想辦法脫罪了，因此兩人異口同聲回道：「好，沒問題！」

就這樣，三人便一同前去報名，這即將龍爭虎鬥的御前擂台賽！

報告時人潮洶湧，比賽時更是人山人海，由於有「男性，單身」的報名限制，因此許多武林好手都後悔當初為什麼那麼早就娶老婆了呢！因而錯失賜田授官賞金的契機，更失去了魚躍龍門，成為當朝駙馬爺的最佳機會，就由於在此設限下，已經刷下了許多武林高手，如一方霸主或各地掌門人，也只能派手下弟子參與，因此實力並沒有特別突出者，反倒像在考武狀元似地。

比試當天，由於報名人數十分踴躍，因此皇上親臨擂台開賽典禮，一時氣氛達到最高潮。緊接下來的，是分組預賽，採單淘汰制，只要一場失誤，就失去比賽資格，共錄取一百名高手，再進行第二輪的複賽，捉對撕殺，成五十名，再撕殺，成二十五名，最後才進入決賽，由這二十五名進行循環賽，最後取五名，晉級本次擂台主，能面聖受封，還可能成為駙馬爺人選，因此人人爭先，個個奮戰，有人貪金，有人要地，有人想官，有人更想討個老婆好過年，所以比賽起來，競爭特別激烈。

阿風過關斬將，守招使的「泥鰍遁地功」滑溜無比，令敵手討不到便宜；而攻招是聞名江湖的祖傳「聖光心拳」，只見他手上並無武器，但意到氣發，這無形劍氣更勝有形劍鋒千百倍，無人可擋，順利進入決賽。

而靈兒，即化名的孟岳，雖然一介女子，但武功招數非中原正統，乃苗區精粹，凌厲異常，遇者莫可擋。由於這是比試場地，不能取出苗區至寶「蠱魂箱」，否則就更有看頭了，不過她的「奪魂鞭」，威力也很驚人，鞭鞭奪人心魂，叫人聞聲立刻魂飛魄散。幾個不知死活者見她長得弱小，好欺負，想一口氣便拿下好采頭，但都還來不及近敵之身，鞭頭卻已到自家頭頂上甩了三圈，嚇得魂都飛了，若非比試場上禁止取人性命，腦袋早搬家了！

至於朱公子呢？也屬瘦弱型，但使出生平只對外用過一次的看家本領「太極拳」，果然以柔克剛，柔性似水，深合老子柔弱勝剛強的至理格言：「天下莫柔弱於水，而攻堅強者，莫之能勝，以其無以易之，弱之勝強，柔之勝剛，天下莫不知，莫能行。」因此愈打愈勇，對手愈強，下台一鞠躬的速度愈快，也獲得在場不少掌聲，亦是看好晉級的對象！

果然英雄出少年，這三位相偕前來比武的朋友，不僅順利晉級決賽，更都出乎意料之外的擠入前五名。這下好了，五名中也必須排出名次，阿風抽中種子籤，可以先不用動手，最後再由後面逐一挑戰過來。另兩名對手，當然不敵靈兒及朱公子，都被擠到最後面，而打法刁鑽的靈兒，又勝過甫出道的朱公子。接下來是比賽過中，最被看好的阿風出場了，果然才三兩下子，就打敗另兩名對手，正要挑戰朱公子時，靈兒突然提議，由其兩人聯手合攻阿風，勝者直接獲得第一名，敗的話，就落入第三名，她尋問阿風和朱公子的意思，在無異議之下，獲得裁判首肯，反正也沒有違反比賽規則，還可看到一場前所未見的大撕殺呢！

靈兒如此安排的意思，是想試一試阿風大哥目前的功力究竟上升到何種地步，因為靈兒攻法屬陽，一味猛攻強取；相反的，朱公子的太極拳路屬陰，借力使力，這種強大組合，即使未參加比試，而前來觀戰的各方掌門人、各地高手也都知道，若阿風敗則沒話講，若能勝之，那江湖上馬上就要誕生一位高手中的高手了，因此大伙兒也都全神貫注地期待這場扣人心弦的大車拚！

而阿風自然心意與靈兒相通，知他有意測其能耐，並顯示高超武藝於天下人面前，接受最嚴格的檢驗，此舉當然有利有弊，但最直接的好處是向那些綁架爺爺的人正式宣戰，放聰明的話，趕緊放人，否則他日直搗黃龍府時，可別怪大爺他下手不留情了！

由於這是最後一場壓軸大戲，只見人群的角落裏，竟然站立了一名少年，長相十分俊俏，一付斯文面貌的讀書人，雖然表面上穿的是儒服，十足讀書人模樣，但氣質卻非凡於常人，有一種令人不敢直視的逼人眼神，散發出的竟是陣陣龍氣。你道他是誰，當然是本次擂台賽的主人，當朝的皇上建文帝呀！

只瞧他摻在人群之中四處張望，當他看到朱公子時，突然「咦？」的一聲，先是彷彿十分驚訝，一會兒又十分高興地笑了出來：「好樣，好樣，昨天還信誓旦旦地說不想嫁人，今天就找夫婿找到這裏來了，還好入了前五名面聖之列，待會兒瞧我怎麼損妳呢，哈哈！」建文帝心中嘀咕著，誰也不知道他葫蘆裏究竟賣什麼膏藥？

三人同時出場，現場立刻鴉雀無聲，靜得出奇，只見阿風立在中央，靈兒及朱兒分站左右，一採夾殺式，但眾大高手都知道，阿風即將面對的，是彷彿天生一對的陰陽雙殺法，一陽一陰，一快一慢，一剛一柔，人雖有左右兩手，卻不能同時一手接陽招，一手回陰式，如何拿捏，就是勝負的關鍵了，但這是高手的看法。阿風功力雖強，招式雖猛，可稱為高手中的高手，但就眼光來講，與常人無異，想贏，恐怕沒那麼容易吧！

果不其然，靈兒及朱公子聯手一攻來，靈兒斷魂鞭在手，使的是銀杖婆婆成名杖法「龍盤天際」，不過換杖成鞭，威力更是驚人，只見她手一微抖，鞭身立刻盤繞天際，發出呼呼怒號，鞭頭隨時劃破天空，以雷霆萬均之勢，瞬間擊下，煞是嚇人；而朱公子空手應敵，使得當然是拿手絕活「太極拳」，只見他愈鬥愈純熟，愈鬥愈軟柔，不僅將阿風震天撼地之力一一化解，還適時以黏、推之術回擊，果然如滴水穿石一般，慢工出細活，令阿風難討便宜！就這樣，一鞭在天，覬覦難料，二拳在手，幻化無窮，還好兩人初搭，默契不佳，卻也逼得阿風狼狽不堪，左支右絀，要不是自己的逃命「泥鰍遁地功」已算爐火純青，早就出局在一旁納涼了。

但阿風只要一想到為得到爺爺的消息，不惜背水一戰，索性霍出去了，在對手默契愈來愈好的強攻猛取下，突然大喝一聲，飛身縱入空中，雙手一撥，逼退靈兒空中之鞭，立刻又雙手合十，雙腳微屈，竟然以真氣為支柱停在半空中，現出一副金光閃閃模樣，好像佛祖降世一般，倒看得有些個迷信者倒頭拜了起來，以為佛菩薩真的顯靈了！

當然，這完全是阿風內力超人，才能騰空而起，目的是將周遭的真氣吸入體內，使原來就十分強的內力強上加強，不知不覺中，全身上下竟然形成一道防護網，而氣中帶光，才會讓有些人誤以為是佛菩薩顯靈呢！而這是聖光心拳超極致的最高表現，阿風已經突破最高關卡，步入全新的領域，不僅殺傷力加倍，更形成了與「沈家心罩」作用相同的防護功體，「練精化氣，練氣化神」，這是聖光心拳的九成功力，也是阿風昔日所有，但阿風目前已經突破之，練成了「練神還虛」，第十成光的新境界，倒令現場所有自認高手的人看傻了眼，世上竟然有此等絕活，而且還是位少年學得的呢！

阿風一動不動，反倒令靈兒及朱兄兩人一時也停了下來，待阿風雙足逐漸落地之時，兩人已經默契十足，心想最後鹿死誰手，就要揭曉了！

兩人互望一下，相互頷首，瞬間又連攻過去，但阿風還是聞風不動，就在兩人逼近，迫在燃眉之際，突見阿風合十雙手朝左右一指，激射出兩道白光護盾，速度之快無與倫比，阻擋住兩人的凌厲功勢，接下來只見他一閃身，眾人還來不及眨眼，他已經欺近靈兒身旁，在她奪魂鞭頭上輕輕一拍，靈兒感覺彷若泰山壓頂，力道不僅全數回返，還加上一股難以承受的巨力，竟使她站不穩腳步，跌倒在地，爬不起來！

緊接著，同樣在眨眼間，又欺近朱公子，也是同樣在他攻過來的掌上輕輕一迴，朱兄太極拳的四兩撥千斤絕活立刻被引動，但阿風這看似輕輕的一迴，卻力道十足，朱公子雖無用力，只想洩出外力，竟然好像反而被他黏上了，對方的功力是緩緩注入，而非瞬間注入，所以太極拳使不上力，也一個重心不穩，一踥跌倒在地，同樣爬不起來！

阿風這突來的舉動，好像在變魔術一般，但卻都發生在自己眼前，又是那麼的真實，真的是看傻了眾人，還好突然有人驚醒過來，才大聲拍手叫好，一時憾動四方，掌聲如雷。建文帝見勝負已分，也暗中退了出去，準備親自迎接這幾位少年英雄！

眼明者當然知道，其時阿風使的是反向打法，就是利用甫練成的「聖光心拳」，將對手的任何絕招悉數以極快的速度送回，再由於自己功力實在太過深厚，也同時利用真氣奉上一些，而內力不佳者，自然經不起這股可快可慢，隨心所支的反擊氣流回擊，非跌倒在地不可，但他們也知道，即使自己可能已是一方霸主，武林泰斗級人物，若他日碰上這位少年，與其較量，能否打贏他，實在沒有把握呢！

當天晚上，皇上親自召見所有進入決賽者於光明殿，就是皇上平日宴請大臣之所，舉行慶功宴，當然，最重要的是那前五名，亦即準駙馬人選。於申時末，酉時初，華燈初上時分，幾名重要幕僚大臣亦應邀出席，光明殿在萬盞燈火的燦爛光輝下，顯得耀眼非凡，一片光明，與天上明亮的繁星相互輝映，形成一片天人爭輝的美麗景象。

皇上御駕親臨，其餘的後二十名先入會場，另前五名則一一被高聲喚入大廳。首先是阿風，其次是靈兒，等到了朱公子之時，皇上刻意步下龍座，緩緩地好像似乎有意，卻是無意地，走到朱公子面前，停下步伐，一臉疑惑地開啟金口問道：「咦！這位兄台，朕好像在哪兒見過呢？」此時只見他拚命朝皇上擠眉弄眼，而皇上竟然視若無睹，又問道：「敢問這位兄台，你的眼睛怎麼了？怎老眨個不停呢！」

「噢，啟奏聖上，草民的眼睛是……是不小心進了沙子！」

「嗯，那還真是不小心呢，想我皇宮之中，是何等聖潔清靜之地，竟然會飛起沙子，讓兄台的眼睛受了氣。賈公公，你快過來，瞧你們場地佈置組是怎麼辦事的呢！」

「聖上息怒，都是小人不好啊！」

「好了，你先下去。咦，你好像還沒有回答朕的問題呢？」

「啊！是這樣子的，聖上經常到百姓家明察暗訪，是位聖明賢君，可能小民是在路上給您撞見過的！」

「喔，是這樣子嗎？可是我記得好像不是在路上撞見的，好像是在皇……宮呢！」

「啊！怎麼會呢，小民一介平民百姓，怎會出現在皇……宮禁地之中呢，不會的，不會的！」

「不對喔，那……那會是在哪裏呢？」

「城北幕阜山？」

「不對！」

「城南雨花台？」

「不對！」

「城東鍾山？」

「不對！」

「城西長江上？」

「不對！」

「啊？都不對，既不在風景區上，那想必是在城內熱鬧之地。噢，對了，龍嘯客棧？」

「不對！」

「鳳鳴花園？」

「不對！」

「怡紅院？」

「不對！怡紅院？敢問聖上，怡紅院是做什麼的？」

「啊？」

眾人一陣大笑。

這少年皇上本想好好開眼前這位自稱朱公子的玩笑，哪知開得太過火，竟然脫口而出「怡紅院」，這間應天府內無人不知，無人不曉的大妓院，裏頭美女雲集，是個男人最想去的銷金窟，豈料這名朱公子竟然不知道這怡紅院是做什麼的，竟然反問聖上，倒讓他回答也不是，不回答也不是，正尷尬間，只聽皇上含糊地帶了過去：「啊，這怡紅院呢，是……是做買賣的，對，做買賣的。好，咱們不談這些，快快將另兩名優秀英雄請入廳中吧！」

此時群臣及諸位擂台賽優秀選手，除了老成持重者，及阿風和靈兒，還有這名主角朱公子外，全都笑成一團，朱公子覺得十分奇怪，怎大伙兒聽到怡紅院是做買賣的，就都笑成一團，便問身邊的靈兒及阿風，但他二人也不知眾人所指，突然有位好事的年輕大臣靠過來，向他們三人小聲地說道：「皇上所說的怡紅院，就是應天府內一家最有名的妓院啊！」

「啊！」三人異口同聲地驚訝叫道。

「好哇，你敢開我玩笑，我也不是好惹的，待會兒有你瞧的！」朱公子露出了詭異的笑容。

其實您道這位朱公子是誰，怎皇上會無聊到去開他玩笑呢？沒錯，她就是當朝建文帝的唯一親妹妹，人稱小如公主的朱夢如。

「你給我記住，晚上我就要去稟報母后，說你每次都假藉查訪民情，其實都是到怡紅院去泡姑娘呢？」小如公主沒有發聲，卻一字一字地用她那櫻桃小嘴，說給在上位的建文帝聽，這是他們小時候自己發明的暗號，可見這兩兄妹感情好得很呢！

「我的好妹子，妳千萬別講出去，妳要開什麼條件，哥哥都答應妳，求求妳哪！」建文帝也用同樣的方式回應她。

「好，咱們一言為定！」

「對，一言為定！」

此刻大伙兒已經介紹完所有入圍者，及這五位最優秀的英雄，皇上也當眾宣佈：「朕在此宣佈，明日早朝之時，我會履行我的承諾，幫你們五位介紹給各大臣認識認識，並且賜田封官賞金。至於誰能讓我這位美麗大方，溫柔嫻淑，善解人意，體貼入微，宜室宜家的皇妹看上，就全憑你們自個兒的造化了，你們說，是不是？」皇上故意說了一大堆讚美小如公主的話，目的當然是她千萬別稟告母后有關剛才他說溜嘴所說的話，小如公主當然是冰雪聰明的人，竟不好意思的朝皇上笑了笑，皇上才如釋重負。

「好，那咱們明天見了，朕先敬各位一杯，待會兒大家就請慢用。」

「謝皇上，恭送皇上，吾皇萬歲萬歲萬萬歲！」

建文帝敬完酒才離開現場，留大臣們盡情享用大餐。

眾人暢飲一晚，被安排宮廷住宿一宿，此不表也。

待隔天一早，大伙兒正準備面聖受封時，哪知四周響起一陣大呼小喝之聲，眾人正覺奇怪，突然聽到有人急聲大呼：「皇上駕到！」眾人一聽非同小可，怎皇上不上早朝，竟朝他們住的寢宮玉駕親臨呢？

眾人齊跪地面聖，皇上只輕輕地擺了個手勢，回了一句：「免禮！」便坐了下來，神情一臉憂戚之色！

「眾卿知道，為何朕親臨此地嗎？」皇上尋問道。

「回聖上，小民等不知！」眾人齊聲回答。

「好，看來消息還沒傳到這裏，沒關係，朕來解釋好了，事情是這樣的，宮內原有一名大太監，掌管錦衣衛，昨晚竟然遣手下混入皇宮之中，將公主綁架，還說已經得到一顆叫『天命真授玉璽』的玉璽，是上天欽定的新皇帝，結合一些狗官豕吏謀反，而公主就是他登基後要冊立的皇后，太監稱帝，立后，你們說，這像話嗎？」皇上愈說愈激動，最後竟站了起來，雙手握拳，惡狠狠地又道：「這名太監叫沈公公，原是我身邊最信任的親信，想不到他不但不知恩圖報，反而忘恩負義，恩將仇報，還擄走了我的皇妹，也就是公主殿下，想立她為后，並竄朕的大明江山，真是罪無可逭，今天朕來這裏的目的，就是想請各位英雄好漢，幫朕救出公主殿下，朕在此重新宣佈，只要能救出公主者，即刻封為駙馬，其他有功人員，一並加倍獎賞，由於時間緊迫，務請諸位賢卿立刻出發，救回公主！」

「是，只要皇上吩咐，吾等必出生入死，死命效力，救出公主！」

「好，眾卿不用多禮，需要什麼儘管吩咐，早膳後即刻出發！」

說完，建文帝嘆了一口氣，忽然將目光望向阿風及靈兒，並慎重地說：「特別是兩位賢卿，務請盡最大心力救出公主，希望你們不要讓朕及公主失望才好！」

「我兄弟倆必全力以赴，不負皇上所託！」阿風及靈兒齊回道。

「好，好，那朕就靜候大家的好消息了！」說完，才緩緩地離開現場。

「恭送皇上，吾皇萬歲萬萬歲。」眾人齊道。

待皇上一走，阿風立刻憂上心頭，靈兒一見，趕忙問道：「大哥，你好像面有難色！」

「賢弟果然善解人意，愚兄的心事也給你看穿了。唉！咱們兄弟倆來此的目的，不外是要面告聖上，請他幫忙協尋爺爺，如今不僅沒問成，反倒又多了個任務，達成皇上的請託，固然是人臣應盡之道，但他的附帶條件是娶公主，我已有未婚妻，及……及你表妹靈兒，所以不能救公主，但救不出公主，又有何理由請皇上代尋爺爺呢？所以……所以愚兄苦思良久，只有……只有請賢弟代勞了。」

「大哥的考慮不無道理，但為何要請我代勞呢？」

「賢弟如此年輕英俊，又才氣過人，比愚兄條件好上千百倍，是女孩子們心中的心儀對象。若賢弟有意思，愚兄定盡全力協助你，讓你順利當上這人人欽羨的駙馬爺，這樣也能順便問出我爺爺下落，豈不兩全其美！」

「啊！我？不，謝了，我對女人沒興趣！」靈兒隨口說完，突見阿風用訝異的眼光看著他，才發覺自己方才說錯話，趕忙又改口道：「哦，我的意思是，我還這麼年輕，現在單身好好的，幹嘛那麼早完婚，束縛自己呢？所以暫時對女人沒興趣啦！」

「那……那該如何是好呢？若叫別人捷足先登，這請求皇上必不肯輕易答應，試想皇上乃堂堂一國之尊，沒有相當理由，怎會無故幫助我們呢？」

「嗯……那還不簡單，我們不夠資格開口，就請駙馬爺幫我們開口了！」

「唉！罷了，若真讓別人當然上駙馬爺，他又怎好意思請九五之尊的皇上協尋一位平民百姓呢？」

「大哥，我的意思是，既然我倆都不想當駙馬爺，那我們可幫助別人當駙馬爺啊，他為了報恩，必會趁機直接請託皇上，或間接請託公主代勞，那不等於是我們自己開了口嗎？又可以不用當上駙馬爺呢！」

「耶？好主意，好主意，賢弟，這主意真是太好了，愚兄總在險處屢受賢弟幫助，此等恩情比山高，比海深，真不知他日如何報答呢？」

「好說，好說，誰叫咱們兄弟一場呢？只要大哥有這份心就夠了，但大哥可別忘了，你還欠我一個請求呢？至於請求內容為何，等我哪一天想到了，再告訴你好了！」

「好，大哥既然答應過賢弟，絕不食言，只要不違天地良心，一定照辦，不過話說回來，我們又不認識其他人，這人選？咱們該選誰呢？」

「大哥真是當局者迷，又健忘了，我們不是兩人來的，而是三人，不，加上小書僮，應說是四人前來參與擂台賽的，那……另一人不就是最佳人選了呢！」

「對了，是朱公子，咦？怎打從昨晚宴會以後，就不見其人影了！」

「對啊，我也注意到了，他好像不見了，或許在宮廷之中有親屬在，去探望也說不定，反正他就是我們的第一人選了！」

「好，咱們就這麼說定了！」

阿風及靈兒討論的興高采烈，但他們哪裏知道，朱公子不就是公主嗎？她昨晚當然是回到了自己的寢宮，又不幸被捉走，所以才會不見人影，皇上也才會請託他們代為救人，至於他們的計畫，是要將公主嫁給她自己，真是千古奇謀啊！

眾人火速用過早點，收拾好隨身用具，一行人除了朱公子以外，共二十四人，浩浩蕩蕩，朝沈公公的老巢出發了。

一行人攻入沈公公府邸之時，但見已死傷遍野，原來皇上早遣禁衛軍先行攻殺過來，不過由於沈公公手下掌管的錦衣衛，都是情報高手，武功更是不在話下，因此禁衛軍只能以人數取勝，並不能徹底鏟除對方。

一場激鬥驚天動地，雙方你來我往，皇上這邊如螞蟻般湧來，而沈公公這方卻如白蟻般阻截，雙方互討不到便宜，但整體而言，顯然皇上的御林軍還是因為搶了進攻的先機而略占上風，此時雙方已死傷慘重。阿風及靈兒左攻右閃，兩人合作無間，不過竄入沈公公內府深院時，只受到少許抵擋，顯然沈公公的主力佈在大門外，沈公公等早敗走而不知去向了，卻見有一間十分大紅裝扮的彩樓，有一女子被縛在床緣上，暈了過去！

阿風及靈兒近身一看，「啊」！不正是朱公子是誰呢？原來他已經早一步潛入沈公公府邸，怪不得昨晚不見人影，顯然是聖上暗中派遣的特使，不過不幸遭擒。

阿風方才訝異的原因，倒不是他早一步捷足先登，因為他與靈兒早商量好，要扶他當上駙馬爺，只不過現在卻見他是女子裝扮，阿風不禁嘆道：「唉！這朱公子也真是的，想當駙馬爺的話，就先告訴我們好了，反正我們也會相讓，今天卻好好男子不當，倒扮起女孩子潛了進來，不幸被逮，還好被我們及時發現，否則要傳出去，不糗大了！」

於是，阿風對靈兒說：「賢弟，既然找不到公主，倒發現了男扮女裝的朱公子，咱們怎麼辦呢？」

「大哥，救人要緊，他既然暈倒在這裏，我們也不能見死不救，你先背他出去，我殿後，咱們先殺出這龍潭虎穴吧！」

於是，阿風背起了朱公子的身軀，突然「咦」的一聲，靈兒一聽奇怪，趕緊問道：「大哥，有什麼不對勁嗎？」

「奇怪，朱公子的體重怎跟賢弟差不多呢？」

「大哥，我們身處險境，你還有閒工夫開玩笑，快走啦！」

阿風受靈兒一催促，才快馬加鞭，奔出沈府，但心中卻想著：「我哪有開玩笑，只是實話實說罷了！」可惜兩人聰明一世，胡塗一時，竟將女扮男裝的小如公主誤以為是男兒身的朱公子，還以為朱公子怎男扮女裝，混進沈公公府邸，進行秘密任務呢！真是一錯再錯，乾脆錯到底算了。

三人殺出重圍，正想喘口氣時，突然聽身旁的禁衛軍大叫：「大魚出現了，沈公公從前面殺來了！」阿風及靈兒大驚，想反向殺去，但已然不及，沈公公及貼身護衛身手何其了得，敢與皇上作對，正面衝突，若沒有幾分把握，自然不敢冒然行事，因此雙方遭遇，沈公公旋即一掌「霍」地拍來，心恨阿風竟然想趁機救出公主，這可是他未來的皇后，一出手竟是狠招，想一掌斃了阿風，搶回公主。哪知阿風腳下一滑，使出「泥鰍遁地功」，才一閃身，便躲過沈公公這凌厲異常的一擊，只聽他「咦」的一聲，顯然十分驚訝，皇上身邊的武士自己再清楚不過，怎有能避其一掌之人，想必是昨日擂台賽的少年英雄吧！但薑是老的辣，暗道阿風身上背人又年輕，死定了！

沈公公一掌沒劈中，翻掌迴身又攻來兩掌，還是讓阿風在間不容髮下躲過，沈公公愈打愈驚訝，心想自己堂堂錦衣衛大統領，竟然連出三掌，對手又是個毛頭小子，連他的衣角都沒沾到邊，一時心頭火起，下了重手，大喝一聲：「破空冥掌！」一掌破空猶如一道黑影當空劈下，如黑霧罩頂，讓對手全無閃躲之處，接者立死，不接者也死，這是沈公公集數十年功力的出名掌法，阿風身背朱公子，即當朝的小如公主，見閃避不過，只好硬上了！

只聽「碰」的一聲巨響，沈公公退了三步，阿風亦退了三步，卻沒口吐鮮血，也沒倒地身亡。沈公公大驚，一時倒愣住了，皇上身邊何時多出了這麼位武林高手，正在驚疑之時，阿風見對手太過了得，竟然能在虛空之中發出黑掌，黑影罩頂，氣勢如虹，將他擊退三步，再戰下去，必定不利，立刻打出信號給靈兒，又大叫一聲：「賢弟，走！」

但沈公公何其神勇，想走人，門兒都沒有，思緒在眨眼間又轉回，再度連攻過去，出的全是狠招，阿風見逃脫不成，便硬著頭皮反攻過去，而在一旁的靈兒，何嘗不想脫身走人，但對手護衛多人的武功實在太強，自己的手舞得奪魂鞭是又累又酸，連想使出壓箱寶「蠱魂箱」的時間都沒有，可見戰鬥之激烈，因此也閃不了身。正危急間，忽然空中飄來一陣白光，在陽光下輝映出耀眼的光芒，令人不敢逼視，待落地後，絲塵不揚，才發現，原來是一名身著白衣的年輕女尼，手持白色拂塵，全身上下一襲白素，難怪剛才有如一陣白光降臨凡塵！

白衣女尼的突然自空中現身，好像觀音大士下凡，又長得眉清目秀，靈動的大眼卻透著憂鬱的神情，只見她白色拂塵往上輕輕一挑，沈公公追擊身負朱公子的阿風竟然被掃逼回防，以沈公公如此沙場老將，又武功內力一流的人來說，大可不必理會這小丫頭似的年輕女尼，但他硬生生地收拳撤掌不打緊，還連退幾步，原因有二：一是她形同救苦救難，觀士音菩薩下凡的出場方式，確實震憾不少人的心，但最重要的第二個原因，是這女尼全身上下，包括束髮（她可能是帶髮修行）、白色衣裝、甚至白色的拂塵，在陽光下，竟然全部閃著異樣的白色光芒，這也是方才為何下凡時白光逼人的原因。不明究理者，必以為白光只是衣服反射陽光所現，但已屬千年老狐狸級的沈公公，明眼人不說暗語，分明是她全身上下，都上了一層不知名的可怕白色毒粉，如同自然界毛毛蟲的偽裝一樣，愈鮮艷炫麗者，愈是危險可怕，毒性也愈強，而經驗老道的沈公公，是隻老鳥，豈會誤食喪命呢？

沈公公心下大驚，不自覺又退了幾步。阿風見有機可趁，大叫一聲：「多謝神尼相救，神尼、賢弟，咱們快撤！」

阿風一說完，立刻以極快的速度閃到靈兒身旁，才三拳兩腳就幫靈兒脫了困，挽住他的手往外就跑，女尼亦心知非沈公公對手，也隨之撤離。但沈公公豈能放其輕易逃離，正要追來，突然這白衣女尼返身邊撤，左右手邊揮舞，數十隻細如蜂針的小針無聲地凌空而來，慌得沈公公大叫不好，趕緊狼狽地退去身上大衣，反旋回擊，才將這些小針悉數收入衣中，但此時對手已經走遠了！

「白色毒粉著身，萬針穿心攻體，這不是江湖上傳聞善使毒及暗器的復仇神尼傑作嗎？奇怪，本座與她素無瓜葛，怎今日她卻派人前來擾局，罷了，不管是誰插手，本座有天命在身，又有神功及神衣護體，瞧你們這幾隻小貓能撐到幾時，來人啊！給我追！」沈公公心想，不如今日將他們一網打盡，一舉殲滅，免得他日在其成大業的路途上礙手礙腳，而最重要的，是未來的皇后，還沒逮回來呢？

四人退入破廟，見這廟已經殘破不堪，無法藏身，但至少可擋一小陣子，先休息片刻要緊，於是阿風趕忙放下朱公子，到門口把風。此刻突然廟內的靈兒大叫一聲，阿風以為又有事起，瞬間閃身入廟，但見靈兒一臉驚訝的表情，手指著坐在地上的這位方才救他們性命的白衣女尼！

「賢弟，你怎麼了？這位白衣女尼方才救過我們性命，我們現在仍然身處險境，還來不及言謝，你怎麼突然有此等怪異而且不敬的舉止呢？」

「不是啦，大哥，你注意看，我愈看她，愈像一個人呢？」

阿風也轉頭朝靈兒所指方向看去，瞧了老半天，卻瞧不出所以然來，但彷彿有種十分眼熟的感覺，正詫異間，白衣女尼彷彿也發覺這兩人正在看她，她倒不以為異，緩緩地站起身來，對著他們淡淡地說：「貧尼法號仇心，兩位公子有何指教？」

「啊？我們……我們……」

就在阿風不知如何措詞回答來掩飾如此無禮瞧人的窘態時，突聽靈兒又大叫一聲：「是，是她，她是怡怡！」

「啊？是怡怡！」阿風亦大吃一驚。

「沒錯！」只聽對方也是面無表情，只淡淡地承認：「貧尼俗姓趙，名心怡，小名怡怡，風哥哥及孟公子，還是叫你們瞧出來了！」

怡怡才幽幽地將她離開阿風及靈兒以後，但覺人海茫茫，天地之大竟無她容身之所，於是想先回老家探望，順便叫下人們趕忙離開避禍，回自己老家去，哪知道還是慢了一步，剛一踏入杭州城內，謠言四起的滅門血案已經傳播開來。怡怡心知肚明，在喬裝打扮後才混入家園，但見一片人去樓空，充滿蒼涼蕭瑟之感。據當地官府記載，幾天前的一個黑夜，有數條黑色人影竄入趙府，才不到一刻鐘，又竄了出來，有人撞見，發覺有異，趕緊通報官府，知府大人與趙家老爺素有交情，便派手下多名捕快出動，但為時已晚，一場驚天動地，鬼哭神號的滅門血案，早已經悄悄落幕了！

怡怡再度受到打擊，心中恨意加深，外表溫文，內心卻堅韌的她，不想以死了此殘生，一心只想復仇，於是在多方打探之下，投入外號「復仇神尼」的麾下，當起尼姑來，其目的只有一個，就是復仇，因此雙方立下規條，由復仇神尼助其復仇，但復仇以後，必須完全歸復仇神尼趨策，這是一場販賣靈魂的交易，但怡怡復仇心切，卻答應了，因此才在短時間內練就一身功夫，除了功夫快速成長外，毒物及暗器，才是她復仇的最佳利器及本錢。

眾人談話間，突然外面又有腳步聲起，三人還來不及感嘆，只聽靈兒大喊：「大哥，你先背朱公子離開這裏，我與怡怡姑娘殿後，快！」

阿風聽說，緊忙背上朱公子，往後殿就跑，一個躍身，竟翻過高牆，與沒背人一般無二，先逃了出去。而靈兒及已經出家的怡怡尾隨在後，也飛身翻了過去，但並不再跟下去，因為她們準備在此先暫設埋伏據點，等沈公公人馬一過來，再聯手殺他個措手不及，好讓阿風背著朱公子逃命成功。

兩人並肩作戰，只聽怡怡幽幽地說：「孟公子，或許我該改口，叫你林妹妹吧？」

「啊？妳……妳已經知道了，我……我是女扮男裝的！」

「是的，當初在杭州我家府內，我沒能知道，但後來發覺妳三番兩次都想捨命救阿風大哥，我心下才起疑心，所以暗中仔細觀察以後，才發覺果不其然，原來叫孟岳的孟公子，其實是個女紅妝。我猜的沒錯的話，妹妹應該就是大理國國王的乾女兒，月靈公主吧！」

「怡怡姊姊，妳……妳都知道了！」

「我也知道，妳對阿風大哥有時好像故意表現很討厭，其實同為女子，我知道妳是深愛著他的。往後……往後就請妹子好好照顧阿風大哥了！」

「怡怡姊姊，妳……妳別誤會了，我……我承認有點兒喜歡阿風大哥，但我們從頭到尾都是清清白白的，以前這樣，現在也這樣。倒是妳，妳才是他的未婚妻啊！」

「我？未婚妻？唉！我如今已經出了家，四大皆空，也不想再談感情的事了，倒是我發現阿風大哥很照顧你，他要知道妳就是月靈公主，一定會很高興的。而我……如今已成無根浮萍，四海飄泊，是沒有人會憐愛的！」

「唉！怡怡姊姊，其實妳大錯特錯了！」現在，反倒是靈兒嘆氣地說道：「我與阿風大哥，是兄弟相稱，他之所以特別照顧我，完全是出於兄弟之情，不像他對妳，卻是真情以對，他始終惦記著妳，就連夜夢中所喊出口的，也是『怡妹，妳別走，別離開我』之類的話語，我用不著說謊。妳，才是人在福中不知福啊！」

「啊！風哥哥！」怡怡聽說，不禁觸動了內心深處的一絲情感，假裝堅強冷酷的外表下，竟然撲簌簌地滴下了兩行熱淚，但她不願意被靈兒看到，馬上反過身去以手拭淚，並假裝說：「哦，這風怎把沙子吹到我的眼睛哩？」

靈兒一見，四周無風，怎有飛沙入眼的可能呢？但她也知道，這表面藉口的偽裝下，竟是一位柔情女子的肝腸寸斷，而自己呢？也是百感交集啊！

在怡怡轉過身，還來不及回身時，突然牆內飛身縱出數道人影，是沈公公追緝前鋒隊，靈兒大叫：「怡怡姊姊，過招了！」兩人雖然心情各異，如人飲水，冷暖自知，但在此危急存亡之秋，只有奮力一搏了。由於兩人心事皆已坦誠，亦都是女兒身，因此再無任何顧忌，只有將心中百般痛苦，化為殺人戾氣，兩人聯手出擊，竟然出奇地不謀而合，就像擂台上靈兒的奪魂鞭與朱公子的太極拳一樣，一陽一陰，一快一慢，一剛一柔，竟接連殺了幾位沈公公的身邊高手，令對手似乎有些顧忌不前。但對手實在太多，她兩人見阿風早已走遠，互望一眼，心意相通，火速跳離殺圈，跟了過去。

阿風背朱公子逃命，但心繫靈兒及怡怡兩人，心想自己若停下來，那反倒會誤了大事，因此只希望儘快找到一處隱密所，先將昏迷的朱公子放下來，自己再趕殺過去幫忙，因為他知道，如今能與沈公公對抗的，只有他自己一人而已，但自己若想勝他，恐怕也是痴心妄想了。

一路火速趕來，突見前方黑壓壓一片都是人影，阿風嚇了一跳，趕緊背緊朱公子，腳下一蹬，逕飛身上樹，一看還好是皇上親領御林軍殺來救援，因此才又跳下樹來，迎了上去。

「啊！謝天謝地，還好公主沒事！」建文帝在遠方就大聲嚷了起來。

但阿風一頭霧水，趨近時，還不時頻頻回首，卻不見有其他人跟來，內心一陣疑惑，還來不及求證，趕緊向建文帝請安：「草民阿風，叩見吾皇萬歲！」

「平身，賢卿快平身，朕果然沒有看錯人，沒有看錯人啊！」建文帝出乎意料地熱情，竟將阿風的手緊緊握起，彷彿久別重逢的老友一樣！

「啟奏聖上，草民有一事不明？」阿風疑惑地問。

「哦？賢卿有何事不明，但說無妨。」

「聖上剛才不是說『謝天謝地，還好公主沒事』，但草民瞧這四周，怎不見公主人影呢？」

「哈哈！賢卿真愛說笑，公主不遠在天邊，近在眼前嗎？」

「咦！在哪裏呢？」

阿風背著朱公子，就是建文帝的親妹妹，名叫朱韻如，人稱「小如公主」，而阿風兜著圈子，卻找不到公主人影，樂得建文帝及眾武將哄堂大笑。只聽建文帝笑翻了腰，樂道：「賢卿，你背上背的，不正是公主殿下嗎？我看你倒背得挺服貼的，到了忘我的境界了，果然是天造地設的一對啊！」

「啊？」阿風嚇了一大跳，正色道：「聖上所指，草民背上這位朱公子，就是公主殿下了！」

建文帝這才發覺，原來阿風是真不知情，但明明公主現在著的是女裝，阿風又非盲人，怎會看不出來呢？建文帝以疑惑的眼神問道：「賢卿好像真的不知道她就是公主殿下，那你又為什麼會背她逃到這裏呢？」

「聖上明鑑！」阿風這才將事情原由略說一遍，建文帝也才明白過來，原來他一直以為背上這位朱公子是個男兒身，所以才陰錯陽差地以為她是男扮女裝，救公主不成反被擒，在自己救不到公主的情況下，才順道救她出來，怎奈她原木就是女兒身，女扮男裝，這顛龍倒鳳，倒讓阿風進退維谷。

「哦，原來如此喔！」建文帝這才完全了解，並笑道：「哈哈，這豈不更好，果然是天意巧妙安排，緣份竟然如此陰錯陽差地交疊在一起，證明這分明是月下老人刻意安排的美滿姻緣。既然朕已開下金口在先，而賢卿又如實履約在後，這再再證明，都是天意安排的，那再好不過了，朕先祝福二位白頭偕老、百年好合了，哈哈！我這皇妹雖貴為公主，但並無半分驕矜之色，為人豪氣，不讓鬚眉，你這駙馬爺是坐定了，哈哈！」

「啊？我……這……」

「噢！賢卿好像還有話說，你儘管開口，朕會為你作主的，你放心地說吧！」

「草民只是……只是……」

阿風這才將已有未婚妻怡怡姑娘，在大理國又有國王賜婚的月靈公主，如今小如公主乃一國之尊，怎可讓她與人共有夫君，她會答應嗎？

此刻小如公主已經悠悠轉醒，兄長及救命恩人阿風的話語自然聽得十分清楚明白，建文帝立刻問她道：「皇妹，妳也有聽到了，看來阿風賢卿已有兩位妻室，妳自己願意委身於他嗎？」

阿風見小如公主轉醒，趕忙放她下來，小如公主乃節烈女子，既為阿風救過兩次，又背在背上，一路上肌膚相親良久，焉有不答應之理，於是羞怯地回道：「我被阿風大哥救過兩次，恩情如山，皇兄又有言在先，救出公主者可當駙馬，何況長兄如父，小妹一切就依皇兄裁決。至於須與她人共侍一夫，我想大理國的月靈公主都不在乎了，我也不會計較，甚至排名順位，我……也不會計較的！」

「成，那不就得了。我皇妹幼讀聖賢節烈事蹟，最欽佩節烈女子能守節如玉，也常向朕提起，長大後必也從之，如今既然皇妹一不在乎與人共侍一夫，二不計較排名順序，三又不忍心讓朕食言，這麼好的人選，普天之下，到那裏去找呢？所以賢卿有福了，你就安心的等著當你的駙馬爺吧，哈哈！」

「啊？這……這樣子，太過委屈公主了。只怕，只怕阿風無福消受，擔待不起啊！」

正在說話間，靈兒及怡怡也趕了過來，沈公公的大隊人馬亦尾隨而至，一時兩軍再度交鋒，又大打出手！

阿風見此刻不是說話的時候，也迎了上去，突聽空中有人大喝一聲，聲若洪鐘，身子卻如飛鳥般，從空中竟朝建文帝筆直殺了過來，阿風一見危急，護駕擋了回去，卻嚇得建文帝面色如土，驚魂之餘，才大喊一聲：「先保護公主離開！」

此刻阿風背上無人，身子骨立刻靈動起來，再無任何顧忌，與甫著地的沈公公交手數百回合，不分勝負。而怡怡在暗中早窺伺已久，突然將身上所有飛針及暗器，一股腦兒全數往沈公公身上用盡全力拋了過去，沈公公與阿風交手熾烈，知道有暗器來襲，卻不去理會它，只見所有飛針及暗器在碰到沈公公的身軀之時，全都被輕輕彈開，有些甚至未到即落，顯然有多層防護罩護身，非一般暗器能傷得，但沈公公雖然托大，見對手實在太多，勝負難以立判，便立刻下令收手，全部退了下去。

等沈公公人馬退離，怡怡卻一人在旁咬牙切齒，建文帝走過來，向阿風、靈兒及怡怡致謝後，阿風才將怡怡之事略稟建文帝，建文帝才嘆道：「啊！都是朕不好，想不到這位我身邊最信任的老宦官，到頭來竟然想奪我皇位及江山，又害死這麼多人，但想要他伏誅，恐怕非神兵仙器不可！」

建文帝接著說：「方才我見怡怡姑娘，喔，不，應該改口叫仇心神尼，發了飛針暗器，依然傷不了沈公公半根汗毛，這是因為沈公公本身練有『闇影心罩』，是一種金鐘罩、鐵布衫，刀槍不入，再加上身上的『雪蠶寶衣』，又多了一道防護體，想以一般武器或內力傷他，簡直比登天還難。因此想殺他，只有先破雪蠶寶衣，而破雪蠶寶衣唯一方法，就是這支我從武當山借來的『穿雲箭』。不過，唉！自從他練成『闇影心罩』後，這箭也成了廢箭了！」

「聖上是說，即使用穿雲箭破了雪蠶寶衣，也穿不過沈公公的闇影心罩！那普天之下，已經沒有辦法對付他了嗎？」阿風問道。

「或許正是如此！」

「啟奏聖上，草民願試一試！」有人開口說道，原來是靈兒，他接道：「草民乃苗區人士，有一貼身法寶，叫蠱……蠱『靈』箱，其形狀似苗區第一蠱祖遙天聖母的『蠱魂箱』，兩者皆靈驗無比，或許可以派上用場，我先以蠱靈術收其魂，趁其不備之時，再以穿雲箭射他個措手不及，或許可殺之！」

「妙計，妙計！好，咱們明早即刻再戰沈公公！」

「皇上聖明，貧尼有一要求？」怡怡雙膝跪下，向建文帝請求。

「仇心神尼，快快請起，妳也算為朕出力之人，有話站著講就行了。」

「謝皇上。」怡怡這才輕身爬起，哽咽地道：「貧尼一家數十口全遭沈公公毒手，雖然父親之死也算咎由自取，怪不得他人，但其餘無辜的人，卻也全被沈公公狠心殺害，這血海深仇不共戴天！請皇上恩准貧尼，讓貧尼親手用穿雲箭射死這萬惡不赦的大奸賊吧！」

「嗯，好，朕准妳所請，妳爹雖有謀反之心，但妳卻有救朕之實，功過相抵，妳的請求也算合情合理，朕照准，明天就讓汝等聯手，共同除掉這邪惡陰毒的沈公公吧！」

翌日一早，雙方人馬又大打出手，這次皇上派出靈兒及怡怡聯手使用法寶仙器，想一同除掉沈公公，先以「蟲靈箱」制敵，再用「穿雲箭」射死對手，看是否能大破沈公公的雙重防護罩，「闇影心罩」及「雪蠶寶衣」。

首先，由阿風與沈公公對陣。同樣的，數百回合的交手，仍然不分勝負。突然間，靈兒祭出蟲靈箱，朝沈公公口中唸唸有辭，突然玉手一指，大喝一聲：「收！」

沈公公突然一陣哆嗦，全身打從體內劇烈搖晃，好像心魂要叫人收去一般，回頭一看，果然有位苗裝少年，正用怪異的法器朝自己作起法來。沈公公目光如電，內部真氣運起，用力發動一震，口中大喝一聲，怡怡正要用穿雲箭出手的同時，靈兒「碰」的一聲向後摔倒在地，口中鮮血汩汩而流，怡怡見無法得手，立刻收起穿雲箭，快步救走靈兒！

沈公公驚嚇之餘，跳出殺圈，叫道：「想不到你們也會玩陰的，想以黑苗聖祖遙天聖母的法器蠱魂箱傷我，哪有那麼容易，也不自己秤秤斤兩，這蠱魂箱要功力夠深才能收魂練蠱，若功力不夠，自己必反受重傷，我看你們還能使出什麼法寶，咱們暫且收兵，隨時再戰吧，哈哈！」沈公公揮動手下撤離現場，大笑揚長而去！

「聖上、神尼，對不起，我自己功力不夠，收不了對方的魂魄，誤了大事，請你們原諒！」

「哪兒的話，賢卿出力頗多，值得嘉獎，是這沈公公功力太強，我看白天收不了他的魂，晚上也動不了他的魄了，唉！」

「有了，啟奏聖上，我有辦法了！」阿風一聽到皇上「白天晚上」的話語，突然想到了好主意。

「哦，阿風賢卿有何高見？」建文帝急問道。

「啟稟聖上，小民方才聽到皇上的金口講『白天收不了他的魂，晚上也動不了他的魄』這句話，才想了起來，我身上帶了個寶物，喚名『遊仙枕』，能使人進入夢境。試想，世上真的沒有法寶能同時破沈公公的兩樣罩體，那只有在夢中作戰了，因為在夢中並無實體，而生生相剋之理依然存在，所以穿雲箭依然能射穿雪蠶寶衣，而沈公公就無法用闇影心罩護體，這穿雲箭乃上古神器，自然也能射穿魂魄之體，如此夢中必可殺之！」

「啊！有道理，好個夢中殺人法，好，太好了！賢卿既有此等法寶，那就事不宜遲，朕就任命你二人於夜半子時同時進入夢鄉，阿風賢卿負責纏住沈公公的靈體，仇心神尼再伺機發箭射殺之。此尾人間害蟲，不趁早除掉，未來百姓必然遭殃，這除蟲大任，朕就委任二位賢卿聯手代勞了！」

「是，臣等遵旨！」

阿風心下高興能與怡怡妹妹，這原本的未婚妻並肩作戰，哪知一轉頭看她，卻見她不發一言，面無表情，又是一身出家人模樣，令人感覺，雖然兩人站得那麼親近，事實上距離卻又是那麼遙遠，阿風心如刀割，痛苦莫名。

既然皇上下旨，眾人便靜待佳音，而阿風及仇心神尼，也做好萬全準備，以待晚上再度出擊。

午夜子時一到，阿風先睡遊仙枕，果然眾人只輕輕一瞟這顆枕頭，彷彿有股神力般，意識都開始朦朧起來，驚覺不能逼視，才眼觀他處。待阿風試完，確定熟睡後，再讓仇心神尼第二個進入夢鄉。

兩人相繼進入夢鄉後，但見四周一片霧茫茫，人間子時夜晚，是那麼朦朧，那麼美麗，那種若隱若現的情境，倒有一種神秘莫測的感覺，就像女人心，海底針，也像此刻怡怡妹妹的心，令阿風著實難以捉摸，摸不透，猜不著。

由於阿風有過經歷，因此一下子便辨出方向。當然，夢中的世界是既真實，又虛幻，一切看起來都是那麼真實，彷彿唾手可得，可是一經摸索，卻又事事皆虛假，十分詭異，但感覺永存。而阿風就是利用這種不滅的感覺，很快就找到了沈公公營地的方向。

「怡怡妹妹，我……我可以這樣叫妳嗎？」阿風問道。

「隨便你！」怡怡冷冷地回答。

「好，咱們此行任務，自然是取沈公公的狗命，待會兒我與他會有一場激戰，但夢中的世界，是既真又假，既虛又實，所以妳千萬別被這怪異的景象嚇著，我舉個例子，待會兒妳可能見到我與沈公公廝殺，也可能看到其他不可預料的東西替代我們廝殺，更可能看到你自己加入戰局，甚至親人出現在妳的面前等等幻境，這時妳千萬別驚慌，眼睛是會騙人的，真實世界如此，夢中世界更是如此，因此相信妳自己內心最真實的感覺，這樣我們的任務才會有成功機會！」

「噢，原來夢中世界，竟是這般詭異，那……阿風大哥，我能不能問你一件事？」

「妳有任何疑問，請儘管問來，若我知情，必定具實以告！」

「這穿雲箭是要破沈公公的雪蠶寶衣，並射穿其靈體，那雪蠶寶衣是為寶物，怎夢中還有功效，而既然穿雲箭能穿射沈公公的靈體，那……那能不能也射穿你的靈體呢？」

「嗯，我解釋給妳聽，夢中世界大都是現實世界的反射，但唯一不同的，全是虛幻的內心世界所建構，不過由於雪蠶寶衣及穿雲箭皆屬仙器，當然有仙法加持過，因此在夢中依然有作用，主要是他們都是靈體的附屬物件，所以說穿雲箭自然也能射穿任何靈體，當然也包括你我在內！」

「啊！那……那萬一我失手，誤射到你，豈不……」

「沒錯，萬一怡怡妹妹失了手，除了我會魂飛魄散以外，恐怕天下真的要歸沈公公掌權，再無人能取其狗命呢！」

「啊！」

兩人說著說著，已經來到沈公公的紮營地，他倆直接進入，當然，守衛的士卒是見不到夢中靈體，因此如入無人之境。不過，夢中的世界不比正常，有時光彩絃麗，有時一片陰暗，叫人難以捉摸，若定力不夠者，只怕會被諸幻象所牽引，而陷入「真夢」，即真的在作夢的情境之中，那就永遠找不到沈公公，對夢中的世界就更加無法控制及理解了。

他們趨近沈公公肉體旁邊，卻不見其靈體在內，顯然已經出離雲遊。怡怡問道：「阿風大哥，看來沈公公的靈體不在這裏，但這四周一片白茫茫，我們如何找起？」

「對，這我們恐怕也無能為力了，因為靈體太過飄忽，捉摸不定，幻化無窮，更不用說能找出他目前的方位？不過俗語有言：『跑得了和尚，跑不了廟。』我們只有採取最保險的方法，就是守株待兔，在其睡姿或夢境轉換之際，就有可能靈歸本位，到時候我們再伺機攻其不備，殺他個措手不及！」

「好，看來也只有這個辦法了，咱們就在此靜靜守候吧！」

良久，良久，果然沈公公肉體一個大翻身，靈體瞬間回籠，就在他回籠的一剎那，阿風迅速閃電般竄出，一掌劈下，沈公公的靈體突然發覺有異物接近，不敢直接回轉肉體，立刻向一旁飄開，回頭一看，嚇了一跳，怎這白天十分難纏的少年，竟然出現在自己的夢境之中！

心想必是人家所說的「日有所思，夜有所夢」，不加理會，正要回轉肉體，哪知阿風這一掌打空後，又迅速補上一掌，沈公公不備，猛然中了這結實一掌，飛出丈許外，飄到荒野之中，阿風大叫：「怡怡，快跟過去！」

阿風火速追擊過去，沈公公聽後十分詫異，怎麼又多了個女娃兒，這到底是夢境，還是真實的世界呢？

阿風不讓他有思考空隙，一招招又打了過來，內力十足，以聖光心拳的十成功力下格殺令。只見光影虛幻，令原本絃麗的世界更加繽紛，此際慌得沈公公只得以闇影心罩硬接，一時黑氣迷離，也迴旋開來，一正一邪，一光一暗，互不相讓。沈公公心想，還好自己還有雪蠶寶衣護體，不怕阿風的猛掌強擊，要一般常人，恐怕早魂飛魄散！

「等等，小伙子，你到底是誰？怎麼會進入我的夢中呢？」沈公公已經約略知道自己正在作夢，但一切卻又那麼真實，才會有此一問。

「你這問題問得好，至於答案嗎？就留到地獄再慢慢思索吧！」阿風說完，又一陣強攻猛擊。

沈公公見無法探得情報，也回拳發掌過去，兩人功力相當，誰也佔不了便宜，但沈公公有寶物「雪蠶寶衣」護體，可化去對手五成功力，有時竟托大讓阿風一掌擊下，故意讓自己只受了五成左右力道，卻以十成功力回擊，還好阿風的「聖光心拳」已達光的境界，意隨念轉，光影乍現，出現一道道堅實的防護罩，也洩去沈公公的五成攻擊內力，因此兩人依然平分秋色，互不相讓。

「怡怡，找機會快動手！」阿風見這樣下去不是辦法，萬一打到雞鳴時分，大伙兒清醒時刻，就大大不妙了！

「阿風大哥，我……」其實怡怡也早在一旁待命，箭在弦上，只待機會出手，但兩人打鬥的速度實在太快，令人眼花撩亂，根本難以下手，再加上她知道失手的可怕後果，更有所顧忌，當然就發不了箭了！

沈公公老謀深算，已經完全明白過來，對手一定藉助什麼神物，才得進入自己夢境，欲取其性命，讓他因為暫時摸不找頭腦，而有方才狼狽的窘境，如今既知大家都身處夢中，那不更好辦，只聽沈公公大笑道：「哈哈！兩位想在夢中殺我，恐怕沒那麼容易吧！至少我作過的夢，比你倆加起來的還多，小心了，看我的厲害！」

沈公公一改方才挨打局面，如今主動出擊，只一說完，突然轉身一變，竟然變成各式模樣，千奇百怪，模樣果然嚇人，阿風一見對方故意賣弄，正中下懷，大叫：「怡怡，快射！」

沈公公聽到「快射」這兩個字，嚇了一大跳，自己若千變萬化，那不頃刻成了對方箭下的活靶嗎？後悔方才一時失策，趕緊念頭一轉，「嘿嘿」地笑了兩聲，果然，才又一轉身，怡怡在瞄準好目標，正要出手之際，卻發覺前面，竟然同時出現了兩位阿風大哥！

阿風自己也嚇了一大跳，怎麼現在竟然出現了兩個自己，那怡怡不就不僅無從下手，對方還可以肆無忌憚地攻擊他自己，「怎麼辦呢？」阿風自問道。

很快地，阿風立刻以其人之道，還施其人之身，也變成不同的模樣，但一則阿風經驗有限，所變形象種類本就不多，二則沈公公老奸巨滑，阿風變什麼，他也跟著變什麼，又很快地，阿風發覺變成別的模樣，由於形體本身限制，反而覺得礙手礙腳，手腳施展不開，因此索性變回原本面目，以自己最拿手的形體，對抗變成自己的沈公公！

此時只見這邊的阿風動一下，對面的阿風也跟著動一下，這邊的阿風說：「怡怡妹妹，我是真的阿風！」對面的阿風也說：「怡怡妹妹，我才是真的阿風！」就這樣，兩人比雙胞胎還像雙胞胎，倒苦了一旁的怡怡，本來就怕會誤射阿風大哥，如今同時出現兩位阿風，相貌、動作，乃至說話的語氣全然相同，這是他們兩人始料未及，沈公公果然是隻修練千年的老狐狸，手段太厲害了。

兩個阿風由舉止一致，到說話一致，最後兩人終於都按耐不住，又大打出手，如此你來我往，連功夫竟然也是一模一樣，而且又打得旗鼓相當，在一旁的怡怡，當然只有窮著急，乾瞪眼的份。眼見時間一分一秒地流逝，離雞鳴日出之時，只剩不到一刻鐘！

怡怡心想，今天若不能殺沈公公，至少也要和他同歸於盡，忽然一個絕佳的念頭閃過腦海：「對，同歸於盡，是，就是同歸於盡了，阿風不也說過，在夢中要相信自己最真實的感覺，沒錯，沈公公你這隻老狐狸，這下看你怎麼千變萬化，你的狐狸尾巴很快就要被我揪出來呢！」

「阿風大哥聽著，小妹有話要說。」怡怡高聲一喊，果然讓激鬥中的兩人突然停下手，立於兩旁，怡怡又故意再問一句：「阿風大哥，你若是真的阿風大哥，麻煩你舉起你的右手來！」當然，兩人同時舉了右手！

「好，怡怡心裏有數了！」怡怡故意用肯定的語氣回答，這是一種心理戰，以便讓假阿風有些心慌，接下來，才是致命一擊！

「阿風大哥，怡怡妹妹再問你，希望你要老實回答我，好嗎？」怡怡情真意摯地問道。

「沒問題！」兩人又同聲回道。

「好，那我問你，你……你真的喜歡我嗎？」

「那當然了！」兩人同聲肯定地回道。

「那……既然我已經出家為尼，在現實世界中，我倆已不能再結連理，只有……只有在夢中，你……你是否還願意承認我是你的未婚妻，願意在這裏永遠陪伴我呢？」

「當然願意囉！」兩人還是同聲回道。

「好，能聽到阿風大哥的肺腑之言，小妹真的心滿意足，真的太高興了，既然阿風大哥已經答應要陪怡怡妹妹，永遠生活在這如夢似幻的美好夢中世界，那……那我現在就要射破讓我們進入夢中世界的『遊仙枕』，大哥，我們很快就能永遠在一起了！」

怡怡一說完，立刻拉滿弓，竟反身朝另一邊做出射擊模樣，此時突聽當中的一位阿風大叫：「且慢，妹子快住手，有話好說！」飛身撲了過來，想搶去怡怡手中的神弓，果然，速度驚人的他，搶到了怡怡手上的弓，卻不見箭在弦上，突覺下腹一陣巨痛，不覺瞪大了眼，用一種難以置信的眼神往下慢慢瞧，「啊」的一聲慘叫，原來怡怡手中的弓弦上早已無箭，這仙家至寶「穿雲箭」不知何時已經移到她的左手上，正好結結實實地插在飛身來搶的沈公公身上，當然也刺穿了沈公公也屬仙家寶器的「雪蠶寶衣」，不由得痛得大叫出來，瞬間魂歸本體，在自己的營帳中，「忽」地一聲猛然坐起，口吐鮮血，眼突臉斜。待眾護衛以為有刺客來襲，入內察看時，卻見沈公公，這自稱天命真授的未來帝皇，已經氣絕身亡！

阿風及怡怡一見得手，趕忙連袂亦魂歸本體，「咦」的一聲，同時醒了過來，如同作了一場大夢，既真實，又虛幻，但他倆心知肚明，料來這沈公公應該已經斃命，便迅速回稟建文帝。建文帝一聽說，大喜過望，速頒討伐聖旨，眾人即刻出發，剿滅沈公公的餘黨。

沈公公一死，軍心大亂，大伙兒驚疑，怎有天命之人，卻暴斃身亡，那肯定所得到的那顆「天命真授玉璽」必是假的，加上皇上迅速出兵，果然勢如破竹，殺得原本實力平分秋色的閹黨片甲不留，潰不成軍，除了幾位高手讓他給逃脫以外，盡數被誅，皇上心腹大患終於去除。

怡怡，就是目前的仇心神尼，在復仇完畢，向皇上報告一件密聞後，便告辭，轉身飄然離去。阿風一見，也迅速追了出去。

「怡怡妹妹，請，請留步！」阿風見她不告而別，怕從此再難相見，因此極力想挽留住她，卻不知如何開口。

「阿風大哥，我已經不是昔日你的怡怡妹妹了，你還是稱呼我為仇心好了！」怡怡表情木訥，語氣淡淡地說。

「怡……哦，我是說仇心神尼，大哥答應過妳父親，就是趙伯伯，說要照顧妳，妳……妳別走好嗎？」阿風懇切地動之以情。

「我……我已是出家之人，出家人應該四大皆空，何況我也答應過復仇神尼，為了復仇，也已經將靈魂賣給她了，你……你忘了我吧！」

「不，妳本來就是我的未婚妻，我……我不准別人搶走妳！」

此時只見怡怡搖了搖頭，阿風急道：「難道……難道妳剛才夢中所言不實，都是欺騙我的嗎？」

「我……沒錯，我為了復仇，都可以出賣自己的靈魂了，騙你一小下，又算得了什麼呢！你……你就當做我們不曾認識好了！」

怡怡說完，向前奔了過去，一衣雪白的她，在陽光下格外耀眼，但隨著白光閃過之處，卻也滴落下點點熾熱的淚珠，像串串飛舞的珍珠，在空中盤旋舞動，閃耀著美麗的光芒，卻叫人刻骨銘心！

阿風望著怡怡漸行漸遠的身影，熱淚也在眼眶中泛濫成災，滿溢出來，他當然知道怡怡妹妹是為了叫他死心才這麼說的，正肝腸寸斷，想用衣袖拂去滿溢的珠淚時，旁邊卻遞來一巾手帕，阿風轉頭一看，身旁的靈兒，就是他的孟岳賢弟，已成了淚人兒了！

翌日金鑾殿上，建文帝龍心大喜，此次能順利剿滅沈公公叛黨，完全是眾人盡心竭力的結果，因此大賞有功之人，凡有功者必受重賞，不過可惜前批擂台賽的前二十五名少年英雄們，除了阿風及孟岳（靈兒），還有當今的小如公主，就是當日的前三名還存活以外，大多戰死了，皇上也特別撫恤，加封護國神將，與犧牲的禁衛軍一並以國禮葬之，而怡怡姑娘，就是仇心神尼，也護國有功，可惜是出家人，又告別而去，所以也為她加封護國神尼，但不必敘職。

皇上已開過金口，凡救出公主者，必封駙馬爺，而阿風確實救出公主，因此皇上立刻頒佈命令，讓阿風與小如公主兩人即刻拜堂完婚，但阿風還處在失去未婚妻怡怡的傷痛之中，哪有心思再談終身大事，因此託言婚姻乃人生大事，須有父母之命，媒妁之言，而其唯一至親爺爺，目前下落不明，怎可自己私下完成終生大事，那豈不有違孝道！

皇上一聽有理，便先封官職，待找到其爺爺以後，再御賜完婚，阿風只好勉強答應，謝主隆恩！哪知在一旁的靈兒，卻飄來一句酸溜溜的話語：「大哥果然好福氣，桃花運不斷呢？」嘴上雖然不饒，但心中愛意已經愈陷愈深，難以自拔！

由於怡怡臨走前，曾向建文帝報告一件重大密聞，就是在她夜探沈府之時，也碰上了前來查探虛實的大內高手，暗中聽到他們說，其實沈公公所得到的「天命真授玉璽」是假的，真的玉璽早就為北京燕王所得，因此在加封有功者完畢以後，建文帝一改輕鬆的口吻，立刻面容嚴肅起來！

「眾位愛卿，朕已將目前的多方情報加以彙整，發現這些事件幕後絕不單純，絕非是表象的沈公公公然造反而已。天下人見朕年輕，好欺負，已有許多勢力正在觀望、覬覦，只要有機可趁，必會興兵作亂，搶占江山，不過這些小山頭都不足為患，朕已下達密令，應可加以剿滅，目前最嚴重的，也就是此次向朕探底的幕後大黑手、藏鏡人，極可能就是朕的四叔，目前坐鎮北京府的燕王朱棣，朕早有情報顯示其有不軌之舉，只是朕始終在想，他既是朕的親叔叔，也就是朕父親的親兄弟，怎會做出這種大逆不道的事情來呢？所以才遲遲沒有加以防範，如今適巧仇心神尼於離去之時，曾向朕稟明暗中無意探得的情報，因此朕目前可歸納出以下幾點結論。」

「首先，燕王暗中與沈公公互通聲息，講明在其發難之時，按兵不動，兩不相助，其實最終目的，不外是讓錦衣衛的沈公公為他打前鋒，順便探探朕的虛實，若兩造兩敗俱傷，他自可收漁翁之利。若朕勝利，他也可置身事外，來個死不承認；若朕敗了，更合他的心意，他便可名正言順地對沈公公的篡逆行為加以討伐，而沈公公之所以甘受利用，完全是他誤以為自己所得到的，就是真正的『天命真授玉璽』啊！」

「其次，他是藉沈公公之手，想探出前國師劉伯溫的下落，朕四叔武功高強，屢建奇功，有當年太祖皇帝打天下時的英勇身影，因此深得太祖皇帝喜愛，他早自認是皇位唯一的繼承者，所以他一直不甘於朕父親及朕繼承大統，謀反是遲早的事，而他一直不敢發難的真正原因，就是他最怕的對手，不是別人，就是前國師劉伯溫，若他再度下山，那所扶之人必為正王，所以他想藉沈公公及怡怡姑娘的父親之手，探出前國師住處，若其真的未死，再設法除之！」

「由以上種種跡象顯示，燕王之所以敢冒篡位之惡名，要無把握，自然不敢妄想或妄為，那真正失落的這顆玉璽，也必定早就在燕王的手中了，這些都是朕的輕忽，朕要早日聽信卿家們所言，也不會讓燕王有這麼久的準備時間，所以目前時間緊迫，阿風及公主聽命！」

「是，皇上！」

「朕立刻下令，命你二人偕同相關需要人員，以朕特使的身分，前往北京燕王府，一則暗中窺探其作為。根據朕的情報顯示，阿風賢卿的爺爺是被不同於沈公公的一支人馬帶往北方，極可能就是燕王府暗中搞的鬼，此行阿風賢卿可前去打探爺爺下落，而小如公主可暗中查探燕王圖謀不軌的證據，並設法找出真玉璽的下落，朕則蓄勢待發，只要有線索，便能發全國之兵除之。而第二個目的，就是讓你小倆口培養培養感情，兩人相互合作，互相扶持，日後才好成為共患難的恩愛夫妻啊，你們說，對不對呢？哈哈！」

建文帝果非昏君，雖然年輕，雖極有思考能力，分析事理亦頗為妥貼，但唯一最大的缺點，也是他的最大致命傷，就是太過優柔寡斷，若他能果決一點，自然就不會有沈公公造反，也不會有燕王覬覦了！

大事底定，眾人準備妥當，除了靈兒，即阿風的孟岳賢弟，因為要留下來療傷無法前往外，主力便是由阿風及小如公主二人擔當，馬上要前赴北京燕王府，這座落北方，全國除了首都應天府以外，武力最強的龍潭虎穴！

# 卷四 九五至尊

明太祖朱元璋共生二十六子，太子朱標仁慈孝悌，深得民心，卻資質庸碌，非龍爭虎鬥，覬覦帝位的虎狼兄弟對手，不幸又於洪武二十五年一病不起，由太孫朱允炆即位，是為建文帝。

俗諺有云：「龍生龍，鳳生鳳，老鼠的兒子會打洞。」意思是說，虎父無犬子，犬子無虎父，而這位太孫建文帝正好與其父親如出一轍，同為仁明孝友，性情溫和之屬，卻優柔寡斷，也非當皇帝的料子，加上明太祖朱元璋為免大權旁落，力排眾議，大封朱家子弟，明言可互拱京師，互衛大明江山，但反之，卻也落入西漢七國之亂的歷史覆轍，因此諸王仍舊磨刀霍霍，野心勃勃，只要明太祖朱元璋一死，那自己就出運了！

諸王之中，最有名望者，當屬二王秦王、三王晉王及四王燕王三人。

二王秦王個性陰沉，殘酷暴虐，有其父太祖皇帝的性格陰暗面，卻無其慈愛百姓的性格光明面；而三王晉王，一表人才，英俊挺拔，又風流倜儻，卻色場膽大，戰場膽小，曾經半途回師，不戰而逃，也乏大將之風；唯獨四子燕王，姓朱名棣，長得相貌奇偉，風度翩翩，又飽讀詩書，書卷味濃烈，大有一代儒將之態，而且能征善戰，武功、膽識、氣度等，都屬諸皇子中的第一名，無怪乎太祖皇帝常自嘆曰：「唯此子有乃父之風！」

燕王朱棣本有一副帝王之相，加上功業彪柄，戰果輝煌，又深得太祖皇帝的賞識，落下一句在諸多皇子中，唯獨他最像太祖皇帝了，因此老是令他覺得飄飄然，只恨上天不公，老讓無能者（太子朱標及太孫朱允炆）出頭。

燕王本無謀反之心，但除了上述要件以外，再加上以下三點的推波助瀾，才讓他深覺自己果然就是真命天子！

首先，是號稱元朝兩大活神仙的術士袁珙及金忠，兩人均曾鐵口直斷，袁珙以八字為其算命，斷曰：「龍行虎步，日角插天，太平天子也，年四十，鬚過臍，即登大寶也。」而金忠，亦以易經為其卜卦，卜出「鑄印乘軒」之卦，亦為帝王之相，樂得燕王直說：「言重了，言重了。」卻暗中竊喜不已。

其次，是有「鬼才和尚」之稱的道衍來助。

這鬼才和尚道衍，長得獐頭鼠目，一副奸詐狡猾之相，卻也精通陰陽數術，尤其兵法、戰略、心理等領域，皆十分專精，難怪一搭上燕王，簡直令燕王如魚得水，如虎添翼，馬上被封為軍師，為燕王智囊團之首，尤其在宰相胡惟庸趁機毒死前國師劉伯溫陰謀造反之時，便依鬼才和尚道衍之計，趁諸皇子忙於平亂之際，趁亂暗中竊得一寶，這也是前面所論及支持燕王稱帝的最後一點，亦是最重要的一項，就是這顆謠傳千年的帝王象徵——「天命真授玉璽」。

在取得玉璽以後，這鬼才和尚道衍，再將所有責任推給檯面上已經身亡的前國師劉伯溫，並附和宰相胡惟庸曾暗中對前國師劉伯溫陵墓開棺驗屍，卻只見一掃帚橫躺其中的說法，稱其為詐死，實則收回這顆玉璽，以為報復太祖皇帝誅殺功臣之過。由於死無對證，鬼才和尚不愧為鬼才和尚，此計果然瞞天過海，瞞過眾人。不過他亦心下納悶，這前國師劉伯溫真的死了嗎？不可能！那他現在在哪裏呢？又查不出來！因此才再度聳恿燕王，其實他們最大的敵人，不是處在明處的建文帝及諸王，而是躲在暗處，隨時可能背後出招的前國師劉伯溫！

由於燕王的功勳著實不小，又雄才大略，因此被封位在北平城，即元朝定都的大都城。北平城地勢險要，北依燕山之險，南控黃淮平原，是個戰略要地，兵精馬強，金、元二朝，均曾奠都於此，就是取其「去敵之近，制敵之便」的優勢，因為中國歷來最大的外患，大都來自北方的游牧民族，於此亦可牽制甫退回大漠之地的元順帝，以防其有東山再起的不軌行徑，是明朝護國定邦的第一道防線。燕王有幸座落於此，自然是蒙太祖皇帝的「慧眼識英雄」，當然，他要的不是父王慧眼所識的「英雄」而已，最好是慧眼識「帝王」，成為真正的帝位接班人。

既然燕王是這號如此難纏的人物，阿風等人只得步步為營，處處小心謹慎。

一行人走走停停，過了個把月，終於到了燕王府邸，燕王朱棣熱情款待。

「姪女小如，拜見四叔！」小如公主首先行拜見長輩大禮。

「豈敢，豈敢，小如公主快快請起，如此大禮折煞老夫了，哈哈！」燕王客氣地扶起小如公主，十分歡愉地說：「老夫早想回去拜見聖上及眾位親友，只是北方蠻族蠢蠢欲動，分不了身，哦？公主身旁這位，就是襄助聖上平沈公公之亂的少年英雄阿風嗎？」

「草民叩見王爺，千歲千千歲！」

「哈哈！阿風賢姪，你怎麼自稱草民呢！不對，不對，以後要改口，稱自己為駙馬爺了，哈哈！」

阿風及小如公主一聽，臉上瞬間都飛紅一片。

「唉！我說這沈公公呢？皇上平日待他不薄，自己年歲也大了，不懂得享享清福，頤養天年，反倒痴心妄想，想做起皇上的春秋大夢來，也不稱稱自己的斤兩，這要讓他真當上了皇帝，那太監當皇上，豈不成了天下奇聞！老夫原本也想出兵為皇上分憂解勞，但皇上沒有下旨，老夫也不敢踰權，以免落人口實，還好有你們幾位少年英雄幫忙，皇上也是洪福齊天，天人相助，才能剷平奸佞，平定沈公公這樣的亂黨，老夫這才放下這顆老而不安之心啊！」

燕王感情豐沛，說得口沫橫飛，激動不已，但一切言詞又是那麼合情合理，態度也從容大方，這反倒讓領旨前來調查其謀反罪證的阿風及小如公主等，原以為四王爺是那種桀驁不馴，跋扈囂張的惡人樣態完全不同，因而感到驚疑不已！

看燕王的表現既親切而且熱情，平易近人，特別是君臣之禮又分外嚴謹地遵守，因此完全看不出有謀反的樣子。但為求保險起見，小如公主私下和阿風商量好，準備來個夜探燕王府。

一入夜半時分，一輪弦月高掛天際，由於時節已入深秋，四周充滿蕭瑟寒意，夜色一片迷濛，恍若霧裏看花，寧靜而神秘。

兩人並肩而行，一起縱身上屋，但覺四周一片靜寂，而且靜得出奇，靜得令人窒息，彷彿風雨前寧靜，落針可聞，滴水似雷。屋頂之上，只見兩條模糊黑影，跳動穿梭於黯淡月色，於風涼如水中，僅發出微微窸窣聲，卻被風聲掩蓋住，行蹤隱密，難以察覺！

約莫過了一個多時辰，兩人毫無所獲，找不到絲毫不利於燕王的證據，正商量準備撤離，猝然瞥見遠方一位小太監隻身走往北方，這聞名全國的燕王所建特殊景觀——「中華五嶽奇景」。兩人略感詫異，在皇宮之中，小太監原本就是被隨傳隨到，任意差遣的奴僕，工作是不分白晝或黑夜，因此出現的時間點不足為奇，但奇怪的是，時辰都這麼晚了，他為何一人獨自走進這偌大的「中華五嶽奇景」？兩人反正沒事，既查不出所以然，加上一時好奇，於是決定跟下去！

兩人在小太監身後躲躲藏藏跟蹤，卻走進了五座高聳的山脈之中，雖然在朦朧夜色裏無法窺見全貌，但從隱約月光中，依然可捕捉其高峻身影，雄偉氣勢，加上身旁數不清的樹影森森，樓閣亭台幢幢，著實令人驚奇其規模之浩大，簡直就是真實的五座中華大山，即東嶽泰山、西嶽華山、中嶽嵩山、北嶽恆山及南嶽衡山的縮小版，而且華麗精美，完全是原來實景濃縮建成，果真是氣派非凡，氣象宏偉。兩人不禁讚嘆，燕王乃一方霸主，竟有如此雅興將中華最著名的五座大山，連同所有奇景，完全縮小於斯，才會名之為「中華五嶽奇景」，不是沒有道理。

正發覺不可思議，突見這小太監，只拐了個小彎，竟然不見了！

二人大奇，急忙追過去，發現原本在西嶽華山的兩株古松之中，竟有暗門，是個入口，十分隱密，要不是他們跟蹤小太監到這裏，這入口的秘密將永遠鎖在山壁裏！於是兩人愈來愈覺得事有蹊蹺，打算繼續追查下去，但為了保險起見，便換上了兩套隨身帶來的小太監服裝，順便將領口往上拉高，頭又這麼一縮，就跟兩隻縮頭烏龜一樣，兩人心意相通，動作一致，不禁相視而笑，又跟了下去！

入內走完漫漫長梯，放眼察看，乖乖了不得，著實都嚇了一大跳，原來這哪是什麼高山底部通道，簡直是一座地下宮殿！

四周傳來「鏘鏘鏘」的打鐵聲，急促而爽朗，在地下城堡裏迴盪，兩人心下瞭然，原來這裏就是燕王暗中鑄造兵器之所，為掩人耳目而設於地下，若建築於地面之上，豈不容易被人刺探出來，如今設於地底下，直如螞蟻築窩，隱密通暢，才是最上上策，難怪皇上幾番派人前來打探虛實都徒勞無功。而挖地掘宮，平白多出這麼些土石，想掩人耳目，豈是易事，於是聰明的燕王便利用這些挖自地下宮城的廢土建山，轉移目標，任誰也想像不到，燕王宅邸之內，竟有一處軍火庫，「最危險的地方，就是最安全的地方」，這種高明手法，不正是燕王最拿手的把戲嗎？這下燕王罪證確鑿，可要百口莫辯！

他們既著小太監服裝，也大膽起來，又往內處走了進去，但見四周火把照相通明，現場足足有百餘人正在連夜趕製兵器，各色武器，舉凡刀槍劍戟、弓弩盾斧，應有盡有，真是琳琅滿目，刀光劍影森森，兩人走著走著，突然發覺身後有人跟蹤，阿風迅速做出暗號，小如公主立刻會意，兩人同時閃身轉角隱密處，對手不知已被發現，傻呼呼跟了過來，被阿風以迅雷不及掩耳速度一把捉住，以手扣住咽喉，制入身旁陰暗處，準備細加審問！

「你是誰？為什麼跟著我們？快說！」阿風開門見山問。

「我……咳，咳，咳，先放開我再說！」那人被阿風用力這一捏，痛得講不出話來。

「好，我可以放開你的咽喉，但另一隻手會扣住你的要害，只要你亂動或大聲喊叫，必死無疑，明白嗎？」阿風警告地說。

「好，我不會亂動亂叫！」那人保證地回道。

「嗯，你說吧！」阿風放開咽喉，依然掐住要害，以防耍花招。

「妳……」他突然轉過頭來，對著小如公主說：「妳是小如公主嗎？」

「啊？你……你怎麼認出我來？」

「我……妳先瞧這張令牌再說吧！」

那人質說完，緩緩從身上摸出一張令牌，其實哪是令牌，只是一張薄皮，就貼在他身上，與皮膚同一顏色，不仔細瞧，還真看不出端倪。

小如公主接過來，在火把照耀下細看，果是其兄長建文帝親筆所書，原來他就是建文帝暗中派來的特使，為找出燕王謀反證據，潛身於這座地下宮殿。但由於此處戒備太過森嚴，他假裝鑄鐵匠混進來以後，卻出不去，每天盼望建文帝趕忙再派人前來刺探消息，以便將收集到的證據交付與他，以達成使命，而他原本就是建文帝身邊的得力護衛，因職務之便，見過小如公主多次，才一下子就認出來。

小如公主知道他是自己人，也認出他是誰，才叫阿風鬆手，自己也鬆了口氣！

「啟奏公主，我已經握有燕王謀反證據，我們現在所處地下宮殿僅是其武器鑄造所，其實這喚名『中華五嶽奇景』共分五座地下宮殿，就是五個最隱密的地下城堡，各有名稱，亦各有用途，如東嶽泰山，是練兵的地方；西嶽華山，就是如今我等踩踏之地，是鑄造兵器之所；南嶽衡山，是燕王貯藏軍用糧草地方；北嶽恆山，是一座地下大監牢，專關一些政治犯人，是一處剷除異己之所，聽說在挖掘時，還意外挖出一座陵寢，可能就是太祖皇帝在帝都應天府之外的第二座地下陵寢，不過詳情我還在調查，這個天大的秘密，可能連太祖的第四個兒子燕王都不知情呢！最後的中嶽嵩山，是一座地下兵馬總指揮所，也是燕王進行地下秘密任務的總樞紐。這五座大山岳地底下，彼此相互連接，卻又互不隸屬，各個重要關卡都設有重兵駐守，因此才讓我進得來，出不去，遲遲無法與外界取得聯繫，我近日見燕王已經不分白晝黑夜全力趕工製造兵器，知他叛亂腳步近了，憂心如焚，如今幸而公主親探，請公主殿下趕緊出宮，設法聯絡皇上，告之危機將至，再不趕快制止就來不及了！」

「好，那就煩勞你暫且忍耐於此，我會設法以最快速度連絡皇兄知悉，讓他儘速發全國之兵，討即將篡逆之燕王，事不宜遲，我們先告辭了！」

「恭送公主殿下！」

小如公主及阿颪見表面平靜無波的燕王府，內部竟然如此暗潮沸騰，不禁內心暗暗吃驚，燕王果然是隻老狐狸，偽裝之術如此高超，騙過眾人，還好今日探得這天大秘密，兩人便趕緊離開地下宮殿，循原路回到住房內共商大計。

「公主，咱們若匆匆離去，以快馬回報皇上，也須數天，如今燃眉之急，分秒必爭，是等不了那麼久，何況我們只要稍有大動作，也瞞不了燕王的犀利目光，反倒會加速他謀反叛變行動，倒頭來皆不利於皇上，這該怎樣辦才好？」

「嗯，既然我們以飛馬傳訊有貽誤時機及逼虎傷人之虞，那……對了，我們何不以飛鴿傳書？飛鴿在空中通行無阻，臨行前，我為防萬一，還暗中帶了一隻喚名『小白飛鴿』的信鴿，此鴿身經百戰，為一名沙場老將，屢建汗馬功勞，現在正好派上用場！」

「喔，好主意，公主，咱們快著手進行！」

兩人一夜未眠，將寫好的小字卷，縛於小白飛鴿腳上，再餵牠七分飽，待天明一到，便悄悄潛行屋外，將小白飛鴿放飛上天。小白飛鴿一得自由，彷彿有了靈性，知有緊急任務待辦，立刻展翅翱翔，飛上藍天白雲故鄉，朝應天府方向而來！

哪知他二人舉動，燕王雖不敢明目張膽設眼線加以就近監視，但於他們住所四周，早佈下大批人馬「就『遠』觀察」，所以阿風及小如公主昨晚夜探燕王府的舉動，由於異常隱密及謹慎進行，未被發覺，但這小白飛鴿傳息法，早在燕王軍師鬼才和尚道衍算計之中，因此他們一見小如公主住所處，有一白色信鴿飛起，「守株待『鴿』」的衛士們，立刻有神箭手，「嗖嗖」數聲，想將小白飛鴿以弓箭射下，但小白飛鴿久經訓練，戰功彪柄，竟然全給牠閃了過去，燕王士卒大急，不得已，立刻放出手中最後王牌——「飛天神鵰」，這是燕王最喜歡的鵰鳥，從蒙古地方因打仗而得，如今宿命天敵一遭遇，可憐躲得過人類弓箭的神鴿小白飛鴿，卻躲不過天敵追殺，壯志未酬身先死，為國捐軀了！

小白飛鴿的屍體及字條，很快地就被送到燕王手中，燕王攤開一看，渾身顫抖，嚇出一身冷汗，原來小如公主等人已經發覺他們暗中秘密進行年餘的謀反計畫，這下不得了，趕緊通令所有將士進入備戰狀態，並守住北平城通往各地要口，同時迅速召來所有幕僚，以商應對策。

「王爺，臣以為事蹟既然敗露，這也在我等算計之內，無須大驚小怪，自亂方寸，據我推算，皇上那邊還未獲得通報，目前尚不知情，我們可以，第一，拿下小如公主及身邊所有人員當人質，以備不時之須，讓建文帝即使知道了，亦不敢隨意出兵，會投鼠忌器，有所顧忌，我們也能因此化被動為主動，爭取更多有利時機；第二，迅速通報我方佈置於應天府內，小皇帝身邊的臥底太監，叫他們即刻待命，準備裏應外合，自然大事可成；第三，希望王爺速擬『清君側』詔令，公告天下，我方絕無對皇上不敬之意，而是針對其身旁的佞臣發動攻勢，如此的出兵方式，我方便能在名正言順底下，取得出兵藉口，並在其他勢力及權貴尚未清楚狀況，猶在觀望要不要出兵之際，出奇制勝地直取應天府心臟位置，一攻即克。所以現在我們最迫切的，就是要加速準備進度，並於近日內擇吉日良時，即刻出兵！」軍師鬼才和尚道衍不愧高人，即刻對有些手足無措的燕王建議道。

「是，王爺，您是太祖皇帝最賞識及中意的皇子，也是為大明江山出過最多心血的人，論功行賞，原本就應該是正統皇位繼承人，要不是當年太祖身邊如劉伯溫等奸人百般阻撓，讓庸碌寡斷的太子朱標及太孫朱允炆即位，今日我大明王朝成就，何只於此！況且王爺現在奉有天命，擁有『天命真授玉璽』，是上天欽定的真命天子，咱們不怕事不能成，請王爺即刻下令，三軍將士誓死效命！」武將首領也掏出心肺，建議燕王即刻出兵。

「是，我們任憑王爺差遣，萬死不辭！」

「好，既然現在事情已經到了紙包不住火的田地，咱們現在只有冒險一試，硬幹上了，眾將聽令！」

「是，王爺！」

「命令一，速捉小如公主等人，以為人質；命令二，速聯小皇帝身邊臥底太監，以為將來內應準備；命令三，三軍整裝，近日內吉時出兵，不得有誤！」

「謹奉王爺命令！」

於是，燕王府立刻動了起來，首先第一要務，當然是活捉公主等皇上特派調查團人員了！

小如公主及阿風不知小白飛鴿已經殉職，正想整理完行裝，準備藉口撤離燕王府，哪知突然湧入大批侍衛隊，將他們團團圍住，阿風等知事蹟已然敗露，阿風大喊：「保護公主，我來突圍！」

眾人正要動手，遠處卻傳來一聲冷笑：「嘿嘿，少年郎，火氣不要這麼大，難道你就不顧及爺爺的性命了嗎？」原來出現的是燕王身旁的軍師兼參謀，這位人稱鬼才和尚的道衍，對著眾人又一陣冷笑！

「啊？爺爺？我爺爺在你們手裏？」

「一點兒沒錯，你要妄動，就永遠見不到他老人家了，嘿嘿！」

阿風回頭一望小如公主，小如公主見大事已去，無法挽回，首先撤去手中兵刃，眾人一見，也跟進撤了武器，空手就逮！

「來人，押入北嶽恆山地牢！」

「是！」

小如公主及阿風等人，眼見對方人馬實在太多，又有爺爺脅制，自然成了待宰羔羊，全數被捉入北嶽恆山下所設的地牢之中，專門剷除異己的惡魔地窟！

「爺爺，爺爺，您老人家果然在這裏，阿風找得您好苦喔！」

阿風一見到爺爺，驚喜萬分，一把抱住離別已久的爺爺身軀，深怕只一鬆手，將再度失去似的，而淚水，也忍不住落了下來，正如俗語所言：「男兒有淚不輕彈，只是未到傷心處！」誰說男子沒眼淚，只是好面子，假堅強，硬忍下來而已！

「風兒，爺爺也好想你啊！」爺爺親切地撫弄著阿風的頭髮，才道出事情原委。

原來昔日在嶺南之時，爺爺在遣阿風送急信給大理城的林伯伯不久，就接到杭州趙伯伯的急信，說有要事要找其商量。爺爺見是急事，也不敢怠慢，才在蒼促下修書一封，留待阿風辦完事後，再與其會合，並告之將出門時所碰到林伯伯派來宣佈好消息的特使，說自己先去杭州，叫阿風趕來會面。

哪知他一到杭州，便中了趙伯伯奸計，竟然勸他加入謀反的行列，並想從他口中套出劉爺爺下落，爺爺早就不管世事了，當然不能如其所願，才被另一派人馬接走，原以為是沈公公的人馬，但一到應天府不久，又即刻轉往北方，最後就被關到這裏來了，後來才發現，原來燕王與沈公公早有密謀，想造反，而趙伯伯僅是沈公公的一步棋，而沈公公又是燕王的一步棋，燕王千里迢迢來捉他的目的，就是要打探前國師劉伯溫的下落。因為燕王所以遲遲未發難，並非實力不足，而是深怕劉伯溫趁朱氏子弟手足相殘之時，再度下山，另扶一異姓之王出來一統江山，因此才捉來爺爺親自尋問，還好對方也因為問不出所以然，就不再為難於他，才將他暫時關在這地底牢房之中。

同時，阿風也將皇上派他及小如公主等前來調查燕王不軌行徑述說一遍，只見爺爺聽到燕王近日內將起兵謀反的消息時，眉頭緊皺，大叫不妙：「糟了，燕王要起兵，皇上未加以防範內賊，那原本堅如磐石的應天府，恐怕很快便要陷落了，咱們可得想想法子，趕快回去通報危訊！」

「爺爺，我們如今身在地下宮殿，有機會出去嗎？」

「正面機會，因為有重兵駐守，當然等於零，但我近些日子以來，已經打探出，原來燕王在挖掘北嶽恆山地牢時，在一處隱密的小洞旁，竟然發現連上了太祖北京的陵寢，傳說中太祖的陵寢應該在應天府，而北平這第二陵寢，卻沒有人知道，想必是太祖生性多疑，深怕有人盜墓，才假裝葬之於應天府，其實真正的墓穴，或許就在這裏也說不定，但是不管如何，只要我們出得了這地牢，再往北走到這個連接洞口，就有出去的希望了！」

「喔，王爺爺所說的太祖第二陵寢，我也聽說過！」小如公主出乎意料地說出了重大秘密：「正如王爺爺所言，太祖生性多疑，自然不會將百年後的陵寢僅設一處，所以北平府這陵寢，喚名『太祖第二陵寢』，其內機關重重，不亞於第一陵寢呢？我也是略有耳聞啊！」

「原來如此，那我們得設法先離開此地。」

就在阿風說話的同時，外面突然一陣響亮，是互鬥之聲，不一會兒，閃進一條人影，小如公主及阿風一看，大叫出聲：「是你！」正是前幾天，他倆夜探西嶽華山鑄兵所時，所見的皇上特派密探。

「走，大家快走！」這密探迅速打開牢房大門，眾人見有人來救，喜形於色，彷彿看到救星一般，立刻隨他衝出牢房，但地牢四周戒備森嚴，立刻湧進大批衛士，各各手持刀劍長鎗，身被堅硬冑甲，由於地道內本就狹窄，因此等於上了一層防護罩，十分不易對付。

「阿風殿後，小如公主及眾人快隨我來！」王爺爺見情況危急，立刻跳出來呼動眾人，才有秩序地先慢慢撤出地牢，進入通道之中，再依循先前情報所言，朝太祖第二陵寢，這可能的唯一活路挺進！

待眾人退至此一陵寢入口，卻見有數根大木擋住，根根粗如棟樑，顯然是燕王不想讓一般人隨意進入查探他先人的陵寢，這充滿陷阱及謎樣的地下宮城。

「阿風，快來開路！」王爺爺知道，目前只有靠阿風雄厚的內力，才有機會破門而入！

「是，爺爺！」阿風應聲而來，眾人自動補上其位，以防燕王衛士殺來！

阿風一見，竟然有數根如樑柱般大木橫斷前方去路，自己也沒有把握，但情況危急，只能一試，便緩緩深吸一口氣，氣生丹田，再迴轉九次，氣隨意轉，瞬間大喝大聲：「破！」一股渾厚的內勁激射出來，現出一道刺眼白光，只聽「碰」的一聲巨響，眾人差點目盲耳聾，眼前陣陣黑影，耳中嗡嗡作響，果然大木應聲斷為數十小節。

「走！」王爺爺再發施令，眾人才火速進入這充滿謎樣的太祖第二陵寢，這會是太祖真正的葬身之處，埋屍之所嗎？

此時燕王及軍師鬼才和尚道衍等大批人員趕至，竟發覺這些巨大的擋門柱，已經斷為數十小節，個個心驚膽跳不已，想不到皇上身邊，竟有此號高手，那必是未來駙馬爺的傑作。燕王一見對方進入太祖第二陵寢，武功又高不可測，不禁眉頭緊鎖，怏怏不樂！

「王爺不用擔心！」燕王的軍師鬼才和尚道衍善於察言觀色，早猜透了燕王心思，便說道：「走脫幾隻小兔子，對大局並無影響，且聽貧僧分析如下：首先，此陵寢喚名太祖第二陵寢，這秘密只有少數皇子才知道，其內機關重重，無人能解，我方也已派過數十名高手入內，至今卻無人生還，可見得進者必死無生；其次，即使讓他們僥倖逢生，那時間上算來，也是『遠水救不了近火』，吾等早舉兵成事，由以上兩點斷之，這區區小事，對大局根本激不起一絲漣漪啊！」

「嗯……有道理，好，咱們不予理會，火速進行原訂計畫！」燕王聽畢軍師深入的剖析，也覺十分有道理，才放下了不安之心，叫人將洞口扎實封住後，就不再加以理會，全心全力投入這場即將爆發的骨肉相殘戰爭。

阿風一行人才走不到一小段路，小如公主突然叫停，大伙兒應聲停步，小如公主才道出了太祖陵寢機關的恐怖！

「各位請仔細聽好，這事有關諸位身家性命安危，要好好牢記！」小如公主正色道，「我以前曾聽皇兄提過，這太祖所有陵寢都一樣，主機關都是『五色飛箭』，只是排列順序不同罷了。而這五色，分青、黃、黑、白、赤，其中又細分有毒（能反光的）及無毒（不能反光的）兩種，因為毒箭上塗有毒粉，在火把的照耀下，會發出微弱的光芒；而無毒之箭，就沒有反射的光芒存在了。但這些還好，傳說中最可怕的，是第六種箭，喚名『無形箭』，不僅塗有劇毒，也無法反射光線，主要是用一種劇毒且不朽的植物之莖削成，自然全箭是毒，這是故意混淆盜墓者，讓他們熟悉前面五色飛箭的特性，再出其不意地加以索命！由於無色可辨，因此只能聽音辨位，但此通道狹窄非常，反應若太慢，便容易遭到毒殺，因此大都分佈在重要連接點或出口處附近，俗語說，『最危險的地方，就是最安全的地方』，而太祖陵寢的設計正好相反，大伙兒必須謹記，『最安全的地方，才是最危險的地方』，請各位保重了！」

大伙兒一聽完，各各面色如土，這地底之下，火把之光本就不足，閃身應付機關已經不易，又有主機關「五色飛箭」隨時覬覦，還有更可怕的「無形箭」隨機分佈於最安全的地方，進行臨時測驗，這簡直是深入幽冥界，一個九死無生的可怕魔陣！

眾人懷著忐忑不安之心，緩緩進入這唯一能活命的機會之門，也可能是隨時索命的亡命之門。

由於地道何其之多，眾人走著走著，已經分散數隊開來，各自朝自己的命運前進。阿颪及小如公主，還有王爺爺，最後變成他們三人一組，也朝這未知的前方邁進！

只到一個轉角處，突然王爺爺在一轉眼間，竟然失去了蹤影，阿風及小如公主兩人大驚，四處搜尋，卻不見人影及機關暗門，無計可施，只得繼續前進，並希望爺爺能平安脫困。

過了良久，良久，不知幾天或幾夜，阿風及小如公主，終於走到了出口處，兩人大呼萬歲，驚喜之餘，小如公主邁步便走，直接朝有微光之處前進，久處黑暗之中，這細絲微光，是何其珍貴啊！但阿風頓覺不對，飛蛾撲火，險象環生，正要警告，突然「嗖嗖」兩聲，立刻迎面飛來兩隻飛箭，小如公主大叫一聲，阿風身形一晃，快如閃電，暗中眼光一瞥，還好並無反光，因此以身擋在小如公主面前，反手接下了這兩隻飛箭，正想鬆一口氣時，突覺頸部似有一蚊叮咬，順口說了一句：「奇怪，這地底之下，怎有蚊子呢！」小如公主一聽，也驚醒過來，心下大叫不好，但已然不及，阿風只覺頭腦一昏，兩眼一花，「碰」的一聲倒地不起！

原來這應驗了小如公主先前所言，由於太祖疑心病重，因此大都反常道而行，將「最危險的地方，就是最安全的地方」，改成「最安全的地方，才是最危險的地方」，阿風因小如公主不慎誤觸機關，才中了這最可怕而無解藥的奪命「無形箭」，由於其大小如縫衣針，發射速度又十分緩慢，容易讓人忽略而中計！

出了地宮，小如公主扶著不省人事的阿風，到一家農舍靜養，過了好半天的時分，阿風因為體內早有金、銀雙蛇的藥性，已算百毒不侵，只是方才的劇毒太強太猛又太急，在體內解毒防衛系統還來不及反應及化解時，才在這種劇烈衝擊下暈倒過去，如今悠悠轉醒，卻見小如公主因為照顧他，加上近來勞累過度，寢臥其旁。

阿風有意捉弄她，趁她翻動姿勢之時，認為有機可趁，便忽然大叫：「啊？好痛啊！啊？我快不行了！」

小如公主一聽驚醒過來，一見阿風如此痛苦難當模樣，以為是人之將死前的「迴光返照」，嚇得扶起阿風！此時只聽阿風有氣無力地道：「小如公主，我阿風今生可能與妳無緣，不能當妳的駙馬爺了，我若死了，能不能求妳答應我一件不太合理，又不太容易做的事呢？」

小如公主一見阿風如此慘狀，不覺潸潸淚下，抽泣道：「風哥哥，你說吧，我都答應你！」

「哦？」阿風見小如公主竟然毫不考慮地爽快答應，反倒有些錯愕，可能是認為他就快要死了，才如此快速地答應於他，免得讓阿風死而有憾，阿風有意試探，再確定一次：「妳……妳不妨先聽我說完，考慮看看，再答應我吧！」

「不用了，我什麼都答應妳！」

「好，那……」阿風見小如公主還是十分堅決的樣子，便出了道難題：「那在我不幸撒手西歸時，妳願不願意為我守喪三年呢？」

這果然是個不太容易做到，也不太合理的要求，因為小如公主畢竟與阿風尚未拜堂完婚，還不算夫妻，為其守喪，還多至三年，這不是強人所難嗎？但小如公主的回應，卻大大出乎阿風意料之外，她竟然在說了一句：「哦，原來如此！」以後，還怕阿風因中毒而眼盲腦鈍，便用力猛然搖頭來回應阿風呢！

「啊？那……那兩年好了！」阿風見小如公主如此誇張又堅決地搖頭回應，彷彿要將其決定宣告於全世界一般，大吃一驚，心急了，再問道。

小如公主還是搖頭。

「啊？那……那一年總成了吧！」阿風心想，我雖沒娶妳，也算御賜婚約，是聖上欽定的，不算全數，也算半數，而且自己也是因為救她而亡，她該不會連一年都不想為他守吧！何況這只是開開玩笑，試探她一下下罷了！

但，小如公主還是搖頭。

「半年！」

搖頭。

「一個月！」

搖頭。

阿風大失所望，深覺無味，自討沒趣，正想宣告不玩了，哪知小如公主這才接道：「小如既蒙皇兄賜婚，已算你王家之人，怎會打折為你守喪呢？我願終身不嫁，為你守節一輩子，咱們今生無緣，只有期待來世再續夫妻之緣！」

小如公主說得詞真意摯，聽得阿風感動不已，正要突破僵局，說出這只是自己一時的玩笑話時，突然從未關之門，瞬間有一道黑影閃入，「呼」的一聲風起，竟然將悲痛不止的小如公主，趁其不備之時，手起手落，快捷如電，封住了她的穴道！

「哈哈！真是得來全不費工夫，美人啊美人，還是位可愛的公主呢？今天，我可要吃吃公主大餐了，哈哈！」

「你……你到底是誰，竟然趁人之危，好不要臉，快放開我！」

「哈哈，給妳猜對了，在下名號正是人稱『不要臉』，自號『多情公子』，專長是帶給女孩子們快樂幸福，讓她們在父權制度的淫威下解放出來，回歸最原始、迷人的情慾世界！公主啊公主，今天算妳走運，我們別理妳身邊的這隻病貓，為他守喪，太笑死人了吧，待會兒我就會讓妳嚐一嚐人間最快活逍遙的美妙滋味，似神若仙，哈哈！」

「啊？你就是惡名遠播的採花大盜，『不要臉』！」

「唉！這都是那些不懂得享受人生曼妙滋味的老古董給我取的綽號，什麼叫『不要臉』，那碼子事，人生必經之途，有什麼要不要臉的呢？若真的不要臉，那大家就不要傳宗接代好了，不過話說回來，人生若只為傳宗接代，那男女之間多無趣啊，是不是，我們美麗又可愛、甜蜜又大方的小公主呢？」

多情公子此時睜大他那色瞇瞇的單眼皮，又細又小的雙眼，一雙巨爪正要摸上小如公主那嬌滴滴、柔嫩嫩的臉龐，那種眼神，那隻魔手，簡直噁心極了，最可怕的，還是他那自認為世間女子都無法抗拒的甜言蜜語：「公主小親親，妳那秀麗的面龐，窈窕的身材，鶯聲的細語，叫多情我一見鐘情，倩影分秒難忘，多情我三生有幸，願拜倒妳那迷人的石榴裙下，牡丹花下死，做鬼也風流，多情這就來侍候妳，讓妳逍遙快活了！」

突然，「蹤」的一聲，多情公子右肩好像被一顆山上滾落下來的巨石擊中一般，一隻吊在半空中的魔手立刻垂直落了下來，整個右肩部位好像被撕裂一樣，疼得差點暈了過去！

他趕緊站穩已經飛離數尺的步伐，回頭仔細一看，赫然發現，原本躺在床上，奄奄一息的病貓阿風，如今哪有病容，一副生龍活虎模樣，知已中計，大叫不妙，馬上使出他最拿手的逃命輕功，有道是「採花不成，逃命要緊」，立刻溜之大吉，竄身縱步閃走，卻飄留一句：「自古『多情』空餘恨，倒楣啊！」才負傷消失蹤影。

阿風本欲追去，利用這次機會除此大患，但又一想，若中了對方的調虎離山之計，那小如公主豈不更加危險，於是駐足不追，趕緊為她解穴。

小如公主見阿風再度於最危難之際出手相救，自是感激莫名，本想對他千恩萬謝一番，但又想到先是他故意裝病將亡，又開她玩笑，她才會在重大打擊下精神恍惚，為惡人所乘，心下頓覺有氣，見阿風為其解穴後，「啪」的一聲，火辣辣送來一巴掌。阿風被這突來之舉打中，只覺眼冒金星，真是「當頭星星千萬顆，無一能夠伸手得」，驚訝不已！

「是你不好，亂開人家玩笑，還叫人家……叫人家為你守喪，好好的一個人，裝得要死不活的來誆騙我，害我……害我為你傷心落淚，以為你真的要亡故了，真是可氣，一副油腔滑調模樣，該打！」小如公主又擎起右手，正要再來一巴掌，卻見阿風摀住已經紅腫的臉頰，不住地撫弄，於心不忍，才放下手，嘴一撇，頭一甩，卻拋來一句：「我不理你了！」

「公主，我是見妳如此真情照顧我，本想開開妳的小玩笑，讓大家高興一下，化解近日來的烏煙瘴氣，怎知卻無端惹來這下流胚子，外號『不要臉』的『多情公子』，我知錯了，向妳道歉！」

「哼！你這玩笑也開得太離譜了，我不要聽你解釋，不想再理你了！」

任憑阿風百般解釋，正如建文帝所言，他這妹子，是剛烈貞節的女子，方才那幕險境記憶猶新，怎會如此輕易原諒阿風呢？阿風啊阿風，搞不清楚對象就亂開人家玩笑，現在玩火玩得燒到自己的屁股呢！

「啊！」阿風一急，呼吸竟然逆轉，一口氣上不來，立刻痛苦地滾倒地上，雙手掐住脖子，臉色漲紅，一副痛苦模樣！小如公主看到，又攫起玲瓏小嘴，「哼」的一聲，不客氣地說道：「你玩把戲也要換一套，怎老是舊戲重演，少來了，我還是不會理你的！」

但阿風這次好像是真的，充耳不聞，還是一副十分痛苦模樣，在地上不住打滾，小如公主見苗頭不對，立刻扶起，右手使勁，一股力道當背「靈台穴」用力擊下，阿風「啊」的一聲，吐出一口黑血，小如公主這才發現，原來阿風這次果真沒騙她，那暈倒之事也是真的，只有「為其守喪多久」這句才是半試探，半玩笑的話，於是決定原諒他，但又補上一句：「我這人素來快人快語，以後不准再亂開那種無聊的玩笑，我才會原諒你！」

「是，公主大人！」

「嘻！又來了，油腔滑調！」口中雖然這麼說，心下卻是一甜。

小如公主扶阿風坐下，依偎在阿風的身旁，阿風不好意思地解釋道：「其實我自從吃了金、銀兩尾藥蛇之王以後，不僅內力大增，也練成百毒不侵之體，不過方才的『無形箭』之毒，實在太急太猛太強了，我又一時不察，才不小心讓毒氣攻心，因此才會暈了過去，不過體內防毒系統自動掃毒以後，很快就恢復了原狀，才有時間趁機開公主一個小小的玩笑，阿風在此再度向公主殿下致歉！」

「現在我不怪你了，其實推究起來，這本是我有錯在先，才害你吃足了苦頭！」小如公主滿臉愧疚地道完，阿風才續道：「不過由於起先不慎的傷害，鬱結胸口，才又在一急之下，反而順勢逼出黑血，這倒要謝謝公主這神來一掌了！」

「風哥哥，你又取笑人家了！」小如公主說著說著，突然滿臉羞澀，竟將一頭烏絲秀髮埋入阿風的結實胸膛內，輕啟櫻唇，又嬌又柔地道：「風哥哥，你好點了嗎？」

「謝謝公主的關愛，我好多了！」阿風輕抱小如公主香肩，輕撫其亮麗光潔的秀髮，心下卻著急起來：「看來公主也對我存有情意，而我已有怡怡、靈兒，這下又多出了位美嬌娘，這……這我怎有福消受得了呢！」

「風哥哥，你現在怎麼還那麼見外，公主長，公主短的，好像我們是初次見面似的，這裏只有你我二人，我已經叫你風哥哥，你就叫我小如妹妹好了！」小如公主說完，突然抬頭看天，靈動的雙眸，綻放出迷濛的色彩，口中唸唸有詞：「在天願作比翼鳥，在地願為連理枝，只羨鴛鴦不羨仙，這些以前我都不懂，現在……現在才明白了呢！」

「哦！是，小如妹妹，我……」阿風聽不懂小如公主的話語，但覺語中情話綿綿，情意深長，彷若鑽石般堅貞永恆，內心不覺「砰砰」然，正不知如何開口措詞時，突然聽到屋外有腳步聲迅速逼近，瞬間轉至，阿風及小如公主同時察覺，因為雙雙依偎在一起，也同時猛然驚起！

「阿風，是我！」

「噢！是爺爺，爺爺，真的是您！」

阿風一見匆匆來者，竟是自己最掛意的爺爺，欣喜莫名，只聽王爺爺見到他們小倆口的親熱狀，故意側身過去，以手半摀眼，開個小玩笑道：「不好意思，老夫驚擾你小倆口子了！」兩人一聽，瞬間都臉色漲紅，又發覺兩人站起身後，仍然依偎在一起，才趕緊分離開來，樂得王爺爺撫掌大笑道：「哈哈！爺爺只是開個小玩笑，請你們千萬別介意呢！」

「不會的，（王）爺爺！」兩人嘴上雖如此說，臉上還是一片嫣紅似火。

「對了，我是來談正事的！」王爺爺這才正色道，「我們一行人進入這充滿謎樣的太祖第二陵寢，看來只有我們三人幸運生還，其餘的人至今未出，恐怕都凶多吉少了，唉！」

爺爺嘆了一口氣，才又接道：「由於其中的秘徑，簡直多如蛛網，又危機暗關重重，我在與你倆走離散之後，卻意外地進入一個小房間，仔細一看，竟然是這太祖第二陵寢的核心，雖然沒有看到太祖的遺體，卻發現一個上寫『救命寶盒』，旁書『唯直系子孫親啟之，旁人輕啟者，九死無生！』的字樣，這果然是太祖預留給後代太子或太孫等皇位繼承人，我推斷他必也在其所有陵寢內，都留有這一『救命寶盒』，以讓日後有危難的子孫化險為夷。如今承蒙天意，正巧被老夫撞見，就順便帶了出來，公主，請妳過目。」

王爺爺從背後包袱中，拿出來一只小盒子，這盒子雖小，卻製作精美，雕工細膩，有皇家高貴妍麗的氣度，應是太祖所留無疑，上面果有「救命寶盒」四個大字，旁書「唯直系子孫親啟之，旁人輕啟者，九死無生！」的可怕警惕字樣，意即非太祖朱元璋御定的太子、太孫、太太孫……等人，是不能輕易開啟的，即使貴為太祖四皇子的燕王，即現在的四王爺，也不能輕易啟之，否則亦會惹來殺身之禍，由此看來，可能是太祖朱元璋早算計子孫未來有難，才於其各大陵寢中皆置一盒吧！

「請公主親手將它交給皇上，或許他日用得著也說不定！」

「好，謝謝王爺爺，小如就收下了！」

「對了，事態緊急，咱們也浪費了數日光陰，如今燕王可能已經出兵，咱們快回去應天府，通報危訊吧！」

於是三人火速買到馬匹，便騎馬往應天府奔了回來！不過他們快，燕王的動作更快，在紙包不住火之下，竟然出人意料地，其訓練最精良的先鋒部隊，已經兵臨應天府下，後援部隊也正在路上，大軍攻向應天府，藉口「清君側」，實為奪權搶位。

由於阿風等人騎的並非良駒，一路上因為燕王號令沿途郡縣，降者生，抗者死，因此勢如破竹，很快地直下數府，朝應天府而來，而沿路投降郡縣，也設有重重關卡，檢驗往來行商旅客，所以他三人心急如焚，卻進程緩慢，要不小心暴露了真實身分，遭軍隊圍堵追殺，那可能永遠到不了應天府了。

等他三人好不容易到了應天府外，卻發現城門大開，阿風趁亂迅速捉來燕王一名士兵盤問，才說出，原來宮內太監密串燕王，已經大開城門，迎接燕王大軍的到來，而其先鋒部隊也已殺入城中，應天府等於不戰而降！

三人一聽大驚，火速衝入宮中，小如公主立刻找小路密徑進入皇宮內院，卻見建文帝手足失措，臨危而亂了方寸，身邊的謀臣也大都遇難，因此內心驚恐不已，只剩靈兒等少數人員在一旁護駕，正要保護他沿密徑殺出皇宮，正好碰上阿風等人。眾人頓時一條心，立刻殺得先鋒部隊節節敗退，但大批援軍隨時可能來犯，建文帝面色如土，黯然坐在空蕩蕩的金鑾殿龍椅之上，這即將不保的天下第一位！

「皇兄，王爺爺之前在北京的太祖第二陵寢，發現了這個『救命寶盒』，如今事態嚴重，暫時難以挽回，咱們不如先撤離這險境要緊，俗語說『留得青山在，不怕沒柴燒』！」

小如公主取出王爺爺交付的「救命寶盒」，建文帝雙手發抖，慎重其事地接了過來，按父皇交待的密語開了機關，映入眼簾的，竟是他難以置信的三件物品：僧衣一件、僧鞋一雙以及拖缽一個！

「唉！」建文帝長嘆一聲，跌坐在金龍椅上，良久，良久，才輕紓一口氣，緩緩道來：「原來太祖皇帝早算計出朕終有一天會步上這條道路。罷了，反正事情到了這般田地，朕也認了，真命天子，哈哈！隨風而去吧！」

大伙兒都吃了一驚，怎建文帝一見此盒中之寶物，竟然一反常態，反倒狂笑了起來，才圍過來一看，也都嚇愣住了，久久無法言語！

「朕已決定剃度出家，王爺爺，您老德高望重，請您為朕操刀吧！」

「皇上，我們還沒到絕境，我們不妨先撤出險境，再趁機發動全國勤王之師，以奪回王位，您何苦如此？」眾人勸慰建文帝。

「罷了，太祖皇帝雖生性多疑，卻也高瞻遠矚，朕的未來，及心中所想，完全讓他老人家給猜著了。若非朕生在帝王家，朕可能早就出家當和尚了，鑽研無上佛法，常伴佛祖青燈，這是何等的舒適快意！總比當皇帝這籠中鳥好多了，這也圓了朕多年來失落的夢想，朕心意已決，王爺爺，快來不及了，請您老動手吧！」

眾人見無法可想，也見皇上心意堅決，便不再勸，王爺爺立刻操刀，為皇上剃渡出家。

「如今天下烽火再起，我等不如暫時撤回嶺南之地，那裏天高地遠，又有大理國在彼，是個可以活命待機的地方。」王爺爺建言道。

「好，那咱們就聽王爺爺的建議，前往嶺南地區吧！」

眾人一說定，便改裝，撤離了應天府。

一路行來，卻見阿風悶悶不樂，靈兒眼尖，瞧出端倪，問道：「阿風大哥，你好像有心事喔！」眾人一聽一向樂觀快活的阿風，不是已經找到了爺爺，怎會有心事呢？回想起來，果然發覺他一路埋頭前行，並不說任何話語。

「阿風賢卿，有心事就告訴大家，或許我等能幫你解決呢？」建文帝首開尊口問道。

「我……」只見阿風果然愁容滿面，緩緩道來，「臣尚有一事未決，內心萬分痛楚！」

「哦？那趕緊說出來聽聽，或許大伙兒可以為你出出主意呢？」

「謝皇上聖明！」阿風感激地道。

「是怡怡姑娘，對不對？」靈兒果然善解人意，淡淡的一語，便道出阿風內心憂傷所在。

「沒錯！」阿風才解釋道，「怡怡原為我未婚妻，趙伯伯臨死時又託付於我，要我好好照顧她，我也親口答應了。而怡怡妹子卻為了報父仇，竟將靈魂賣給了復仇神尼，出了家，如今報完仇，只能甘心受其趨使一輩子！一想到她一身雪白的女尼裝扮，又受人無情地擺佈，內心萬分痛苦，我們若去了嶺南，也不知何時才能歸返，怡怡一人隻身在外，舉目無親，孤苦伶仃地悲傷活著，我……我於心不忍啊！」

「嗯，賢卿所言甚是，怡怡姑娘也救過朕，也算朕的救命恩人，好，朕准卿所奏，朕與小如公主及王爺爺先走，你就同孟岳賢卿，一同前去救怡怡姑娘於水火之中吧！」

「謝主隆恩！」阿風向建文帝磕頭謝恩。

「臣領旨！」靈兒也樂於陪阿風同行，因為她心中早接納了怡怡這位溫柔嫻淑的姊妹，也為她的遭遇感同身受，於是兩人合作，一同前往「復仇山」的「復仇奄」，找「復仇神尼」商量，求她心懷慈悲，高抬貴手，放回怡怡吧！

大伙兒相約嶺南之地，阿風及爺爺舊居之所會合，阿風才偕同靈兒，一同為救出怡怡而努力。

兩人翻山越嶺，過了數日，終於到了「復仇山」。

上山一看，只見一座齊整素淨的庵堂立在山上，只有少許信眾前往參香禮佛，而其內所住的，清一色都是白衣女尼，雖表面上是清淨出家眾，卻由一位三十出頭的女尼主持，即江湖上人稱的「復仇神尼」，專門為他人復仇雪恥，但相對的，要求幫助的亦須付出相當的代價才行。

兩人一到，說明來意，接待女尼趕緊回報神尼。復仇神尼聽說有人要來接回其弟子，不禁哈哈大笑起來：「哈哈！誰這等大膽，敢向我復仇神尼要人，簡直活得不耐煩了！」於是拂塵輕輕一甩，步出內院，朝會客廳前進。

阿風一見復仇神尼出現，立刻跪求神尼放過怡怡，並將怡怡身世大致說了一遍，哪知她竟充耳未聞似的，兩隻水汪汪大眼，竟朝靈兒，即假男兒身的孟岳直瞧，倒瞧得靈兒有些不好意思，但靈兒也見到她竟然對阿風大哥的話充耳未聞，心中頓時有氣，計上心頭，故意要整整這位神尼，也朝她嫣然淺笑，還眨了眨眼，這倒出乎神尼意料之外，一時好像全身被電電到、被雷打到一樣，酥麻中卻帶有無限甜蜜！

「哦！好了好了，施主所說的怡怡姑娘到底是誰？咱們先確定身分再說吧！」

「謝謝神尼成全！」

「呃！貧尼可沒說要放人，咱們先確定人真的在我這裏，至於其他的嘛，再慢慢談不遲啊！」

於是，復仇神尼下令將所有女弟子召來大廳，只見約有二十幾位白素衣裝的女尼應命前來，阿風一看，怡怡妹妹果然就在裏面，禁不住高興地大叫：「怡怡！」

怡怡雖然外表一身素淨，內心卻澎湃異常，一直無法忘懷她的阿風大哥，心想這輩子，只能將這份柔情蜜意，永遠潛藏內心深處了，胡思亂想之際，突然聽到阿風大哥的聲音，不敢置信，抬頭一看，果然是自己朝思暮想的風哥哥，也禁不住大叫一聲：「風哥哥！」淚水終於奪眶而出。兩人正同時要飛身上前，相擁而泣時，哪知復仇神尼速度驚人，竟瞬間躍入兩人中間，大笑一聲：「哈！好感人的場面喔！可惜她現在已經不叫怡怡，而叫仇心，是貧尼的女弟子，想要回她，恐怕沒那麼容易吧！」

「哦？那請問神尼，要如何做，才能要回我的怡怡妹妹呢？」

「嗯？」復仇神尼兩隻大眼，仍然目不轉睛地斜斜瞟向年少英俊，又風度翩翩的美少男孟岳，略加思索後，才露出一絲笑意回道：「只要比武勝過貧尼，貧尼自會放人！」

「好，那我阿風就來會會神尼的絕世武功，亮招吧！」阿風立刻擺開陣勢，一口答應。

「喔！施主可別答應的太快，貧尼是有條件的！」

「什麼？條件！好，神尼請說！」

「很簡單，打贏貧尼，放人；打輸貧尼，就……就留下來侍候我！」

「啊？這……好，我答應！」阿風一驚，怎尼姑要留男人下來，做什麼呢？但為救回怡怡妹妹，不管如何，只好盡全力拚了！

「喔？不，不，不是你，要跟貧尼比武的人……是他！」復仇神尼邊說，邊用纖蔥玉指指向靈兒，就是阿風的賢弟孟岳！

「啊？這……」阿風大驚，怎不找我比試，卻找上賢弟呢？

「好，我答應妳！」靈兒略加思索，爽快地答應了復仇神尼的請求。

「嘿嘿！這可是你自己說的喔！」復仇神尼半闔起雪亮的烏黑大眼，喜孜孜地道。

「賢弟，這萬萬不可啊！你怎能為了救出大哥的未婚妻，犧牲自己未來的幸福呢？」

「大哥，賢弟自有主張。」靈兒小聲地附耳向阿風細稟，才又道：「不過比武時間由我方決定，就定在明日正午好嗎？」

「行，行，行，一切依你，我的小帥哥，哈！哈！哈！來人，送兩位客人回房安歇，準備明日午時正式比武！」

「是！兩位貴客，請！」女弟子回道。

就這樣，另類比武招親之事拍板定案。

阿風及靈兒回到臥房以後，阿風急問道：「賢弟，這事非同小可，神尼武功高不可測，你有把握打贏她，救出怡怡妹子嗎？」

此時竟見靈兒搖了搖頭，阿風不敢置信，大叫：「這……這可怎麼辦呢？」

「大哥別急，小弟自有辦法，我不僅要救出怡怡姑娘，也要趁機瓦解這不人道的恐怖組織，所以明日比試，我會裝輸，並且好好地侍候這『花心大神尼』，大哥，你相信我，不過，你可要配合我才行！」

「喔，原來賢弟早有計畫，好，大哥一定全力支持！」

「那好，那我可要先對不住大哥，早你一步成親了，哈哈！」

「啊？早我一步成親，這……這是什麼意思呢？」

靈兒當然沒有再做解釋，阿風見他信心滿滿，也不便再追問，就等明日事情發展了。

翌日午時一到，復仇神尼大戰孟岳，兩人一上比武台交手比試，神尼果然一改常態，不僅沒有下重手，不施暗器，反倒處處趁機挑逗小帥哥孟岳。只見神尼一身雪白，彷彿一襲風中舞動的輕柔白紗，隨風飄逸生姿，美不可言，也彷彿一隻花中採蜜的妙齡白蝶，翩躚曼妙飛舞，美不勝收；而孟岳卻故意吊她胃口，一會兒擺酷，一會兒耍帥，一會兒裝憨，一會兒賣傻，總是裝得一付欲拒還迎的姿態，讓這花心大神尼摸不著、猜不透，對方是有意，還是無心呢？搔得她內心癢癢的，兩人比劃老半天，竟然不分勝負！

「咱們就請停手吧！」孟岳首開其口，復仇神尼當然應聲住手，只聽孟岳道：「神尼昨日有言再先，我若勝了，放怡怡回來，我若敗了，留下來侍候妳，對不對？」

「對，一點兒沒錯，我的小帥哥！」復仇神尼竟然在比武台上不顧台下眾人眼光，朝孟岳又是一陣秋波。

「好，那我們現在打成平分秋色，我也發覺與姊姊妳……極有緣份，這大概是前生註定的吧，不如我們談個條件好了！」

復仇神尼一聽小帥哥孟岳竟然直接暱稱她為「姊姊」，還說與她極有緣份，前生註定有緣，心下大喜，焉有不答應之理呢？「好，好，你說吧！」

「咱們不如這樣，勝負未分，各讓一步，姊姊放怡怡姑娘回去，而我……我自願留下來侍候姊姊您呢？」

「啊！」復仇神尼彷彿不敢相信自己的耳朵，以為自己一定在作夢，小帥哥孟岳，這位自己一見鐘情，心儀不已的小情人，竟然想用自己來交換怡怡姑娘自由，像怡怡姑娘這種女弟子，她要多少，就有多少，一點兒不稀罕！而像孟岳這種潘安級的天生小帥哥，普天之下難尋一二，如今兩人有幸相逢，竟又自願留下來陪她，這哪有問題呢？於是滿口答應，立刻放了怡怡，而孟岳，便留了下來！

這「復仇奄」，竟然一下子熱鬧起來，尼姑嫁人，倒是天下奇聞，不過這當然是不對外公開的秘密，只在內部舉行。「復仇奄」的後院，也模仿一般尋常人家的洞房設施，張小燈，結小綵，一切外觀以不醒目為原則，但一進到內屋，那可就眼睛為之一亮，充滿大喜之氣！

「小岳岳，我……我可以這樣叫你嗎？」復仇神尼滿臉羞紅，坐在大囍床緣，紅帳下，燭影裏，映出一對璧人身影。復仇神尼低垂著頭，對孟岳，即靈兒深情款款，猛送秋波。

「那我……我可以叫妳尼尼姊嗎？」靈兒有些雞皮疙瘩，但一想到待會兒即將發生的趣事時，不禁內心暗自竊喜，「『小岳岳』！『尼尼姊』！噁心死了，待會兒就教妳好看！」靈兒心下盤算著。

「小岳岳，我聽人家說『春宵一刻值千金』，咱們先喝完了這杯『交杯酒』，再……再互訴衷曲吧！」

「對，尼尼姊，咱們乾了這杯吧。唉！想不到我孟岳也有這一日，美酒佳人，人生夫復何求呢？」

於是，兩情依依，互訴綿綿情話，等喝完「交杯酒」，說完甜言蜜語，帳幕，輕垂的薄紗帳幕，慢慢地低放下來。在微風的吹拂中，彷若層層綺麗的浪花，隨風搖曳生姿，而風中微動之燭，也晃動著虛幻的光芒，朦朦朧朧之中，更增添不少浪漫而神秘的色彩，外面的夜間蟲鳴，也適時奏出了輕醉迷人的自然交響樂，就在即將比翼雙飛，巫山雲雨的唯美時光，突然床上一陣劇烈晃動，浪漫的薄紗錦帳，被粗魯而破壞情調地「刷」的一聲撕裂開來，復仇神尼揪起半褪的衣裳，顧不得重新整裝，衝出了這允滿大喜之氣的床舖，大叫一聲：「阿彌陀佛，我佛慈悲，男人怎麼跟我想的不一樣呢，弟子罪過啊！」說完，飛奔而去，再也不敢回頭了！

此時只見孟岳，即靈兒半躺在床上，邊輕挪香軀，移到床緣，邊扣上上衣的鈕釦，臉上露出了詭異的笑容，並說了一句耐人尋味的話語：「哼！大驚小怪，沒見過半陰半陽的人嗎？」

翌日清晨，阿風與已經脫離魔掌，回歸自由本色的怡怡，如約前來會見孟岳，即靈兒。他們並不知道發生了什麼事，更不知道靈兒葫蘆裏賣什麼膏藥，只是擔心她的安危才匆匆趕來，哪知進屋一看，靈兒已經將全奄上下所有被控制的女尼解散，並交給她們一些安家費用，順利瓦解這外表清純，卻內藏奸邪的尼姑庵。

怡怡一見靈兒，內心一陣歡喜，彷彿遇見久別重逢的戀人一般，竟比阿風速度還快，飛奔過去，拉住靈兒的雙手，又是滿臉興奮，又是耳邊細語，倒看得阿風有些吃味，心想這孟岳賢弟，不僅人長得英俊帥氣，對女孩子更有一套，簡直迷死她們了，自己的未婚妻與其他男子耳鬢撕磨的親熱模樣，不要說阿風，天下哪有任何男子受得了？

怡怡感激一陣後，回頭望見阿風大哥，似乎對自己方才與孟岳兄的親暱行為有些吃醋，索性故意要開他的玩笑，竟然明目張膽地挽著孟岳的手，大方地來到阿風身旁，親暱的熱度依然不減，怡怡故意嬌聲地將臉面對孟岳，聲音卻對著阿風說：「風哥哥，孟兄真的好棒啊，我也好喜歡他，希望你不要介意！」

靈兒一愣，立刻會意，也故意回道：「區區舉手之勞，怡妹何足掛齒，這也是小生的榮幸呢？」說著說著，竟將怡怡的玉手提到自己的臉頰旁，輕輕地撫弄著！

「風哥哥，有件事，我不知道應不應該告訴你？」怡怡故意如此說道。

「喔？怡怡妹妹，我們又不是外人，有話請講！」阿風心神有些不寧，順口回道。

「事情是這樣子的，這次承蒙孟兄相救，恩情山高水深，我與他又……又一見如故，兩情相悅，我們……我們的喜事也近了！」

「啊！怡怡妹妹，妳……」阿風有股不祥的預兆，瞧怡怡這模樣，分明是愛上了自己的賢弟孟岳，這倒令阿風真的在一時之間說不出話來。

「大哥！」靈兒適時又加入怡怡陣線，一起圍剿阿風：「我先前不是要你答應我一件事，這話還算數嗎？」

「算數，當然算數了！」阿風好像一隻鬥敗了的公雞，垂頭喪氣地回道：「大哥一向一言九鼎，只要不違背俠義行徑，一切我都會答應賢弟！」

「好，那咱們一言為定，現在我終於想到了，你看我與怡怡姑娘，兩人情投意合，你……你願不願意成全我們，讓我倆雙宿雙飛，白頭偕老呢？」

「啊？」阿風終於明白過來，原來以前說過對女孩子沒興趣，不想救小如公主當駙馬爺的孟岳賢弟，早就愛上自己的未婚妻怡怡妹妹。唉！罷了，君子有成人之美，事已至此，唯有自己的退讓，才能帶給他們兩人真正的幸福！

「好吧！」阿風失望中，卻堅定地回道，「怡怡妹妹既然未與我正式拜堂成親，自然不能算是我王某的妻室，她有權利選擇自己的未來伴侶，我……我成全你們！」

阿風說完，頓覺天地為之變色，晨曦不熱的陽光，頓成烈火般灼人肌膚，清爽的晨間微風，吹來時，也似割人刀劍。啊！阿風悵然若失，不想在這傷心地多留連半刻，邁步往前便走。

「大哥，請留步，你……你就不能誠意回頭，簡簡單單地，衷心祝福我們兩人一句嗎？」怡怡再度出了個難題，尋問阿風，但字字卻如利刃般，深深地直刺入阿風的內心深處。

「我……」阿風一咬牙，眼眶泛紅，猛然回頭，本想說一句：「我就深深地祝福你們兩人白頭偕老了！」就快步離開，哪知才一轉身，話還來不及出口，卻被眼前的景象嚇呆住，因為他見到怡怡妹妹身旁，怎突然間像變魔術一樣，多出了位長髮飄逸，長得國色天香的美嬌娘，而這位美若天仙的可人兒，不正是昔日最常與他鬥嘴，稱他為「小呆狗」，自己喚她是「小巫婆」的靈兒嗎？

「咦？」阿風臉色大變，心下立刻一陣納悶，他知道孟岳賢弟是靈兒的表哥，所以兩人長相神似，無足為奇，如今眼前這位長髮美人，跟孟岳賢弟唯一的差別，就是頭上那襲亮麗飄逸，閃閃動人的烏黑秀髮。

「啊！」阿風終於弄懂，原來這些時日與自己朝夕相處，同桌而食，同榻而眠，卻始終堅持著衣而睡習慣的孟岳賢弟，本就是女兒身的靈兒，而是他自己呆頭，竟然呆到完全沒有發覺異樣，孟岳賢弟其實就是靈兒妹妹，靈兒妹妹就是孟岳賢弟，一直被耍得團團轉，那……那怡怡妹妹剛才說要與孟岳賢弟，即女兒身的靈兒妹妹雙宿雙飛，白頭偕老，靈兒也算自己的未來妻室，那不間接答應要嫁給他了嗎？一樣解，百樣通，怪不得孟岳賢弟如此痛快答應復仇神尼的親事，原來早有預謀！

「賢弟……哦，不對，我該改口叫妳靈兒，靈兒，妳騙得我好苦呢！」阿風口裏雖然喊苦，心裏卻高興異常地奔了過去，哪知這兩大美人連袂都不理他。

靈兒故意說：「怡怡妹子，我的小心肝，小寶貝，咱們走，不要理旁邊這隻呆頭鵝！」

「是的，我的親哥哥！」怡怡妹妹向阿風扮了個鬼臉，就挽著靈兒的手，兩人竟視阿風於無睹，自走自的！

「啊？怎樣會這樣子呢！」阿風呆立一旁，叫起屈來！

「騙你的啦，呆頭鵝！」靈兒及怡怡回頭同聲大笑，一時三人和樂融融。

三人誤會冰消瓦解，一條心，立刻趕回嶺南之地，準備偈見有明一代，甚至堪比三國時代諸葛武侯的傳奇人物——劉伯溫。

阿風，怡怡及靈兒，三人翻山越嶺，回到了阿風舊住處，這嶺南之地，已見到正在等他們到來的建文帝、小如公主等人，卻不見爺爺的蹤影，一問之下，才知道原來爺爺剛出發，說要前去拜見前國師劉伯溫，阿風也想向許多未曾謀面的劉爺爺請安，順便請教一些事情，於是追了出去。來到附近一座林子，突見爺爺模糊的身影就在眼前，於是大喊「爺爺」，但爺爺恍若未聞，繼續前行，腳步並無緩下之意，阿風心中頓然浮現一股不祥之感，爺爺會不會又像前幾次一樣，祖孫相見再生波折，立刻隨後愈追愈急，而爺爺似乎也愈走愈快，阿風使出全力，卻總離爺爺數十尺之遠，阿風大驚失色，深怕又從此失去這世上唯一的親人，立刻使出全身力氣，拚命大喊：

「爺爺——！」

# 後記

「爺爺，爺爺，爺爺您別走啊，不要再離開阿風！」阿風死命地大叫。

「傻孩子，你醒醒啊，爺爺在這裏啊！」爺爺慈藹地搖醒阿風，說道：「我說阿風啊，你怎麼午睡睡這麼久，太陽都快下山了，要不是爺爺事情早點做完，回來得早，我看你大概要睡到晚上月亮出來曬屁股了！」

「啊！爺爺，你沒走？唔，我是說，爺爺您回來了。」阿風甩了甩頭，似乎想藉此清醒一下，同時自言自語地說：「咦？奇怪，我怎樣在早上有點睏，才睡了一下下，好像作了一個奇怪的長夢，情節現在還歷歷在目，怎麼現在已經是傍晚了，真奇怪！」

「阿風啊，爺爺剛才要收工時，聽到隔壁張老頭說，京城裏發生大事了，好像當今少年皇帝離奇失蹤，北京燕王策馬揮軍，已經入主應天府，掌握天下了，並拿出傳說中，只要得到它，就是天意指派的真命皇帝──『天命真授玉璽』，號稱自己才是真正的真命天子！啊，天命啊天命，什麼叫天命啊！」

爺爺語帶感慨地說出這個天大的消息，阿風嚇出一身冷汗，怎麼跟自己夢中的情節一模一樣？

「對了，阿風，這劉爺爺你是問的怎麼樣呢？快跟爺爺講一講。」

阿風這才想起劉爺爺交待的事情，便從胸前衣內摸出一封信函交給爺爺說：「這是劉爺爺叫我親手交給您的，他還借我這個叫『遊仙枕』的奇特枕頭，說說不定利用它能創造出我自己的命運呢！」

阿風將早上去劉爺爺那兒的事略述一遍，爺爺邊聽邊接過信紙，展開一看，上面所言的意思，是叫他即刻與阿風前往桃花源，說不定有意想不到的驚喜！

「走吧，阿風，劉爺爺叫我們收拾好細軟，趕快前去找他！這劉爺爺總是神機妙算，不曉得今天又有什麼花招要出呢？」

於是祖孫二人收拾好簡單行囊，立刻趕去桃花源，會見這位百年難得一見，能出奇招怪數的劉爺爺。

到了桃花源小屋，只見劉爺爺已經坐在客廳等候多時，看見他祖孫倆前來，馬上站起身來，上前熱情迎接，笑嘻嘻道：「怎麼這麼晚才來，我已經恭候大駕多時，不過先別聊其他事，我先給你們介紹個人認識認識，你可以出來了！」

此時循聲放眼望去，只見一名身著袈裟的少年和尚，從屏風後面走了出來，長得相貌堂堂，氣宇軒昂，從容不迫的態度，成熟穩重的神情，倒不似相同年紀少年般輕狂，尤其與年紀稍小的阿風相比，更是形同天壤之別。

阿風的爺爺一見，大吃一驚，內心震撼不已，久久無法平復，因為這年輕人的尊貴相貌，怎麼長得有點像明太祖朱元璋呢？只是文采不凡，沒有太祖武將般霸氣。

而最驚訝的是阿風，這個人怎麼跟夢中所見一樣，不正是自己解救出宮的少年皇帝——「建文帝」嗎？

阿風一見不得了，立即下跪叩拜道：「草民不知聖上駕臨，無法遠迎，如有怠慢，懇請聖上見諒，吾皇萬歲萬歲萬萬歲！」

王爺爺見孫子阿風居然雙膝跪下，朝來者少年行君臣跪拜大禮，雖一時不解，也正要下跪晉見，只見建文帝一把扶起兩人，笑道：「我朱允炆現在只是一介平民百姓，怎敢再以聖上身分自居，二位千萬別多禮，尤其阿風你還是我兄妹的救命恩人，無奈我如今皇位已失，也害你當不成駙馬爺了，哈！哈！」言下之意，並無半點怨恚之氣。

「特別是您老人家，王爺爺！」建文帝轉向阿風的爺爺，竟然眼眶微濕地道，「是我爺爺太祖皇帝對不起各位，害得大伙兒家破人亡，屈居異鄉，在此，身為長孫的我，代我祖父，親自向你們致歉！」說著說著，竟要向王爺爺下跪懺悔！

「聖上千萬別這樣，老臣王得標擔待不起啊！」王爺爺趕緊上前一把扶起，也老淚縱橫地道：「聖上如此，只會折煞老臣，何況當時聖上還未出世，也不能怪罪於你，要是當年太祖皇帝能用現在你一半的仁慈之心，來對待身邊的大臣，也不會弄成今日這般田地，忠臣流離，骨肉相殘啊！」

「我說大伙兒啊！」劉爺爺打破僵局說道，「既然事以至此，也屬天命難違，大伙兒不要盡談這些傷心事，談談快樂的事吧！我說老王啊，難道你忘了為何來這裏找我嗎？」

「哦，對了，真的是人老了，記性也差了，哈！哈！」王爺爺轉悲為喜，捋鬍哈哈大笑道：「我這風兒怕我老人家擔心，經常說要多討幾房媳婦來侍奉我，我老人家不敢奢望人家侍候，只希望在有生之年，能看見這孩子有個歸宿，為王家傳下血脈，這方面可得懇請國師多多幫忙了。」

「哪兒的話，不過若言軍國大事，天文地理，我可能幫得上忙，但這婚姻大事，歸天上月老管，不屬於我的管轄區，說實在的，我只能幫上小忙，一切得看阿風自己的造化了！」

劉爺爺頓了一下，突然又笑嘻嘻地說：「還好阿風這孩子爭氣，這媒人錢我可賺定了，哈哈，三位大姑娘，還不快請出來，醜媳婦早晚也得見公婆啊，何況妳們個個都是大美人呢！哈！哈！」

阿風及爺爺愈聽愈奇怪，等靈兒、怡怡及小如三人輕移蓮步，含羞帶怯地緩緩走出來參見各位。王爺爺簡直看傻了眼，心想前面這三位國色天香的超級大美女，只要有一位能當上自個兒的媳婦，也就是前輩子燒了好香，拜了好佛，心滿意足了。

「我說老王啊，不是一位，是三位，這三位統統都是你王家未來的媳婦，妳們還不改口叫公公呢！哈！哈！哈！」

「公公，媳婦們這廂有禮了。」

「啊，這……我……哦，不……各位免禮。我說國師啊，你別開我玩笑，這是怎麼一回事？老夫都給你弄糊塗了！」

「哈！哈！待會兒路上再慢慢告訴你。靈兒，我們可要煩勞妳帶路了，這地方已經曝光，不安全了，咱們還是快些趕夜路，敢緊走人要緊。」

前國師劉伯溫立刻在屋外簡設一壇，口中唸唸有詞，大喝一聲：「收！」瞬間收回五行八卦陣及三十六天罡、七十二地煞的「桃花迷霧陣」。只見一陣大霧過後，桃花樹竟然全變了樣，這哪是什麼桃花林，放眼望去，只是一般的普通樹林而已，難怪沈公公找到了假的「真桃花林」，中了前國師劉伯溫早就安排好的計謀。

一行人離開了嶺南之地，朝大理國而來。

建文帝朱允炆在中土及大理國境上，一座毗連的大山山頂，回眸遠眺中土萬里江山，心中充滿無限感慨，卻不知是喜，還是悲。

「我說允炆啊！」前國師劉伯溫開口問道，「你現在有兩條路可走，一是回中土，老夫一定幫你搶回王位，讓你繼續統領萬民，當一國之尊；二是去大理，隱姓埋名，淡出江湖，永伴佛祖身旁。只要你開金口，我相信眾人都會幫你的，是不是？」

「對，我們都願意盡全力幫助你。」眾人齊道。

「啊，罷了，南朝齊宣帝不是說過，『願世世不為帝王家』，帝位雖然高高在上，卻也是爭權鬥力來的，踩著別人的屍骨當階梯，即使爬到最頂峰，又有何樂趣可言？我已經厭倦那種生活了，我對佛學早有濃厚興趣，願一輩子常伴佛祖青燈，但願來世莫再為人。」

於是，一行人終於消失於中土，再無人知其下落。

不久，燕王朱棣即帝位，傾所有情報探子，甚至還派大太監鄭和下西洋，明說是要尋找惠帝（即建文帝朱允炆）下落，其實只是幌子。試想建文帝一向優柔寡斷，燕王早不將他放在眼裏，找到他能幹嘛呢？那燕王真正的顧忌在哪裏？他真正要找的人是誰？其實說穿了，就是前國師，這位曾經輔佐平民朱元璋稱帝，現在已經是百歲人瑞的「劉伯溫」。

燕王即使登上海內最高地位，但由於天下是他篡位得來的，成天擔心帝位又被奪回，才會積極找尋惠帝及劉伯溫的下落，後來聽說有人看見他們一起出現在嶺南之地，更是食不下嚥，夜夜難眠，要是劉伯溫輔佐惠帝，想奪回帝位，簡直是易如反掌，只是老是找不到直接證據。

燕王在位多年，到死前彌留之際，還在探聽建文帝及劉伯溫的下落，並且抱著天天睡覺不離手的「天命真授玉璽」，深怕失去它，等同失去江山，就在驚疑難歇的生命最後一刻，依然雙眼瞪大如銅鈴般，直視「天命真授玉璽」而未闔眼，才嚥下人生的最後一口氣，解脫這天大的束縛！

所以說帝位啊帝位，這人人爭得你死我活的寶座，究竟是天命？還是包袱？還是像「遊仙枕」的夢境一般難以捉摸呢？

少年文學06　PG0909

# 夢中奇俠

**作者**／唐子文
**責任編輯**／林泰宏
**圖文排版**／彭君如
**封面設計**／王嵩賀
**出版策劃**／秀威少年
**製作發行**／秀威資訊科技股份有限公司
114 台北市內湖區瑞光路76巷65號1樓
電話：+886-2-2796-3638
傳真：+886-2-2796-1377
服務信箱：service@showwe.com.tw
http://www.showwe.com.tw

**郵政劃撥**／19563868
戶名：秀威資訊科技股份有限公司
**展售門市**／國家書店【松江門市】
104 台北市中山區松江路209號1樓
電話：+886-2-2518-0207
傳真：+886-2-2518-0778

**網路訂購**／秀威網路書店：http://www.bodbooks.com.tw
國家網路書店：http://www.govbooks.com.tw
**法律顧問**／毛國樑　律師

**總經銷**／聯寶國際文化事業有限公司
地址：221新北市汐止區康寧街169巷27號8樓
電話：+886-2-2695-4083
傳真：+886-2-2695-4087

**出版日期**／2013年4月　BOD一版　**定價**／260元
ISBN／978-986-89080-5-5

秀威少年
SHOWWE YOUNG

國家圖書館出版品預行編目

夢中奇俠 / 唐子文著. -- 一版. -- 臺北市 : 秀威少年,
2013. 04
面 ;　公分. -- (少年文學 ; 6)
BOD版
ISBN 978-986-89080-5-5 (平裝)

857.7　　102002444

# 讀者回函卡

感謝您購買本書，為提升服務品質，請填妥以下資料，將讀者回函卡直接寄回或傳真本公司，收到您的寶貴意見後，我們會收藏記錄及檢討，謝謝！如您需要了解本公司最新出版書目、購書優惠或企劃活動，歡迎您上網查詢或下載相關資料：http:// www.showwe.com.tw

您購買的書名：________________________________

出生日期：_______年_______月_______日

學歷：□高中（含）以下　□大專　□研究所（含）以上

職業：□製造業　□金融業　□資訊業　□軍警　□傳播業　□自由業
　　　□服務業　□公務員　□教職　□學生　□家管　□其它_____

購書地點：□網路書店　□實體書店　□書展　□郵購　□贈閱　□其他

您從何得知本書的消息？

□網路書店　□實體書店　□網路搜尋　□電子報　□書訊　□雜誌
□傳播媒體　□親友推薦　□網站推薦　□部落格　□其他________

您對本書的評價：（請填代號　1.非常滿意　2.滿意　3.尚可　4.再改進）

封面設計____　版面編排____　內容____　文／譯筆____　價格____

讀完書後您覺得：

□很有收穫　□有收穫　□收穫不多　□沒收穫

對我們的建議：________________________________

________________________________

________________________________

________________________________

請貼
郵票

11466
台北市內湖區瑞光路 76 巷 65 號 1 樓

**秀威資訊科技股份有限公司** 收

BOD 數位出版事業部

（請沿線對折寄回，謝謝！）

姓　　名：＿＿＿＿＿＿＿＿　年齡：＿＿＿＿　性別：□女　□男

郵遞區號：□□□□□

地　　址：＿＿＿＿＿＿＿＿＿＿＿＿＿＿＿＿

聯絡電話：(日)＿＿＿＿＿＿＿＿ (夜)＿＿＿＿＿＿＿＿

E-mail：＿＿＿＿＿＿＿＿＿＿＿＿＿＿＿＿